JN076532

ヘボン先生との対話

涙と共に福音の種を蒔くすべての人々へ

柳沼時影［著］

YOBEL,Inc.

装幀　ロゴスデザイン：長尾 優

目次

1　前書き

30年前、東京から横浜の金沢区へ移って来た時はまだ美しい風景だった。その間、変わったものが4つある。まるで水彩画のようだった美しい森の稜線が住宅で埋め尽くされたこと、車を道端に止めて歩いて帰宅しなければならなかった、あの2月の雪がもう降らなくなったこと、街の真ん中にあった本屋さんの書棚で聖書が居場所を失った後すぐその本屋もなくなってしまったこと、そして三つの教会が門を閉じたことだ。

日本の教会の子どもたちが3分の1に減り、半数の教会は日曜学校そのものが維持できなくなったという話はもう20年も前のこと。我々の子どもや孫たちが生涯を託す教会が町から一つ二つと姿を消して行く。80歳を超えた年配者たちにはいい記憶がある。町の至るところに教会があって、友だちに誘われて教会へ行くと牧師先生夫婦が温かく迎えてくださった思い出だ。その教会が門を閉じていくのである。世の終わりには愛が冷め、人々の心に落ち着きがなく、キリストを知る知識より世を好む人々の知識が溢れて行く、とクリスチャンは聞いてきた。だから、私たちが住む町から教会がなくなるのは自然の流れである、と考える人も多い。

しかし、この意見に異義を唱えて迎え立つ信仰人たちがいる。世の中がいくら変わっても、条件がどのように悪くなっても、イエスは生きておられ、主が共にいらっしゃると教会は相変わらず美しく豊かで、世の光、地の塩になって余りある、と信じる人々である。このような人々は自分が属する教会や社会から出て、隣の国はもちろん、太平洋を越え地球の反対側まで行って福音の種を蒔こうとする。そのような人々はキリストの昇天以降に生まれ、絶えず存在し、使命を全うした後、後輩たちに後を託して御国への希望を胸に眠って行った。今、私たちのこの世代にもその使命を受け継ぐ人々がいる。彼らは、主が共にいます所は、重荷を負っているすべてのたましいが憩いを得、新しく変わって行く青草の牧場になる、という確信を捨てない。彼らはこの確信が主の目に高価で貴いこと、雲のような証人たちが見守っていることをも知っている。

使命を頂いた者のはしくれとして横浜の一角で過ごさせて頂いて、30年が過ぎた。地域の医師、バイブル・スタディーのリーダー、歌手、時には画家と、全てが心細かったが、これらが神様から頂いた私なりの肩書だ。これらを用いて、時が良くても悪くてもイエス様のことを宣伝してきた。さよならを言う人も、ほほえんでくれるだけの人もいた。時には、レストランで自分が噂されていることが遠くから聴こえた。御旨ならば、と思って牧師になった。礼拝と診療、この二つが組み合わさったら素晴らしい形になるとの夢も見た。始めは家内と二人での礼拝だったが信徒たちがゆっくりと加わった。そのようにして九年が経ち、牧師としての熱意の足りなさ、人間的な未熟さが露呈して来た。恵みの河で楽しく泳いでいた日々から、責任と挫折と再起が繰り返しやって来る日常になっていったのである。初心に戻り、使命を再確認しなければならないことが続けて起こると、そのつど体力が少しずつ奪われる。誰かの助けがほしかった。私そのものを理解してくださり、決して叱責しないイエス様に似た誰かの助けが。

5年前、家内がある神学セミナリーの卒業論文の参考書籍として集めた本の中に登場する欧米の宣教師たちの中で、ある人物を見つけた。19世紀半ばは、幕末から明治への移行期。アメリカのペリー提督の開国要求以降、安政の五カ国条約（1858年）が結ばれると日本近海は西洋の大船たちが起こす波でうねり、少しだけ早まった信仰告白さえ許されなかった、あの大浦天主堂の悲劇を最後に禁教の高札が降ろされると、福音伝道の黄金漁場を目指して、欧米の多くの教団・教派から派遣された宣教師たちが、日本の玄関口へと姿を変え始めた横浜という小さな漁村へ先を争って入港して来た。

彼らの心臓をドキドキさせた横浜の浜辺に、先頭を切って降り立つ中年の紳士がいた。ヘボン先生である。クリスチャンであり、眼科医で教育者、アイデアマンでもあった先生の診療の物語、先生が基礎を据えた学校、作った辞典、建てた教会は、日本開国史の珠玉そのものである。片手には聴診器、もう片方の手にはペン、片足では横浜の教会の敷地を踏み固め、もう片方の足では日本の魂たちを天国へ運んだ人。一心に走るのが好きな人だった。しかし、彼も人間。故郷を離れて使命に疾走した彼の心の片隅にも、何かがあったはずだ。山手の丘に登って海を見渡していた時も、何かを考えていたはずだ。彼の足跡は今も横浜の浜辺に残り、彼の影は相変わらず横浜の山間に映る。アメリカではヘプバーンなのになぜか日本ではヘボンと親しまれる彼は、大事にしていた老眼鏡とタイプライターを横浜山手の宣教師の家に預けて、また帰って来るのがいつか分からないまま本国行きの船に乗った。

　私は弱くなっていく自分をヘボン先生にぶつけてみたかった。クリスチャンの世界では自分の悩みをイエス様にぶつける、とよく言う。私はヘボン先生を、170年前の過去から今の横浜へもう一度招いてみることにした。伝道者ヘボンの心を頂くためである。それは、悩む者のそばに静かに共に居てくださるキリストの愛でもある。神の僕（しもべ）の姿勢から離れたイスラエルの初代王サウロがエン・ドルでサムエルを呼び寄せた時は、煩わしいと叱られた。ヘボン先生は今の自分をどう見るだろうか。

　この対話には二人の話者が登場する。一人は、日本を愛するが福音の種まき人として不足感を痛感する眼科医だ。もう一人は、はるばる荒波の海を渡って来て、その医療と信仰において多くの日本人に愛される医師、ヘボン先生である。対話には可能性を引き起こす力がある。時間というものに捕らわれず、立場を忘れて、目的を共有する率直な考えを自然な流れに任せる対話は、決して空しい実を結ばない、余裕のある美しい空間である。この対話を小説と呼んでよいかは分からない。しかし、この表現方法しか、先生を横浜にもう一度来て頂く方法がなかった。先生の大好きなキリスト宣教への情熱を学びながら、慰めと励ましを頂き、明日へ向かって再起したかった。がさがさと、聞きにくい部分の多い対話であることは承知している。しかし、もう一度この横浜に、美しくて豊かなキリストの教会を蘇らせたいと望んでいる。

2　ある老人との出会い

今年の秋の訪れは例年より遅く感じられていた。10月も半ばを過ぎているのに、紅葉ヶ丘の県立音楽堂入口に立つ銀杏の木はなかなか紅葉しようとしない。時夢（ジム）が住むアパートから遠くない掃部山（かもんやま）公園の桜の木々も、得意とする秋の予告演奏をかなり延ばした後、今になってやっと、巧みに色づいた落ち葉の絨毯を坂道に敷き始めている。坂の下に広がるのはみなとみらい。昔なら、岩々の屏風のすぐ下まで、一日二回必ずなみなみと満ち潮がやって来たはずの浜も、今は誰かが夢の中で思う存分描いた虹色の抽象画が、そのまま現実にでもなったように立体の空間を作りあげている。今日は水曜日、久々の非番である。次男と一緒に働き始めてから出来た余裕だ。

季節の貴婦人が気前よくたっぷりと差し出してくれたような一日。恵みと祝福に満ちた一日になりそうな予感。今日はこの秋の中を歩いてみたい、と時夢は思った。あちこちから香ってくる季節の匂いが、眠っている遥かな時の記憶をさらりと揺さぶりだしてくれるかも知れない。また、美しく錆びついた銀貨のような、世に一つしかないもう一つの思い出を、拾わせてくれるかも知れない。行きは紅葉ヶ丘から元町（もとまち）までの道のりだ。中華街に寄るか寄らないかはその時の気分に任せよう。余裕があればアメリカ山わきの谷戸坂（やとざか）を登って、港が見える丘公園まで行けるかも知れない。元町は、昔なら遠くに見える海に突き出た丘の下に、かやぶき屋根の民家と、片隅に漁網が干されている畑が点在していた漁村。その昔はかなり遠く感じていたはずだ。今は林立した建物の風景の間を歩くと、そんなに遠い距離ではない。帰りは山下公園かな。これから世界一周の旅に出ていく夢が好きなお客さんたちを乗せて、ゆっくりと港を出る船からの汽笛はすごい。出会えればいいなぁ。それを見送ってから赤レンガ横浜倉庫を右に見ながら歩くのだ。国際橋を渡ると、ストリート・ミュージシャンや大道芸人たちが熱演するグランモール・クィーンズ広場が見えて来る。そこで足を休めるのが良い。いずれ自分もそこに立ってみたいと密かに思っているからだ。これを話すと笑われるに決まっているから、知る人は家内の恵（めぐみ）しかいない。何を求めてそこまでやるのとか、持って立つ芸は何なのかと聞かれたら、それは歌、ゴスペルと決めている。応援団なしにカラオケ伴奏に合わせて、緊張で首が固くなって体がどう動くか予測できなくても、もうすぐ70歳の、洗練とはほど遠いパフォーマンスになっても、一度はやってみたいものの一つである。初めはきっと上手くいかないであろう。しかし、彼の性分から見れば二度目からはまあまあ上手くいく。人生はいつもリハーサルなのだと誰かが言ったが、よくもいいことを言ってくれたものだ。そのリハーサルもそれなりに意味はある。前後の演技者の立場を考えると捨て銭受け帽子を自分も置いた方がいいだろう。頂くものがあるならもちろんその額は問題ない。使い道も決めてある。彼のアパートが遠くに見える所まで来ると、今度は引退した海の貴婦人、日本丸に誘われるだろう。そのまま通り過ぎてもいいが、太平洋上の白鳥のように優雅だった彼女から匂って来る潮風の香りを振り放すことは出来ない。立ち寄って軽いストレッチングでもするのかな。散歩の終わりに駅前のみなとみらいブルークに寄って映画のスケジュールを見るだろう。映画は時夢と恵との間で一致する数少ない趣味の一つだ。数年前の遠藤周作の『沈黙』のような映画があれば最高だが、最近はなかなかそのようなものは上映してくれない。

「ちょっと散歩してくるよ。4時までには帰る。」

「今日が何の日か知ってるわよね？　早く帰ってきてよ。」

ベランダで洗濯物を干す恵の声がまだ終わってもいないのに、紅葉坂をおりる時夢がいた。今日は彼女の誕生日。夕飯は外がいい。恵も期待しているに違いない。

今日も、桜木町駅を利用する人波は、駅前広場の入口に陣取る盲導犬協会の人たちが連れて来た優しい顔の引退盲導犬たちに愛情たっぷりの視線を注ぎながら二つに分かれ、一つは動く歩道に乗ってランドマーク・タワー方面へ、もう一つは汽車道を歩いてワールド・ポーターズ方面へ向かっていた。彼らが楽しみにするのはみなとみらい。買い物、グルメ、散歩、大観覧車やジェット・コースター、太平洋の白鳥と呼ばれながら航海練習船としての任務を終え、今は停泊中の帆船日本丸、横浜美術館など、彼らの欲望を満たすみなとみらいの魅力は今なお進化中である。一方、その主流派を横目に、山手の丘を眺めながら関内方面へ向かうエイリアンのような人たちもいる。彼らを迎えるのも昔と現代が調和をなす、もう一つの堂々たる横浜の風景である。そしてその風景は大岡川に架かる弁天橋を渡ることから手に入る。

時夢はいつもの駅前広場を横切ってその橋を渡っていた。橋の下を流れる水はさほど濁ってはいなかったが、あちこちにビニール袋のように浮かんでいるのは海流からはぐれた海クラゲたち。何人かがその間に釣り糸を垂らしている。その水は、60年前までは華やかさを残していた中村町辺りの遊郭地帯を通る、中村川のほとりの柳の枝先を洗いながら流れて来る。

橋の上で足を止めてその流れを見ている時夢の視野の片隅に、一人の老人の姿が小さく入って来た。百を超えているようにも80歳ほどにも見える、古めかしいコートを着た老紳士だった。靴はすり減ってはいるが古典的で雰囲気があって、持っている二つのグラッドストン風のトラベルトランクは映画『風と共に去りぬ』で見たようなものだった。彼は紙切れの地図をしきりに見ながら周りを確認するが、どうしても分からないという表情をしていた。行き来する人たちに助けを要請したいようだが、このとんでもない変わり様では、探しているものは彼らも知らないだろうと諦めているようだった。通行人たちも釣り客たちも、そのような様子の一人の老人を少しも気にかけない。時夢は病院二階のホールで月二回開く英会話クラブを思い出した。教える先生はいない。さびている英語を磨きあいながら、それなりの片言で会話を楽しんでいる。2時間予定の最後の15分はゴスペルを歌って終わる。なかなかの雰囲気だ。よちよち歩きを意味する「toddler's club」のメンバーたちの同じ願いは、横浜は観光の都市でもあるので、オリンピックを機に外国から来る人たちに街を英語で案内したいとのことである。なら、今がその時ではないかと、時夢は老人に近づいて話しかけた。

「May I help you?」（何か、お手伝いしましょうか）

老人は嬉しさ半分、安堵半分の顔で時夢を見た。その表情と瞳から高貴さがかすかな蓮の匂いのように流れ出る。老人は、手書きの地図を差し出して見せる。昔の匂いがする紙だった。今の横浜ではないが、そう見ればそのようにも見える。だとしたら、話では聞いていた開発中の横浜の外人居留地かも知れない。細かく区画した地目に番号も書いてある。住所だろうか。低めの

山々や川の筋があって橋もある。老人はその地図の一か所、39番を指しながら言う。
「ここにわしの家があったがね。」

時夢は、かなり昔、おそらく小学校にも入っていなかった幼年時代を過ごした横浜を懐かしがって、死ぬ前に一度は訪ねてみたいと、この秋この老人はこの街にやって来たのだと感じた。地図にはしっかりと番地もあるので、時夢はなれないスマートフォンで海岸に近い横浜の今の地図を取り出してみた。予想した通り、この番地は今は地図上に存在はしないが、おそらく時夢たちがいる場所からかなり離れた、向こうの山下町方面ではないかと説明した。老人はスマートフォンの画面を不思議そうに見入った後、まずは納得したような表情で何回も感謝のジェスチャーをしてくる。時夢が散歩で目指す所、きっと彼の昔の家があったであろう所、山下町あたりの上に、柔らかい秋の陽光がたっぷりと下りて来ているのが遠くから見えた。そしてその光の一部が時夢の前にいる老人の顔の上にも伸びて来て、ナダニエル・ホーソン（Nathaniel Hawthorne, 1804 – 1864 アメリカ合衆国の小説家）のあの大きな岩の顔を刻み出している。時夢はその老人の顔から目を離せないでいた。その顔は自分が懐かしがっていた第二の故郷の近くにいることの幸福感に浸っていた。老人のその顔から、この人がノアのような歳ほどではないけれどアブラハムの歳にはなっているかも知れないという不思議な感情に捕らわれていた。これほど厳しさがなく、頑固とは縁がない顔を今まで見たことがない。その表情は、心身の辛い訓練によって得たたぐいのものではなかった。完成に近い自らを長年イメージし続けて得たものでもなかった。千歳の岩のように恵み深く、限りなく貴く、無限の愛に満ちた存在の導きに徹底的に従ううちに、自然に出来上がったようなものだった。その表情の持ち主に、お茶の誘いの勇気を出すことはなぜか自然だった。

「Would you drink a cup of coffee with me?」（お茶に誘ってもよろしいでしょうか）

彼は待っていたかのように生気した表情で答えた。

「O Key. With pleasure, my dear.」（いいですよ。よろこんで）

3　喫茶店にて

その日、あの喫茶店を探すのにそんなに時間はかからなかった。馬車道の一角の二階にあった。飲みものだけ注文してもよさそうなレストランだった。入口のそばに、昔そのままの、人の背の二倍ほどのガス灯が、その日の夕暮れからの出番を待ちながら立っていた。テーブルが15程ある室内には、私たちに横顔だけを見せて本を読んでいる、端正に手入れした髪の40代の男性以外はだれもいなかった。幸運にも、案内してくれた席から大観覧車の一部が見えていて、時刻は丁度2時55分を示していた。席に着いて息を整えながら老人が言う。

「We are lucky, aren't we? We can see the big Ferris wheel from here.」

（わしら、幸運だね。ここから大観覧車が見える）

大観覧車の、しかも時間が刻まれていく様子が見える席に座れたのが、老人の生涯のなかで結構幸運な出来事と思われたことを幸いに思いながら、時夢もにっこりと笑って見せた。大きいのは時夢、小さいのは彼と手分けして運んだ、意外にずっしりと重かった古いトランクが彼のそばに置かれた。大学の恩師のようにも、故郷の父親のようにも感じられる気品あるこの老紳士が、これからの時間を時夢に全く委ねようとする。なのに、日本語がたどたどしいウェイトレスが働くこの質素な喫茶店では申し訳ないと、時夢は内心考えた。しかし、互いにどのような人なのかも分からない二人である。ある程度の距離を置くことはまず必要だ。時夢も老人もそれを承知している。

座っている老人からまた新しい姿が見えてくる。着ている上着は今の洋服店では見られない、どこかの英語辞典の図版で見たようなもので、潤沢で伸びのよい生地を見慣れた時夢の目には、素朴で多少窮屈そうに見える厚みのある黒色だった。ワイシャツは燕尾服に似合いそうなもので、襟元は丁寧な手入れを重ねた跡がある。ネクタイはしていない。テーブル越しに見える手はさほど繊細には見えない。カサカサになっていてある程度の労働はこなしているように見える。すぐにでも席を立つことが出来るようにしているのか、コートを脱ごうとはしない。老人は先の地図を中のポケットから出してテーブルの上にゆっくり置きながら言う。

「昔の日記帳から取って来たものだ。わしの家の前には川が流れていて、目の前に橋も見えていたよ。」

時夢は老人の色あせた地図をそっと手に取った。古馴染みの畳の香りと、妹の結婚を機にアメリカに移住した両親が晩年を過ごしたシカゴを訪れた時の、近所の図書館でそっと覚えたアメリカの匂いがほんのりとして来る。確かに老人の地図には今の大岡川の支流に見える川があって、両側には山手の丘陵と野毛山や掃部山とつながる紅葉ヶ丘地域が示されている。海が陸地にかなり接近していて、今の桜木町駅と関内駅がある地域は番地がかなり細分されている。横浜に30年住んでいる時夢にも、この地図の様子と何回も激しく形を変えて来た今のみなとみらいを照らし合わせ、老人の望みに答えることは悲しくもとうてい不可能に思われてこう言った。どちらかと言えばやや冷ややかで淡々とした語調だったことを覚えている。

「ごめんなさい。この地域は横浜の大火災、関東大地震、アメリカの空襲を経てきたところです。おそらくお爺様から貰った地図のようですが、この地図では探しにくいと思います。この自宅のほかに探してみたい思い出のある所はありませんか。」

老人は出していた古い地図をまた丁寧に折って元のポケットに戻した。その姿は、まるで息子のために一生をささげたのに、いつの間にか大きくなって親の前で冷ややかで淡々とした態度をとる、しかし、いまだ未熟さが残る息子の主張に何も言わなかった生前の父を思い出させる。老人はためらいなく言う。

「My Shiloh Church！まだしっかりとあるでしょう？」

老人がいうShilohは、桜木町駅から徒歩5分ほどの距離にあるあの横浜指路（しろ）教会のようだった。平和を来たらす者の意味を持つShilohは古代イスラエルの神殿があったところで、全イスラエルの民が礼拝に集まった信仰の地だ。素晴らしい日本語変換だなと感心しながら創立145周年礼拝に参加したことがある。

「歴史のある教会ですよ。横浜の歴史を語るときには必ずこの教会の名前が出ます。アメリカ人のヘプバーン（James Curtis Hepburn, 1815 - 1911）という宣教師が建てた教会です。あなた様がもしアメリカ人ならその名を聞いたことがあるかも知れませんが。」

「わしがそのヘプバーンだよ。皆がわしをヘボンと呼んだ。」

時夢は彼のあっさりとした、以外に大きくしかも若い声に驚いた。その声には老人のしわがれた頑固さもなく、偉ぶる傲慢さもなかった。返事は滞りなく流れる水のように自然に流れ出たもので、自分の真の姿を曖昧にすることが誠実な対話を妨げることを積極的に避けようとしていた。隠そうとも控えようともしない姿勢はそのあとも同じだった。〝お前が本当にメシアなのか〟と詰め寄る人たちに、彼らがご自身を害する口実を探していることを知りながらも、〝私がそうである〟とはっきりと答えられた主を連想させる。しかし、時夢は自分が今何を言われたのかが分かりかねて、彼の顔を見つめるしかなかった。深淵のような目、これは揺れのない心の持ち主であることの証である。気品のある老人の声にも、そのような人でなければ出せない響きの特徴があった。皮肉るユダヤの似非指導者たちに示したキリストの断固たる表情も、なぜかこの老人にはある。時夢は、自分から消えたと思っていた過度の興奮時の症状が、激しく首筋を走るのを感じた。その様子を見ている老人の表情からは、自分は真実を語っただけという泰然さと驚かせて御免ねという茶目っ気が浮かんでいた。“How can I believe you?” とか、“Show me a sign!” とかは、時夢はあえて言わなかった。彼が現代版浦島太郎を演じていて、医師の軽いカウンセリングを要する人かも知れないが、対話する様子に何の問題もなく、いずれ彼らは別れる間柄であり、全く計画になかった夢うつつのようなこの出会いをそのまま進行させたいという心が時夢にはあった。そして、なぜか不思議にも、老人の言ったことをある程度はそのまま信じてもいいのではという気持ちになって来たからである。

「ヘボン先生は眼科専門の医師と聞いていますが……」

というと、

「そう。わしはペンシルヴァニア大学医学部を卒業した。1836年頃だったかな」

との返事がすぐ返って来た。時夢は彼の医師になりたての年が大正でもなく天保時代と言うことに驚いた。ご自身が御国で父なる神と一緒にいたから御国のことを言うしかないとおっしゃるキリストの話を聞いて、信じるか信じないかを選択しなければならなかったユダヤ人たちと同じ気分になっていた。もう一つの懐かしい気分も入り込んだ。時夢が大学を卒業する1974年当時はアメリカで臨床医として働けるECFMG（Educational Commission for Foreign Medical Graduates）制度を利用して世界の国々から若い医師たちがアメリカへ流入していた。新婚の時夢たちもアメリカ行きを考え、いくつかの病院に希望を伝えた。三つの医療機関から面接用意の返事が届いた。その中の一つがペンシルヴァニア州の病院だった。結局その直後、日本行きの話が急浮上したためその計画はなくなったが、人生の大切な分かれ道だったな、と時々思い出す。淡い緑色の懐かしい思い出である。

「44歳で日本に来たよ。それまではニューヨークでの開業だった。医師生活は順調だったよ。しかし、そこになぜか安らぎはなかった。色々な方法で、そこが自分の生涯を燃やす場ではないことを、主は示してくださった。どういう訳か、若い時から自分はアジアへ行く者と思っていた。プリンストン大学の時だ。当時アメリカでは信仰のリバイバルが起きていて、プリンストンもその活気に満ちていてね。

ある年の冬の日だった。前日の夜から降っていた冷たい雨は、昼過ぎからはポツポツと雪を混ぜ始めていた。わしは歩くことにした。プリンストンは森につながっていてさらに山に続く。わしは何回も一人でその森に入ったことがある。森には神と自分を近づけてくれる何かがある。わしは小さい声で神の名を呼んでみる。周りからささやきの返事がする。大きく呼んでみる。大きなこだまが返って来る。叫ぶように、普段では絶対ここまでは大きくしない口で賛美を歌う。向こうからもそのような賛美が聴こえてくる。再び小さい声に変えてみる。今度は手を耳にかざさないと聞こえない程の讃美の声が聴こえる。ああ、この森、この雪、この山の匂い、全てが神のものだ。わしも神のものだ。なら、神のものはわしのものだ。なら、父なる神はご自身の子に最も良い道をお備えくださる。雪の中で、主との楽しい時間が続いた。

交わりが続くなか、その日は日の入りが最も早い日であったのに、わしはそれを知らないでいた。雨はすっかり雪に変わっていて、周りは全くの銀世界になっていた。あちこちで古木の枝が積もった雪の重さに耐えきれず折れる音がする。そうすると、今までの雪が下の小枝をこすりながら地面に落ちてくる重い音が暫らく続く。雨に濡れていた古木が積る雪を離さずにいたのだ。その日、わしは道に迷った。帰り道が見えなくなっていたのだ。誰かが歩いて行った足跡が見えて追って行くが、結局は自分の足跡だったことが分かるだけだった。遠くに家々が見えるがもう窓からの光は消えている。何回か崖から転がり落ちた。雪に覆われた沢にも入ってしまって足が凍える。ものにとりつかれたように、いくらあがいても自分の足跡の所に戻って来てしまう。何時頃になっているのか、雪の世界はそれも教えてくれない。森の中、体も精神も疲弊した一人の青年の帰り道を消しておいて雪は止んでいる。瞬間、わしに一つの考えが浮かんだ。まだ行っていない方向を試してみよう。森の入口から遠くなることを恐れて避けていた方向だ。間違ったらさらに大変になる。しかし力がまだあるうちの挑戦だ。わしは力を振り絞ってその方向へ進んでみた。案の定、覚えのない景色が次々と出て来て、その上、背丈三倍ほどの白い崖が現れてしまった。さらなる迷いの道になるかもと思いながら、わしは枯草につかまってよじ登った。する

と、そこはなんと、奇跡のような光景がわしを待っていた。大きな道がそこにあったのだ。車が通った跡もある。この道の左か右かを決めなければならなかたが、わしは右へと決めた。しばらく歩くと遠くの空から見慣れたプリストンの街の光が見えて来た。わしはついに脱出したのだ。わしの心に天の喜びが注がれてきた。このような喜びは初めてだった。心を眩ませていたすべてのものが、ペテロの言う最後の日の天のように、激しい音を立てながら消え失せて行くのが見えた。完全な平和だった。夜の12時を過ぎていた。

その後、ペンシルヴァニア大学医学部に進学した。ある年の冬、またも冬だったが、医療宣教という夢が芽生えたんだ。その夢は衰えず幻となって膨らんだ。〝私から頂いたものですから述べ伝えなさい〟と語る具体的で熱すぎる主の御言葉が、脳裏から離れなかった。小さい時からの母親の祈りもあった。妻のクララも快く支えてくれた。日本に関する知識は、新聞や宣教団体から入って来ていた。キリスタンたちへのむごい迫害と宣教の門戸が固く閉ざされていることだった。

しかし、アメリカの大覚醒運動につながる福音宣教への熱意も相当なものだった。まさに宣教地で予想される試練と苦痛に、宣教への情熱と楽しみが勝って余りあったと言えるものだったかな。」

時夢は恵の神学セミナリーの卒業論文の参考書籍で読んだ、19世紀半ばの横浜を中心に展開された宣教初期の様子を思い起こした。そして、時夢と顔を合わせて話しをするこの老人は、まるで自分がその歴史の主人公の一人であるかのように、時夢の同意などは求めもせず、淡々と述懐しているのである。老人が日本に渡る頃のアメリカは、イギリスからの独立で得た新しい大地に清教徒たちが自由な信仰を求めて渡航してきたことはすでに昔のこと、その後長く続く世俗化と安逸主義に染まっていた大地に、大覚醒運動の新しい風が吹いてからある程度の時間が経っていた。人々は教会に集まり、教会は教会を産み、教派は分派を続けた。けれども、神の似姿である人間の貴さへの正しい認識と福音伝道への情熱は温存されていて、貪欲的に根付こうとする奴隷制度について信仰の良心との葛藤にさいなまれるアメリカは、内戦の代価を払ってまでも、国を聖書の上で建て直す必要性を痛いほど感じていた。国中が信仰に燃え、各地で聖霊の働きが鮮明に起きた。外部からはハドソン・テーラーの中国内地宣教の報道が相次いで耳に入って来て衝撃を与える。デイビッド・リビングストンの奴隷売買撤廃運動を重ねるアフリカ宣教の報告も衝撃的だった。東洋の国々から殉教の知らせがポツポツと伝わるなか、福音伝道の使命に励むヨーロッパの宣教団体に遅れまいと、アメリカの宣教団体の活動も活発化し始める。アフリカとアジアが主な対象だった。主の働き人が続々と集まった。その中で、門戸は開いたもののいまだ宣教師への監視と活動の制限が厳しいはずの日本に、早くもヘボンは日本行きを願い出たのである。アメリカの中に居ても医療人として将来が有望な息子の日本宣教師志望を喜んでくれたのは、家族の中で母親と妻のクララ以外には誰もいなかった。

老人の話は新鮮だった。耳を傾けながら時夢は、アメリカを背景に持つその人の器の大きさを、遥か遠くの岩山にくっきりと浮かび上がる伝説の顔を想像しながら感じていた。あの南北戦争へ至らなければならない暗鬱な雲行きと、霊的再生の姿を世界に向かって伝えようとする、世界で最も大きな国の教会の激しい燃え上がりを、彼は肌で感じたのである。そして、自身の全てを犠牲にして召命に答えた彼に、教団は正式に使命を委任したのである。170年前のことをまるで今日のことのように話す、自らを眼科医であり宣教師だとも言うこの老人を、時夢はいつの間にか完全に信じているのである。何とも言えない彼の真実な表情、清らかで権威のある声、老躯にもかかわらず信じられない程のパッションに満ちた眼差しがそれを証明している。一方、日本に来る前の時夢の姿は、この老人とはかけ離れたものであったことを告白しておかなければならない。彼が知る限り、使命に招かれたのは日本に来た後のことで、それまでの彼の姿は、回心前の息子アウグスティヌスの母親がそうしたように、彼の母親の涙の祈りの対象だったのである。時夢が図らずもけげんな顔になっていたのか、ヘボン先生が歌を歌うように話しかける。フォスターの金髪のジェニーのメロディーだった。これは対話中ずっと続くのだが、先生は特に親しみを表わしたい時には言葉にメロディーを入れる。

「Why are you so kind to me? Could I ask who you are and what you are, my friend?
（なぜこんなに親切にしてくれるのですか？　貴方がどういう人なのか聞いてもいいですか？・）」

なるほど、またその時が来たのかと時夢は感じた。自分の話をしなければならない時だ。数えきれない程やって来た自己紹介だ。言葉から、行動から、表情から、長く話さないうちにいつも導かれるこの問い、「あなたのお国はどちらですか」の、この質問への答えのことだ。今までは長々と同じ話をほとんど同じ言葉を使ってやってきた。しかし、今日は違う。むしろ誇らしく、日本に来て初めて楽しい自己紹介の時間になりそうな予感。時夢は自分が生まれた国、韓国と日本の間の歴史の落とし子として日本に移って来たこと、今は何をしているかについて詳細に話した。

4　歴史の小径

「ヘボン先生が日本におられた時、中国と日本の影に隠れていた小さな国、朝鮮という国があったのです。今は韓国と北朝鮮に分かれていますけれども、私はその国で生まれたのです。列強の目には捨てられた国に見えたその朝鮮も、神の憐みの中にあって、中国に来ていた宣教師たちの目に留まるのでした。殉教の始まりでした。長い間、朝鮮は彼らの目に留まらなかったのですが、朝鮮の人々の心は福音の芽が出やすいことが彼らの間に知られるようになったのです。ご存知かも知れませんが韓国宣教の歴史にはこのような記録があります。1866年、ジェネラル・シャーマン号に乗って朝鮮の西側の大同江（デドンガン）を遡っていたトーマス宣教師（Robert J. Thomas）と朴チュンコン長老の物語です。その船は河の奥へと登っていました。待ち伏せていた朝鮮兵たちの砲火を浴びた船は炎上、川に飛び込んで行き場を失った宣教師たちは何かを川辺に向けて投げ始めました。聖書でした。やっとのこと、陸に上がったトーマス宣教師の前には刀を構えて待っている男がいました。若き日の朴チュンコンでした。トーマス宣教師は大きなはっきりとした声で

“Jesus Christ! Jesus Christ!”と叫びながら彼に聖書を差し出します。そのような状況なのにまぎれもない笑顔でした。はずみに乗って男はその本を受け取りはしましたが、結局、トーマス宣教師はその男の刀の生け贄になります。〝主よ、彼らの罪をお赦しください。朝鮮の地に蒔いた種が無駄にならないよう、私のたましいを受け取ってください。〟それが、福音伝道を楽しみにしていた朝鮮の土の上での最初で最後の祈りでした。それから33年、教会の柱になっている朴はこう振返っています。〝その日以降、あの男を殺した時のことが頭から離れなかった。死が目の前に迫っているのに、彼は笑顔だった。赤い亜麻で覆った本を差し出しながら、俺に何か大きな声で言うのだけれども、意味が分からない。本は思わず受け取った。その後、彼は首から血を流した。〟プロテスタント宣教師の初めての殉教でした。」

先生はハンカチを目元にあてていた。肩も大きく震えていた。先生はRobert Jermain Thomas宣教師のことを聞いていた。〝あの白いやつを殺せ〟という声一つで首が斬られた彼は、まだ27歳だった。彼を派遣した教会はイギリスのハーノバにある小さな教会だった。彼の父親は、彼のために毎晩祈っていたその教会の牧師だった。今はその教会で礼拝は行われていない。Robertを偲ぶ信徒たちの文が古くなった教会の中に、そして父親の碑石が中庭に残っているのみだ。しかし、先生の肩を震わせたのは、トーマス宣教師への憐みだけではなかった。海辺から拾い上げたあの本を壁紙に使った藁葺きの小さい家が教会になり、聖徒の数が増えるにつれ新しく建て直された教会が、韓国リバイバル運動の始まりである平壌復興運動の総本山、チャンデヒョン教会になったことだ。

「殉教の実は、教会だけでは終わりませんでした。血潮滴るその地の上に、垣根を越えて広がったキリスト精神の芽は、絶え間なく成長して実を結ぶようになっていきます。教会開拓、先生同様に医療や学校、農業、女性の地位、子どもの福祉問題、自治精神、生活様式の改善、朝鮮の独立精神など、貧困以外何も見えなかったその土地の上に希望が見え始めました。今は世界第12位の経済力を持つ国になっていますが、1885年の奇しくも主の復活際の日に、朝鮮の地を踏んだもう一人の宣教師がいました。アメリカからのアンダウッド宣教師でした。来て間もない頃の、今も韓国人の心に刻まれているこの祈りをお聴きください。

主よ、今は何にも見えていません。
干からびて痩せたこの地、
のびのびと育った木が一本も見えないこの地に
主は私たちを移して植えてくださいました。
あの限りなく広い太平洋をどうやって渡れたのか、
そのこと自体が奇跡です。

主が遠く離れた所にわざわざ放置なさったようにも見えるこの地、
今は何も見えません。
見えるのは頑固の染みに汚れている暗闇。
闇と貧困と因習に縛られている朝鮮の人々。
彼らは縛られていてもそれが苦痛であることすら知りません。
苦痛を苦痛と感じない人たちに
その苦痛から解放してあげると言うと、
彼らは我らをあざけ、怒るのです。
彼らの心の内が見えません。朝廷の人たちも
何を考えているのかその内心が分かりません。
主よ、今は何も見えていません。
混乱の中にいる国、乱れている国、
見えるのは利己心と多くの争い、
夢も希望もなくさまよう人たち。
ずっと前にもこの地から上がった宣教師たちの
切なる祈りがあったはずです。

命がけで叫んだ切なる心です。主よ、もっぱら、
この信仰を支えてください。
朝鮮の心が見えません。
そして、私たちがどうすればいいかも見えません。
今は礼拝をささげる礼拝堂も、学校もありません。
ただあるのは私たちへの蔑視と手荒さだけ。
しかし、今はたとえ乱れていても、
遠くないうちに、この地が
恩寵の地になることを信じて疑いません。
謙遜に従う時、主が働き、魂の目が開かれ
主の御働きを見ることが出来ますように。」

しばらくの間、温かい聖なる静けさが二人の周りを取り囲んだ。時夢たちの対話を手伝っていた御使いたちも立ち止まって聴いていた。横顔を見せながら書物を読んでいた男性客も息をこらしていた。先生の唇は、聴こえはしないけれど、絶え間なく〝ありがとう、アンダウッド君。やってくれたね、やると信じていた。ありがとうアンダウッド君〟と動いている。宇宙が創造さ

れたいにしえから変わらない平和色の涙が先生の目からこぼれる。先生は重い口を開いた。

「そのホレイス・グラント・アンダウッド君、わしも知っている。」

あのアンダウッド宣教師（Horace Grant Underwood, 1859 - 1916）をヘボン先生が知っているなんて、時夢は初めて知る二人の関係に、驚きの目で先生の口元を凝視した。

「朝鮮に行く前、横浜に寄ってくれた。若かったよ。夢の青年だった。彼の専門は化学だったと記憶している。イースターの日に着いたのか。ここからは桜の花がぼちぼちと咲き始める頃に出発した。何年か後、わしの所にもう一度来てくれたが、その時は聖書翻訳の計画を持ってきた。我が家にしばらく泊まっていろいろ話し合った。李樹廷（イスジョン）という人も一緒だったよ。彼らの熱意はすごかった。二人の真剣な眼差しを覚えている。若き時の自分を見たような気がしていたね。」

ああ、そうだったのかと、時夢は二人の宣教師を結び付けてくださった神の摂理に感心した。

医科大学卒業年度の夏だった。彼はアメリカの病院の研修医として働ける資格を取るために、アメリカ政府主管の試験を受けていた。その試験はソウルにある延世（ヨンセ）大学で行われた。延世大学はそのアンダウッド宣教師が建てた学校ゆえ、例年そこが試験場になっていた。その試験の監督を務めた人が、同大学で教授を務めていたアンダウッド宣教師の孫だった。

「アンダウッド牧師は朝鮮という頑固な原石を宝石にするために毎日が戦いだったと聞いています。牧師の教会の前には、テサロニケの信徒への手紙 一の〝いつも喜んでいなさい。絶えず祈りなさい。どんなことにも感謝しなさい〟の聖句が書かれていたそうです。牧師の毎日は、激務、祈り、また激務、また祈りの連続だったと聞いています。そして、ついには倒れるのです。療養のためアトランティック・シティーにやむなく帰国しますが、愛する朝鮮に戻ることが出来ずそこで暫しの眠りにつく身になりました。1912年10月のことです。その後、亡骸は生涯を投じて愛した韓国に移され、今は、愛妻リリアスと共に主の日を待ちながら眠っています。」

大きくうなずきながら悲壮な顔で聴いていた先生は、先生とアンダウッド宣教師の親密さを知ったばかりでまだ頭の整理に時間が必要な時夢に次の話へ進めと促す。

「彼ら宣教師たちの血汗の実があって、私の小さな家も1900年代初期からキリストの名前を持つようになりました。今はまだ北朝鮮の地ですが、満州と国境を接するある町に来てくれた金髪の宣教師から、イエス様を頂いて洗礼を受けたのが私の祖母でした。その後、祖母に姑からの酷い迫害がありましたが、その信仰が母に伝えられ、今は私の三人の子どもと孫たちにまでつながっています。」

時夢の話を聴く先生の顔は、イエス様の指示によってシロアムの池で目を洗い大喜びで走って来る、生まれつき目が見えなかった人を迎える弟子たちの顔だった。イエスはわずかの泥を盲人の目に塗られた。盲人は見えない目に、かさかさと続く泥の痛みまで感じながら池まで這っていかなければならなかった。その間、盲人は癒された自分と、これから家族をつくり子どもたちに囲まれる新しい未来を信じ続けなければならない。盲人は信じ続けた。絶望は泥と共に池の水で流された。光が戻り、盲人の家族は代々キリストの恵みを称え続けるものになるのである。

「ところが、私は教会を離れたのです。17歳頃でした。帰って来たのが30歳ですから、なんと14年間の空白です。」

と続くと、先生は一変して深刻な顔になって聞く。

「Why? What was happened to you?」（なぜ？　何があったのか）

「イエス様から離れていたことになります。イエス様と共に、生き生きと成長すべく夢の青年期を喪失していたことになります。先生のプリンストンが私にはありません。医師になって結婚して子どもが二人生まれるも、私は世俗の中にいて、誠実なクリスチャンたちを誹謗までしていました。私の家が日本に移住に向けて動きだし始めたのは丁度その頃でした。当時の韓国という発展途上の混迷な社会、その中の輩の一人、貴重な青少年期を神から離れていた私が、先生とこのように話していることは、とても不思議な感じです。先生は良い葡萄の木です。神様は、先生をこの国に移して多くの実を結ばせました。私の場合は、その地にそのままにしておくと右も左もわきまえない駄目な人間になってしまいそうだから、日本に移して植えなおしてくださったのだと思います。それとも知らず、再び教会に戻り福音伝道の心がほんの少し目覚めたばかりなのに、私は自分を神に選ばれたアブラハムのようだと、生意気にもそう証ししていました。身の程も知らず、傲慢にも自分を良い葡萄の木と見立て、日本伝道のために用意された器だと勝手に思っていたのです。しかし、やっと分かってきたのは、私が今このようになってここにいるのは主の恵みの中の恵みで、主の憐みによるもの以外に何ものでもないということです。私はいつもこのように悟るのが遅いのです。」

時夢は、彼が記憶する限りの教会の子としての最も幼かった時の話、子どもの頃の田舎教会のクリスマスの話、思春期のさまよい、今日から教会に行かないと決め果樹園の中をうろついていた朝、いつもは時夢が鳴らしていた教会の鐘の音に体半分は教会へ向かって動くが、地面から大きな手が出て来て足首をつかみ引き留める不思議な体験の話、それから始まる放蕩息子のようだった自分、故郷に帰ると朝から晩まで野原を歩き回っていたこと、青春時代の苦痛を経て今の妻に出会うまでの話をし、先生は目を輝かせながら前のめりになって聴いてくれた。教会を離れる話の時には、その大きな目に憂いの念をにじませながらゆっくりと顔を横に振ってくれる。咳が続く左の肺に陰影が見つかって、困った時の神頼みで教会に足を運ぶしかなかったのは、聞く耳を持たず離れていく頑固で愚かな羊を引き戻すには、先の曲がった羊飼いの杖を首にかけて引っ張って来るしかないように、神様も強行法に出るしかなかったかも知れないと言った時には拍手をしながら喜んだ。ソウルのカトリック大学医学部から入学許可書が届いた話に及ぶと胸を撫でおろしながら安堵の喜びを表わし、恵へのプロポーズに成功した場面では体をさらに前のめりにして耳を近づけながら興味を示した。そして、時夢が眼科を選んだ理由、横浜でそれなりに忙しい診療に携わっていること、クリスチャン医師の本分としては毎日が合格と失格の繰り返しだという話に及ぶと、先生の西洋医術の噂を聞いて遠く関東一帯から駆けつけて来る患者たちと過ごしていた日々を思い出しているかのようで、その瞳からも合格の喜びと失格の動揺が交差するのがうっすらと見えた。その回想の中には、忠実感と宣教師として完璧には至らなかった己への失望感とが入り混じっているのが感じられた。これを見て時夢は、170年前に自分と同じ感情を経験した本当のヘボン先生が自分の前にいて、自分は今その先生と話をしているのだと思うようになった。

「先ほど思い出の中から一番先に出てきたのが先生の建てた教会でしたよね。他にも沢山あると思いますが、なぜですか。」

「情が移ったからですよ。一番気になる所でもあって、教会は宣教師たちの汗の結晶だもの。血汗と言ってもいいかな。わしらがたやすく過ごせた日は一日もなかった。越えなければならないハードルがあまりにも多かった。戦わなければならない霊的試練が次々やって来た。先ほどのアンダウッド君と同様、主の支えが必要だった。わしらにも慰めの場所が必要だった。指路教会がそこだった。そして、初めの実を刈り入れて主にささげた時の喜びもその主の宮だった。皆涙を流しながら喜んだよ。それからのこと、主は驚くほどに共に働いてくださった。信仰を決心する若者たちが増え始めた。皆しっかり者だった。頂いていいのかと思う程立派な人々もいた。宣教の進みはわしらの予想を超えるものだった。その勢いに対して私たちが出来ることは祈りしかなかった。彼らの中に少しずつイエス様を知る表情が現れ始めた頃、わしらは跳ぶように嬉しかった。"God is wonderful"の歌が自然にわしらの口から出ていたよ。」

そのまぶしく見える成長の片隅に、後ほど日本の教会が慢性的に悩まなければならない問題点はなかったのだろうかと、時夢は恐れ入りながら思うのだが、ヘボン先生は昔のことが今のことでもあるように二つのこぶしを挙げて喜ぶ。

「約500年前のことですけれど、イエズス会のザビエル神父が日本に初めて来た時の日本人の心は今とは違って、また先生が来られた時ともかなり違っていたと思います。当時の社会は戦乱また戦乱でしたから、平安と愛で慰めを与え、飢えと残虐な死の影のない永遠の御国へと希望をつなげてくれる、日常の面では具体的でスケールでは宇宙的な新しい神が、彼らにしっくり来たと思います。百姓たちに国の内外の区別が今ほどではなかったと言われていますので、西洋人がやって来て命懸けで伝えてくれる天の神様は今よりは受け入れやすい存在でした。最高権力者の織田信長と大名という地方の実権者たちの許しもあって、伝道の広がりは早かったようです。宣教50年で信徒が30万人に達したともいわれるので、もし信長がいきなり殺される本能寺での変がなかったら、17世紀において日本はアジアで唯一のクリスチャン国になっていただろうという推定もあります。初めは西洋の文物と自分たちの地位を確かなものにするために大名たちが神父たちを利用したのはご存知ですよね。ところが、その大名たちが本物の信者になっていくのです。戦国時代を乗り越えているクリスチャン農民たちの表情の変化、結束ぶり、戦場でのクリスチャン大名たちの指揮ぶりも日に日にそれまでとは違う雰囲気になっていきますから、それを見る中央政府は、西洋の世界でも知られる悪名高いあの手を打つことになるのです。日本がキリスト教国になって西洋の支配下に入るのでないかという危機意識のためだったと学校では教えています。それからの約250年の間、執権者たちはあらゆる迫害を駆使して日本人の体質からキリストへの関心を執拗に抹殺してしまったのです。国民を互いに監視させ、自分が生きるためには、キリストを受け入れたこと以外に何の罪もない隣人が死んでいくのを、無感覚を装って見届けなければならないという状況でした。犠牲者の数がどれくらいだったのかを物語るバスガイドの案内を聞いたことがありました。

数年前、九州地方を団体で旅行する機会がありまして、その中での話ですが、250年間、全国のどこかで、処刑の悲鳴が上がらなかった日は一日もなかったそうです。非情な意味で完璧には見えますが、国民感情に大きな傷跡を残す結果になってしまったのです。弾圧を生き延びた僅かなクリスチャンたちはかなり変わった姿になって、その、変というか、素晴らしいというか、の姿が今年、〃長崎と天草の潜伏キリスタンの関連遺産〃の名でユネスコの世界文化遺産に登録されました。キリスト人が世の力にひどく翻弄されるとどのようにまで姿が変われるかを見る、世に珍しいケースです。むごくて劣悪な環境で形を変えながら生き延びた信仰のしなやかさというか、悲しさと言うか……。」

聴いている先生の表情がいつもとは違う。いつもは表情豊かでジェスチャーも面白いほど大きい。迫害された人たちへの憐みと憤怒が大きく表れてもいいはずだ。しかし、今は静かで沈黙のままだ。が、ただの沈黙ではなかった。唇が蒼白になっていた。額からしたたるものがあった。心拍が乱れるときに感じる体の重さの痛みと激しく戦っているようだった。時夢は、ヘボン先生の大きなジェスチャーは人への愛と配慮があってのものだが、ある事柄に対しては彼のジェスチャーが潜んでしまうことが分かった。

イエス様の周りに群衆が集まったもう一つの理由があった。奇跡のイエスの利用価値だった。少年がささげた一食分のパン五つと魚二匹で、男だけ数えても5000人以上を食べさせる奇跡を起こし、死人を蘇らせ、生まれつきの盲人の目を開かせる力がある。この人を王にすれば帝国ローマを倒してユダヤ帝国を作ることが出来る。彼らは叫んだ、イエスを王に、イエスを王にと。しかし、イエス様は応じなかった。イエス様が人々を導き入れたいのは、このはかない地上の国ではない。皆を天の御国の市民にすることである。イエス様の真意が自分たちの目的と違うことを知ったイスラエルは、イエス様を憎み、ついに十字架で処刑した。誠実だったザビエルと彼の友だちの犠牲は貴いが、彼らが知らないように背後で動いていて、今もそうしているものたちの動機について、ヘボン先生は深く悩んでいるようだった。

「先生の教会で洗礼を受けた人たちは、その重い束縛からいち早く逃れてきた前向きの人たちだったと思います。まだ生々しく残っている250年間の因習の掟を破ることは大きな不利益をこうむる時代でしたから。」

と時夢が話を進めると、先生ははっとして我に返った。

「ああ、その時の話だったね。ブラウン牧師 (Samuel Robbins Brown, 1810 - 1880) も、バラ牧師 (James Hamilton Ballagh, 1832 - 1920) も、わしも、神戸に行ったフルベッキ牧師 (Guido Herman Fridolin Verbeck, 1830 - 1898) も、これからの日本を、壊されて長年放置していたエルサレムと見た。その城壁をネヘミヤの指揮下で皆が分担して修築したように、我々もその働き者の一人になろうと意を決した。宣教の目的は〝人々に真の自由と尊厳を〟だった。世の支配者たちは、人々が自分の中に真の自由を求めさせる誰かがいることに目覚めることを許したくない。雲に隠れる厳かな山、巨岩、静かで神秘的な森などを神にしてその神々に畏れの心を抱くことは、彼らにとって問題にならない。むしろ、そのようなことをする人が多い方が支配者たちにはいいかも知れない。その中に、正しく真実な人生を歩み、従順な人が多いからだ。しかし、その神々が〝あなたは父なる天の神に似させた大切な創造物で、一人しかいない貴い存在だから、その神からの自由を所有しなさい〟とはっきり言ってくれるだろうか。

船の中でわしらが祈ったのは、日本の人々が真の自由に目覚めるよう、私たちを道具と用いてください、これのみだった。日本人が欲しがっていた西洋式診療所や、わしとバラ牧師の塾、クララ（Clara M. Leete, 1818 - 1906）の英語教室などは道具であって目的ではない。だからこれらを福音の前に置くことはしなかった。この国で燃え尽きるキャンドルの任務を全うすることが出来るなら、山手の丘のすそ野にある墓場の一角で休むのもまたよしと思った。それで主からの使命が全う出来るなら光栄である。

これから日本人が接する西洋文化は彼らを驚かせるものになるだろうと予想した。案の定、日本人は驚き、吸収を急いだ。彼らはわしらが携えてきた文物を、一旦受け入れて十分病んで、噛みしめて、再び立ち上がらなければならない運命の熱病のようなものとみなしているようだった。その学びぶりはあまりにも真剣で、今度はわしらが驚く番だった。しかし、キリストの精神も吸収したいと思う人の割合は、文物そのものだけを吸収したがる国の熱意に比べて、木の枝一つほどに過ぎないと見えた。

しかし、教会にも着実に若者たちが訪ねてきた。顔立ちが皆しっかりしていて、新しいやりがいを求めてそこに人生をかけてみようとする雰囲気がみなぎっていた。ギデオンの三百の勇士を考えた。彼らがそのように働ければ日本の将来は明るい。彼らに至急に必要だったのは、聖書を自国語で読めるようにすることだった。先延ばしできない問題だった。診療は極めて忙しかった。しかし、その合間に、日本の仲間たちと聖書を日本語に訳して行く過程は夢のような作業だった。これから来る宣教師たちの日本語習得を手伝う本を作るのも急務だった。彼らが手に取ってめくりながら新しい国の人々と交わる辞典『和英語林集成（わえいごりんしゅうせい）』はこれまた嬉しい副産物だった。我らは作業にいそしんだ。その間もわしらへの宣教の許可はなかなか下りて来なかった。それでも信じて準備の手を休めなかったよ。わしらが用意するものが尊く用いられる時は近いことを知っていたからだ。また、わしらのキリストの共同体の名前を何にするかを決めることも大事だった。皆が知恵を出し合った。意見が色々あったが、結局〝教会〟とした。この決定が最善だったのかは分からないがね。」

　時夢は、ヘボン先生の話の中に、疲れたとか、行き詰まったとか、眠れなかったとか、大変だったなど、あって当然だったはずの後ろ向きの言葉が妙に全く混ざっていないことを初めから微かに感じ取っていた。入国はさせたものの、宣教師たちの活動の許可を余りにも長く出してくれない社会構造へのいら立ちの様子もなかった。意識的というより、自然にそうなっていた。時夢はそのような先生の姿から、なんとなく爽快な香りを楽しんだ。

先生の聖書翻訳の話を聴きながら、時夢はおよそ40年前、まだ30歳になったばかりの時、銀座の大きな書店に見学に行ったことを思い出した。その建物の何階かで聖書歴史展示会があったからだ。時夢が小学生の頃に親が読んでいた聖書は、まだ昔のハングル文字だった。韓国にも聖書博物館はあったはずだがその存在も知らず、否、関心も持たないまま日本に渡った。そのような者がなぜそこに行ったのか、今考えるとかなり殊勝なことをしたものだとは思うが、聖書の歴史が分かる貴重な展示品に若干の敬意は払ったものの、歴史の遺物の中に隠れている汗まみれの苦労と涙の歓喜にはさほど共感できず、展示会の開催者にあまり感謝もしないまま、会場を後にしたのが正直な記憶である。しかし今、自分の目の前に、歴史の偉大な張本人が極めて真摯に、時夢の関心のすべてを自分に向かわせるがごとく、話かけて来ているのである。そして、今、時夢は部屋ごとに聖書を持っているのである。日本語、ハングル語、英語、読んでもいないのになぜかスペイン語の聖書まで、合わせると10冊を超える。外出用としてスマートフォンにも内蔵させている。

時夢は、教会という言葉の成立が意外にそう昔のことではなかったことに驚いた。そして、churchの日本語訳が〝教会〟で本当によかったのかという先生の疑問に同意した。５００年前、日本に福音宣教の初めての好機が訪れていた時、初期宣教師の伴天連(ばてれん)たちと彼らの日本人の仲間たちが集まって信徒の交わりを楽しんだ建物の名前は南蛮寺（なんばん）だった。ただ南蛮風の寺院の意味だったが、人々にその名前が記憶されるや否やその南蛮寺はつぶされ、250年の長きに渡って信徒たちも抹殺され続けたのである。彼らの命は、その交わりの場の名前を思い出す限り常に危険だった。日本の伝統文化というものの影に身を潜めて生き延びるしかなかった。奇跡的に微かな足跡を残せただけで、集まる所を持つことも、それに名前を付けて呼ぶことも許されなかった。日本のキリスト者たちは、ヘボン先生とその仲間たちが薄暗い光の下で作った〝教会〟という名前をもって、キリストの体、世俗との分離、信徒たちの交わり、礼拝などの複合的な意味を持つchurchに代わって再出発しなければならなかった。

「街を歩いてみたらあちこちに立派な教会の建物が見えたが、聖日になると街が結構にぎやかになりそうだね。」

先生が何を見て時夢の返事を楽しみに待っているのかが分かったので、時夢は両手を合わせてごめんなさいという仕草を見せた。以外な返事にあっけにとられた顔になった先生に、

「実は、その立派な建物の教会はほとんどが先生が思う教会ではありません。」

と答えた。時夢がアメリカに行くたびに見たキリストの教会は皆素晴らしい建物で、街の風景と溶け合っていて、この世がキリストによって、キリストのために創造されたことが自然に表れて

いた。しかし、日本の風景は違う。まるで日本だけが太平洋の片隅に神から逃げているような風景をしているのだ。

「先生、悲しいことにそれらはキリストの教会ではないのです。他の宗教の建物です。しかし、教会というのです。日本でキリストの教会を探すなら、その立派な建物の周りの貸家で探すのが早いですよ。」

先生は、そのような対比の理解に苦しんでいるように見えた。時夢は、自分の言葉に怒りと自嘲の念を込めていたのを後悔した。

「先生、今、日本では新興宗教がだんだん力をつけて立派な教会の建物を造っています。キリストの教会はすべてが小さくなりました。土地の主人は土地を守れず、間借りしていた者が立派な宮を建てたのです。」

先生は客足が切れて暇になった店員たちが雑談を楽しむ様子を、何も言わず寂しい顔でしばらく眺めていた。厨房から若い男の青年が顔を出して、東南アジアからと見てとれる純朴な顔のウェイトレスと時々笑いを交えて話している。

「これからの我々の集まりをなんと呼ぶかを話し合ったんだよ、その夜、わしの家で。〝教会〟でいこうという意見が多数だった。キリスト教の教理をしっかりと教えて全国に広めようという趣旨だったかな。学んだ教えをまた他人に教えて行く、と。我々の交わりの場は実は補い合う所だけどね。上からの目線ではないよね。傷は癒しあい、足りないものは与えあい、欠けているところは充足しあうところ。遅れる兄弟は一緒に歩んであげて、倒れそうな姉妹は支えてあげる。先に知った者もこれから学ぶ者も、この意味では区分がない。牧師も誘惑に負けることもある。その時助けに駆け寄るのは信者である。役割分担はあっても上下はない。分け隔てのないキリストの愛の意味が分かる所、イエス様の形が完成されていく人々の集まり、人々が集まってそれぞれが持つキリストの体の一部で主のモザイクの顔を完成していくところ、このような共同体になりたかった。」

ヘボン先生たちがいた日本開港後のしばらくの間と太平洋戦争の後の再建の時期は、日本にとっては将来のキリスト教会の運命を左右する転機の時期だったと聞く。ザビエルの時代を第一として、いわゆる第二と第三のリバイバルの好機だったのである。第二のリバイバルは素晴らしかった。キリスト人の共同体（church）は、初期宣教師たちと信者たちが知恵を合わせて造った教会という名で日本の社会にデビューした。教会は、新しい地平線のどこに向かって走ればいいのかに迷っていた優秀な若者たちの視野を捉えた。

「国を担っていくその優秀な青年たちが、教会の教えを踏み台にして大勢が社会に出ていくのを見るのはうれしかったな。」

その時の先生の顔は、大洪水に耐えた動物のつがいたちを箱船から出す時のノアのようだった。

これから命の色に変わった新しい世界が始まるのである。診療の傍ら、聖書の翻訳にも趣を置くようになってからの長い年月の苦労があった。国を指導して行く次世代の侍出身の指導者たちの家の大事な所に、自分が訳した聖書が置かれて行くのも見た。若い人材たちとの出会いと彼らの成長も見届けた。その中で生まれた日本人初の牧師、奥野正綱の指導にもかかわった。一方、北海道農学校ではクラーク教授が赴任して来て学生たちに聖書を読ませながら"Boys, be gentleman"と激を飛ばし、生徒たちはそれに食らいつく。クラーク教授の帰り際の言葉、"Boys, be ambitious"は日本中の若者の心をつかむ。日本は教会に学ばなければならないと好意を示す外務卿井上薫もいれば、キリスト教を国教にすべしと発言する福沢諭吉もいた。宣教師たちは皆がこう考えた。〝日本人は実に切り替えが早く、鎖国による遅れを取り戻そうと必死で、日本政府は我々の活動を後押しするので日本での今後の伝道も順調だろう〟と。回想に浸っていく先生の言葉を引き継ぐように、時夢が声を抑えて話をつないでいく。

「その後、大日本帝国憲法が発布されたのはご存知ですよね。」

「見た。日本人はキリスト者になる前に天皇の臣民になりなさい、ということでしょう? それで風向きが変わったね。国民は政府に従った。教会から人々が離れ始めた。わしが日本を離れたのは丁度その時期だった。」

「先生、それでも先生方の教え子たちは立派でしたよ。その後、巻き返しが始まるのです。

先生の国にもあったと聞きますが、20世紀大挙伝道会と言って、20世紀に入った初年に東京から始まった伝道会ですが、全国に火のように広がったのです。私の祖母が黄色い髪の毛をした宣教師に救われたあの路傍伝道もあれば、戸別訪問したり、トラクトを配ったり、著名人の信仰の講演会を開いたり、音楽隊を組んだり、なんと自動車伝道隊まで、あらゆる方法が動員されましたよ。先生たちのころから変わり始めた日本の新時代も味方してくれました。明治から大正になると大正デモクラシーといって、国は発展を急ぎ、国民は個人の自由や存在価値に目覚めるようになったのです。第二世代のキリスト教指導者たちも一層の働きに躍起します。」

「よかった、よかった、ハレルーヤ。その巻き返しは続くのかね?」

「先生、残念ながらそうではないのです。時代が昭和に変わると日本は混迷に突き進むのです。天皇をなお神格化し、それに相容れない教会は弾圧を乗り越えなければならなかったのです。先生が日本を離れた年に4歳になった子がいました。後程パウロのような強靭なキリスト精神の持ち主になっていって、〝日本を神の国に〟と奔走するプリンストン出身の賀川豊彦という啓蒙家を日本の教会は擁していましたが、昭和の流れを変えるには及ばなかったのです。」

「Princeton? Christian torchbearer? Paul? What is he? Please talk more about him.(プリンストン? クリスチャンの啓蒙家? パウロ? 彼はどういう人? 彼についてもっと話してくれないか。)」

先生はその賀川豊彦について興味があるようだった。時夢は、彼が、開国以降日本に伝わってくる西洋からの文物を言う日本語さえなく、宣教師たちによって紹介されたキリスト教の〝人間の自由意識〟を受け入れるのに日本の固有思想が激しく揺り動かされた時代の1888年に神戸で海運業を営む父と芸妓の間で生まれたこと、4歳で両親を亡くし、父の故郷徳島の親戚に養子として預けられたこと、幸せな少年時代とは言えなかったこと、成績優秀で地元の名門中学校に入るが孤独を好むしかなかったこと、そこで友だちの教会に導かれ、始めて聖書に触れクリスチャンになったこと、養子に入った本家が破産し、学業が危ぶまれた時に叔父に助けられるが仏教徒だった叔父は豊彦が洗礼を受けたのを知って縁を切ったこと、その後マイヤース宣教師に助けられ東京の明治学院神学部予科へ入学すること、神戸神学校の時は5年近くを貧民村の住民との生活を経験し卒業に伴ってプリンストンへ進学したこと、帰国する賀川の心は、アメリカで見た貧しい労働者たちの権利主張の姿を日本にも導入し、キリスト教の自由精神と結び付けて祖国を神の国に変えたい希望でいっぱいだったことなどを話した。

「先生もプリンストンでリバイバルの勢いを経験なさったとおっしゃいましたよね。先生の国のその時のリバイバル運動が日本にも同じく起きていて、その後昭和の流れに飲み込まれていきますが、賀川先生が帰国した頃その運動はまだ脈動していました。聖霊が働くと人々が本来の神の愛の似姿に戻って、各教会では今までとは違う祈り会が生まれたのです。その雰囲気のなか、国際宣教連盟会長が来日した際には、〝教会の間のへだたりをなくし、信徒一人が一年一人を教会に必ず連れて来る実践的な伝道に励んで、日本人の思想や生活をキリスト化する〟という目標を掲げる伝道運動が具体化するのです。不思議なことに、こういう時聖霊がお働きになると、必ず教派がなくなって人の心が一つになるのですよね。この神聖な計画は遅らせるべきではないと、日本基督教連盟主催で、東京で一番大きい広場、日比谷公園に信徒たちが集まりました。日本の首相もアメリカや英国の大使も出席する、今では考えられない盛況ぶりでした。1929年の秋のことです。何かの70年記念日をかさねていましたよ。先生、その何かが何なのかご存知ですよね？」

先生はあのヘボンジェスチャーでわざと知らないふりをする。しかしその顔は笑みを浮かべていた。

「それではただで教えてあげましょう。先生たちが来日したその年から70年目だったのです。牧会50年勤続者を代表して井深梶之介牧師の感動的な話もありました。」

久しぶりに聴く井深の名前に先生の瞳がぴかりと光った。井深梶之介（いぶかかじのすけ）（1854 - 1940）は明治学院大学の、先生の後継者だったからである。先生は軽く、しかし長く頭を下げた。後輩に敬意を表すようだった。

「そこから始まるのが〝神の国運動〟です。出来る限りのあらゆる方法が使われました。指導者だけでなく信徒一人ひとりが率先して伝道の勇士になりました。人材もありました。海外宣教部も設けました。今度は伝道の対象を農民、労働者層まで広げて、神の国新聞、雑誌、子ども向け絵本、生活改善と意識向上の教育、講演会など、今ではとうてい不可能に近い政治的な計画まで立てて、夕立のように推し進めたのでした。１９３４年までおよそ4年間の月日でした。この運動で一番先頭に立って走ったのが賀川豊彦牧師です。」

「よく引っ張ったね。素晴らしい。それほどの運動をリードするには神からの力添えがなければ努められない。先頭グループ同士の分裂はなかったのかね。ピリピ人への手紙の始めに書かれているように、主の働きに預かる者同士には善意ではあるが必ず分裂というものが生じる。」

「生じていました。彼の路線に疑いを持つ教団がいくつかあったのです。幼い頃に寂しさを経験し、貧しい人々の家族愛の大切さを覚えた彼は、死まで宣告されていた結核から奇跡的に癒されます。生きている神の癒しを経験したのです。情熱家に変わってプリンストンから帰った彼がもう一度目撃しなければならなかったのは、国を開放した後もなお広がる貧富の差、貧困層に施す政策のなさでした。中流層に重きを置いた教会も、彼らに対しては何も用意していませんでした。彼が取り組み始めたのが労働者生活向上のための組合運動、全ての階層の人々が幸せに暮らす日本への社会改造でした。自然に同じ志を持つ人たちが彼に興味を持ちはじめまして、ついに社会党の結党にも参加することになるのです。」

「信仰のない者とくびきを共にしたのか。神を敵に回し、人間の知恵だけで幸せな国を造ろうとするのが社会主義者の想いだ。バベルの塔の時から始まった。社会主義は労働の問題ではなく神の存在と正面対決の立場の思想だと〝カラマーゾフの兄弟〟でドストエフスキーは早くから警告していた。」

「しかし彼は晩年、無神論者の政治家たちとの間に一線を引きます。どこの国にもあるのでしょうかね、こういう時のやる気をそぐ内部批判。なお残るキリスト教界の一部からの冷たい視線を意識しながらも、彼のキリスト者としての日本への情熱は衰えませんでした。彼が息を引き取る直前までの祈りは〝神様、感謝します。日本の教会に恵みをお与えください。世界の平和を守ってください。日本を救ってください。〟でした。海外宣教までスケジュールに入れて奔走した彼のスケールから見て、〝この日本を神に〟だけではなく、〝このアジアを神に〟が彼の本音ではなかったでしょうかね。彼の宣教はいつも教派を超える真のクリスチャン伝道運動でした。今までのどの日本人より多く聖書を携えて津々浦々まで歩いた人。誰よりも海外の説教壇に立った人。後も先にも彼のような情熱の僕(しもべ)は生まれないでしょう。彼が先頭に立った、その時の神の国運動を超えるリバイバル運動はないと思います。クリスチャン精神の上に立った彼の内外の業績は、ノーベル賞委員会の目に留まったこともありますよ。」

「君は彼が大好きのようだね。」

「私は、彼が政党の結党に参加したことには失望です。彼を評価したいのは彼のパッションです。

今の日本の教会に自発的にこの情熱の炎が起きるのを期待していますが今こそ起こるべきなのにどういう訳かなかなか遅いのです。本当に不思議なことですが、このパッションはキリスト教の異端の中にはあるのですよね。先生はネガティブな言葉がお好きでないと思いますが、私の言い方で言えば可能性はだんだんなくなっています。霊の渇きの今の時代、このパッションを求める人々が少ないはずがありません。先生をこの国に送ったほどですから、神が日本を特別に愛しておられるのは言うまでもありません。しかし、もし何人かの情熱あふれる人たちが賀川先生のように信仰の炎を引き起こそうと動き出すならば、彼らは再び、疑い、長い論議、批判、冷たい視線の中をかき分けて通らなければならないかも知れません。今から日本に再びリバイバル運動を引き起こす、賀川先生を凌ぐ誰かを神様が急いで起こしてくださることを願ってやみません。彼は青年の時、あと二年の命と言われていましたが生きている神の癒しの体験をしました。ダマスカス途上のパウロ、エマオへ向かう二人の弟子のように、熱い何かを感じない信仰は、雨を降らさず通り過ぎる雲に似た哲学のような信仰になる恐れがあると私は思うのです。以前のパリサイ人のように、です。熱くて溢れ出るものを感じない、だから分け合うことを思いつかない、冷たくて静かでただの倫理クラブのような信仰では世の流れに勝つことは出来ないと、彼は日本の教会の将来を心配していたのです。彼が描く日本は、ただ神を抽象的に信じるのではなく、朝になると顔を洗って髪をとかすように、神は常にそばにおられる方として、その神を共有する者たちが一つになって祈って行く、この世で体験する神の国でした。賀川先生は言葉こそ使わなかったですが、彼が選んだ〝非抽象的〟、〝日常〟、〝一つ〟などの言葉から考えると、聖霊に満たされるクリスチャン生活、聖霊によって導かれる教会を考えたと思います。その教会に支えられる美しい社会を夢見たと思います。アメリカの建国初期からを神の国と言うならば、賀川先生が描いた日本は〝新生神の国〟と表現できるのではないでしょうか。私は日本の多くの教会指導者が同じ夢を持っていると思います。信徒たちも、自分の教会がそのように導かれるのを、首を長くして待っていると思います。彼が好きなのかと先生は尋ねましたが、夢を行動に移す熱心な姿勢は大好きですね。」

「あのリバイバル運動が続かなかったのは彼のせい？」

「いいえ、あの運動が衰退した後も彼は似たような運動を何回も試みるのですが、情熱だけでは対抗できない機運が渦巻き始めました。」

「機運って、なんの機運？」

「一つは自由主義神学への汚染ですね。一つになっても勝つのがやっとなのに神の国運動が衰退した同じ年のなかば、いわゆる〝日本神学〟というものが顔を出すのです。」

「どういうもの？」

「キリストを、日本の歴史を背景に説明しようとする動きです。」

「なるほど……。」

先生は大きくうなずいていた。先生は福音宣教の戦いの話になると落ち着いた表情でいつも首を大きくたてにふる。今は勝っているように見えるがいずれは亡びる運命にある敵の巧妙な戦術を見抜いている将軍のようだった。

「ほかのは？」

「日本は神の国運動が終わる一年前に国際連盟を脱退します。分かりますよね、日本が考えていたことを。それからわずか8年後、ハワイが攻撃されるのです。」

「その後、世界で5000万人とも8000万人とも言われる命を奪ったあの戦争への加担か……。」

「悲劇の時代です。その時代の悲劇の足跡を風化させまいと、頑張る日本人は今も多くいますよ。」

「戦争はハリケーンのようなもの。押し寄っては爪痕を残して去る。戦争よ、もうこれ以上来ないでくれ。お前は我らの魂まで砕いたのだ。しかし、悪魔の顔をしてまたも来るのは何故？　いくら食べてもそれだけでは物足りない餓鬼のように、繰り返し来ては何もかもを壊す。カインの後裔たちの好む仕業だ。彼らは弟アベルを死なせたことへの恐怖を感じている。平和が怖いのだ。先に攻撃してその残影を壊す。相手にも自分にも爪痕を残す。」

誰の詩なのか、どこからの曲なのか、先生は静かなバリトンの声で歌っていた。その余韻が鎮まるのを待って時夢が言う。

「あの時代を生き残るため、日本のキリスト教会が選んだ道も爪痕です。」

「同調したのか？」

時夢は、殉教者を出してでも曲げなかった数少ない教団を除いて軍部の政策に翻弄されていく大部分の日本の教会、人間の神・天皇にひざまずく教会指導者たちの様子について話した。全国の24万人を超える信者たちは羊飼いを失った羊の群れのようにさまよっていた。彼らのなかのどれほどの魂が、極寒の地を歩みながらも、生きておられるイエスとの忘れられない思い出で支えられていたであろうか。日本にはクリスチャンにとって大なり小なりの極寒の荒野の記憶がある。しかし、あの荒野のように見えている土地も、ひと降りの雨で草原に変わることがある。

「しかし、先生、敗戦によってもう一度花が咲いたのです。アメリカのGeneral Head Quartersのマッカーサー将軍が敬虔なクリスチャンということもあって、国民の脳裏から遠く離れつつあった教会の存在が、瀬戸際から表舞台に帰って来たのですよ。戦争の跡地はアメリカの従軍牧師たちとクリスチャン兵士たちの活躍の場と変わりました。伝道集会と日曜学校は人で溢れかえっていました。先生たちが蒔いた種が花を咲かせたのです。今では考えられないことも起きていました。東京のある教会の礼拝には首相と国会議長が同時に出席していた時もあるのですよ。片山哲さんと松岡熊吉さんでしたけれどもね。多くのクリスチャンたちが国の発展のロードマップ作りに加わり、日本を代表する国立大学の敬虔なクリスチャン総長、教育家、名のある企業の創始者らと共に、活躍の場を広げながら国の底上げに励んだと聞いています。彼らの業績は今の日本の至る所の礎になっています。少ない信者数ながら、キリスト教がいまも日本の三大宗教の一つに数えられるゆえんがそこにあります。」

ヘボン先生は、すべて知っていながら子の口から出る話をもう一度聴くのを楽しむ父親の表情だった。神は論じ合うのが好きなのである。子に次々と話をさせるのである。神は聞くのが好きなのである。次々と祈らせるのである。神は我々が話したほどにご自身でも話し、我々が祈るほどにご自身も答えの声を発するのである。その声が聴こえないのは神の声の周波に耳を合わせる方法を忘れているだけのことである。先生は根っからの聞き上手だった。時夢の力説を続けさせていた。

「戦後、日本の再建は早かったです。日本の産業が急速に浮上するのを見た若者たちは、教会以外からも〈生きる〉目標を探せると思い始めました。事実、先生が日本で働いていらした時期以降数10年間で、日本の力は西洋の後ろ姿がすぐそこに見えるまで成長していました。日本人意識も高揚し始めました。天皇神格化をより強く進め、日本には美しい自然から生まれた日本の神がいる、その神で世界を治めることが出来る、と、形を固めていたのです。そのさなかでもキリスト教会は全国にキリストの精神を植えつけようと熱心でした。学校を建て、至る所に教会堂が増えて行きました。しかし、今は……。」

時夢は自分の話に力が入りすぎているのを先ほどから感じていた。先生は穏やかな表情で話を聞いていた。時夢はこの話題がこのまま進むと先生を疲れさせることになるのではないかと案じた。先生は宇宙における善と悪の大争闘については熟知していたが、政治には関心がない、否、世に住む限り政治に無関心でいられることはないが、魂が奪われるほどまではさせない。ユダヤ人たちがローマと闘って勝つために、イエスをどれほど担ぎ出そうとしたか。しかしキリストは動じなかった。メシアが人類に紹介したかったのは永遠の御国であって、帝国ローマでもこの世での繁栄を願うユダヤでもない。実状、その二つの国はもう世には存在しない。時夢は、先生の横浜訪問の目的とは程遠いかも知れないこの類の話が、先生をひどく疲れさせてはいないか確かめようと、先生の顔色をうかがった。もしその様ならここで話を中断しなければならない。小さなため息に変わった先生の息遣いが聞こえてきた。唾を飲み込む音も聞こえた。先生は生涯をかけて愛した国のその後について知りたがっている、時夢はそう感じた。お代わりして飲んだコーヒもカップの底がすっかりかわいている。

時夢はあの陽気なウェイトレスにお代わりのコーヒーを頼んでみた。彼女は喜んで新しいコーヒーをこぼれるほどなみなみと運んでくれる。それをこぼすまいとひと口飲んだ先生が、

「オイシイネー。」

と言うと、彼女はからりと微笑んで離れた。

窓際に古くなった胡蝶蘭が見える。一時は、この店の開店祝いに贈られた華々しいものだっただろう。だが、今は花もつけずそのまま放置のようだ。その葉の間に何か動いている小さい生き物がいた。葉と葉の間を一生懸命に行き来している。一匹のクモだった。糸で巣を編んでいる。

編み終えられるだろうか。今夜そこにエサはかかってくれるだろうか。季節はもうすぐ晩秋なのである。その様子に二人は肩をすくめて微笑んだ。

時夢は、どうしても日本の教会が戦後の復興の機会をどう迎えたのかを話したかった。最後かもしれないその第三のチャンスに、教会に集まった新しい信徒たちはなぜか長く残らなかったのである。この国に少しなじみ始めたキリストの教会に、戦争の疲弊から身を寄せた人たちが願ったものははっきりしていた。魂の平和と新しい勇気と慰めだった。新興宗教が彼らの心を吸い取ってどんどん膨らんでいく間、教会を選んだ人たちは教会の教えから彼らが求めたものを手にしただろうか。教会で〝教えてもらった〟程度の救い主のイエスでよかったと思えただろうか。救い主の本当の豊かさを見いだせただろうか。キリストの力こそ本物の力であることが分かる能力を、身を持って分かるように教えてもらったであろうか。彼らは発見出来ないでいた。教会史の歴史家たちはその時の様子を、教える力も抱擁する胸も準備されていなかったと概ね意見を合わせている。その後、アメリカ軍のクリスチャン兵士たちが自力で奮闘した足跡の上に、本国から送られた宣教師たちがぼちぼちと教会を建てて羊たちを導く。立ち直るのに時間がかかり過ぎた主(しゅ)の僕(しもべ)たちも汗を流すが、痛い思いを覚えすぎた日本の教会は、豊穣を謳歌する日本社会とは裏腹にさらに乏しさを増して行く。時夢(ジム)は話を聞いている先生の顔が時々緊張で歪んで行くのを見た。それは間違いなく時夢の表情の反映であることが分かる。しかし、さすが。先生の本来の温和な顔に素早く戻って行く。

「先生、その中でも、英語の雰囲気が漂う教会は、その牧師が日本の魂を真に愛しているかいないか、日本の教会の存続の危機意識を抱いているかいないかに関係なく、ある程度の信者は集まるという不可思議な現象があります。なぜだと思いますか?」

本当なのか、本当なら興味あるところだね、という表情で時夢を見つめていた先生が顔を近づけてきてささやく様な声で聞く。

「このようなことを聞くが、本当の話かね? 最近、海外にいって暮らす日本人たちが現地では大勢教会に通うというが、日本へ帰って来ると信仰を失ってしまう。彼らを迎え入れてくれる教会が見つからないからだ、という話。」

時夢は、なぜヘボン先生がそこまで知っているのかがとても不思議だった。

「聞いております。寂しい話です。一年間で国内の教会が伝道する数より多い新鮮なクリスチャンたちが毎年帰国する、と聞いています。」

「やはりそうなのか。なら、なぜ日本に来ると信仰を止めるのかね? なぜ彼らの教会が見つからないのかね?」

時夢は、これこそ、自分が先生に質問したかったことなのに、逆に先生に質問されてしまったこと、そしてそれに誠実で正直に答えなければならない負担を感じた。時夢は慎みながら答えてみた。

「教会の雰囲気の違いではないでしょうか。」

「どのような？」

「海外の教会は父の家に帰って来た、という雰囲気ではなかったでしょうか。緊張が要らない、気が楽、同じ境遇の人々が心を開けて話し合いが出来る、助け助けられるという人間そのものの温かさと教会の楽しさを経験したのではないでしょうか。彼らは、教会に行くといいことを教えてもらえるよ、と聞いて教会へ足を運んだとは思いません。〝来て見て。教会はよい所だから〟と、ナタナエルがピリポに誘われたような言葉で彼らも誘われたと思います。行ってみてその温かさがだんだん分かって来た、と思います。」

「帰って来るとどうなるのか？」

時夢は答える自分の息が詰まる感じがした。

「しきたりというものがあります。大人にも小さな子どもにも要求するしきたりです。教会も同じです。大丈夫よ、と言いながら結局は要求してしまいます。遊び心の旺盛な子どもたちには、しきたりの中でイエス様の素晴らしさを体得するには時間がかかります。その様子をみて親たちも考えてしまうのではないでしょうか。」

「君の話を聞いて思うのだが、日本にある英語を話す人々が集まる教会は、海外の雰囲気に似てはいないかね。そこにはアメリカ人だけではない。東南アジアの国々からの人も南米やアフリカの国の人もいるはずだ。彼らこそ温かい。心も豊か。経済的に恵まれた人ばかりではないはずだ。しかし彼らは素手で教会に来ることはしない。何かを持って来て分け合う。心も分け合う。その雰囲気が好きではないかね。子どもたちが先に感じる。」

時夢は一年前、数日預かった孫を連れて近所の教会の子ども礼拝に参加していた時のことを思い出した。メッセンジャーは、合わせて10人程の子どもたちの前で、こんなに多くの子どもが来るとは思わなかったと言って、自分の準備が疎かだったことを認めた。メッセージの内容も子ども向きではなかった。賛美の時は何回も立つことになるのだが、立つのが遅いと感じたのか、後ろにいた年配の人が〝立って！　立って！〟と声を出す。善意ではあったと思うが、大きな声だった。礼拝が終わるや否や孫は、〝おじいちゃん、早くここから出よう〟と言う。孫はまだ幼稚園生だった。

今までの対話の間、時々訪れて来ては去っていくことを繰り返す例の沈黙がまたしもしばらく続いた。我らの主がこの世におられた時、長く語り合ったのは誰だったのか。また、間に来る沈黙さえ意味のあった対話の相手は誰だったのか。聖書は短くしか書いていない。ニコデモだったのか、ラザロの家のマリアだったのか。人の中にその名前はないかも知れない、寂しく離れた所で語り合った天の父の外には。

二人の視線の先では、先ほどからせわしく働いていたクモがいつの間にか巣を完成させていた。その銀河の形をした巣が二人の息遣いに時々揺らぎ、糸には二人の対話が無数のオリーブの花びらのようにくっついていた。二人は冬が来ようとするこの季節の一時に、喫茶店の隅に放置された胡蝶蘭の葉を頼りに完成した蜘蛛の必死の作品にしばらく見入っていた。そして、なぜか聖書の中ではこれ以上その後を知り得ない、キリストの他の弟子たちの行方を想像していた。

ペテロの兄弟のアンデレ、ピリポ、バルトロマイ、アルパヨの子タダイ、カナン人のシモンらの懐かしい名前の主人公たちは、師の命令に従ってエルサレムからユダヤ、サマリアを経て遠くへ離れて行ったに違いない。その後彼らはどのような路を歩いてどのような村に入ったのだろう。師から言われたとおり二人だったのだろうか。もしかしたらこの蜘蛛のように独りだったのだろうか。中へは迎え入れられず、どこかの家の軒下で、独り夜を明かしたことはなかったのだろうか。そして、ただの一人の魂も心を開けてくれなかった村を離れる日の朝、荷物をまとめながら口から漏れ出る内なる嘆きはなかったのだろうか。そしてその季節が、今日の横浜のように、今すぐにでも木枯らしが吹き下ろすのを待つばかりの季節ではなかったのだろうか。自分が作った巣の片隅で真剣に身を潜ませている蜘蛛の目に、窓から入って来た横浜の空が微かに映っていた。

「寂しくはなかったですか。」

沈黙が続くとき、先にそれを破るのはいつも時夢だった。今度もそのような時夢に先生はにっこりと微笑んだ。先生の笑み、話す時の表情は百年前からの友であるかのように気が安らぐ。

「最初の頃のわしらは皆家族のようだったからね。互いにすごく慰め合っていた。でも、故郷から遠く離れて勉強する子が故郷へ帰る日を待つように、わしらの中にその日を待っていない人は一人もいなかった。誰かが帰国するようだ、という噂を聞くと、みんな羨ましがっていた。皆自分の仕事に一所懸命だったけれど、寂しくなかったと言ったら嘘だろうね。でも、主イエス、その方も孤独だったことを考えた。主はご自身の地に命を与えに来られた。なのに、人々はその方をあまりにも軽んじた。誰にも聞こえないところに行かれて、天の父にどれほど大声で訴えておられただろうか。それに比べれば、わしらの寂しさはちっぽけなもの。でも寂しさは時に恐ろしいものだった。精神と体を一番駄目にしたのは、この寂しさの問題だったからね。わしらは最高のものを与えに来たが、時には怒られ、時にはけだもの扱いにされた。主イエスに乱暴を働いたユダヤ人のような人たちもいたよ。その人たちの前でわしらは小さな存在にしかなれない時も多かった。日本は確かにわしらの国のように発達した文明ではなかったが、固有の伝統と文化には素晴らしいものがあった。社会はわしらも驚くほど高度な秩序の中にあった。国民は情緒的にも落ち着いていた。往診先で、素朴な生活でありながら彼らのかやぶき小屋の壁に結構な刃先の日本刀が掛かってあるのを見た時は、背筋が寒くなったわ。

その中で、わしらが祈り求めたのは神の豊かさだった。大胆でいられますように、清らかな声で心を表わすことが出来ますように、主イエスに似て彼らへの思いがいつまでも初心のようでありますように、彼らを見る眼差しに余裕があって内と外にいつも気品あるユーモアがあり続けますように、宣教師の品位が失われませんように、王のように赦し王のように愛せますようにと、これらが基本的な祈りだった。わしらが言う、いわゆるSMILE（スマイル）の祈りだよ。」

「ええ？　先生、ちょっと待ってください。そのスマイルという祈りって、笑いながら祈ることですか？」

「ハハハハ、違うよ。スマイルの祈りだよ。」

「先生、私には分かりかねます。もう一度説明をお願いしてもいいでしょうか？」

先生は時夢の真剣になった顔を面白そうに眺めている。彼はスマイルという単語の響きにひかれて思わず先生の話を遮った。韓国では「ダニエルの祈り」がささげられていると聞く。ソウルの漢江（ハンガン）の辺りのオリンピック広場近くにある五輪教会からだ。その光景がユーチューブに乗って世界に送られている。イエス様の再臨は近いのに準備すべきクリスチャンたちは眠っていると、目覚めたい人たちの自発的な祈りだ。かなり忠実な内容になっている。先生は喜んで答えた。

「Straighten your back のS。大胆に仕事をこなす使命者を目指した。Make your voice clear のM。丘の上の聴衆の上に響き渡る主の清らかな声を求めた。Imagine your Jesus のI。十字架の恥をも厭わない主を視野から逃さないことを願った。Laugh more のL。宣教師の品位を保ち、心の余裕とユーモアを持ち続けたかった。Enough forgiving のE。知恵者は怒りを遅くし赦すことは栄光ある人の常、という箴言の御言葉から取った。事実、わしらの前に広がっていたのは、アンダウッド君が朝鮮で見た、木一本さえのびのびと育たない痩せた土地ではなかった。日本の土地は新しく肥沃だった。が、立ちはだかっていたものは、アンダウッド君が朝鮮で逢った逆境に勝るとも劣らなかった。戦わなければならなかったのは、言葉一つで関係が歪む、だから、心の底から滲み出るユーモアの言えない、高度な秩序社会だった。わしらは笑う時も泣くときもそこにユーモアがあるように努めた。仕事もそのように頑張った。ところが doctor yaginuma, あなたはユーモアの人ですか？」

時夢は本当のユーモアが何かは知らないが、ユーモアが好きである。漫才とか寄席のような雰囲気の滑稽さではなく、なんとなく滲み出る面白さがある人、他人を楽しませた後に自分も決して笑わないのではなく自分も半分は微笑む人、そのようなものを身につけたらいいなと思っている。

「ユーモアは好きです。」

と答えると、先生のあの老躯から昔のユーモア・モードがほんのりと蘇るのが見て取れる。ユーモアには人を若々しくさせる力があるのがわかる瞬間だった。

「私の診療所二階で持つToddler会の人たちも、出来るだけユーモアを入れるようにしています。」

「What is that Toddler club, you said?（トドラー会ってなに？）」

「Toddlerはよちよち歩きのことですよね。日本には、英語の基礎知識は相当あっても、会話に繋げない人が多いです。持っているその基礎を使って、日本式英語でもいいからとにかく話してみよう、という趣旨で作った英会話クラブです。二時間ものですが、最後の20分は英語の讃美歌で締めくくります。10人程のメンバーですが皆喜んでいますよ。」

「Good job, doctor Yaginuma!（すばらしいね、ドクターヤギヌマ）」

先生の口元がほころんだ。

「時には宿題で自分が作って来たユーモアがなかなか人に伝わらず、結局自分も分からなくなって皆で笑ってしまいますけれどもね。」

「それは相当なユーモアだね。君たちはユーモアを知っている」

「ところが、先生、飛躍しすぎかも知れませんが、アンダウッド宣教師が見た昔のあの朝鮮の地、のびのびと育った木一本もなかったあの状況でのあの一本の木を、ユーモアに結びつけることは出来ないのでしょうか。今の環境は非常に厳しい、改善策も見つからない、しかし、周りとは全然違う一本の木が全然期待もしなかった所で、全く思いもつかない時に、丁度いい形で出て来るもの、そして、それが環境を変え、改善の余地を作って、自分も生き、周りも生かせる新しい世界を作っていく、これがユーモアの本質ではないかと今考えました。先生はどう思われますか？ちなみに、今の韓国はアンダウッド牧師が見たくても見えなかった真っ直ぐ伸びた木一本どころか、豊かになって、世界の国々に御言葉を運んでいます。」

先生はロミオとジュリエットの物語を例に挙げた。

「ロミオの仲間たちの一人にマーキュシオがいた。彼の言動は、いつ何が起きるか分からない両家の若者たちの争いの緊迫感の間で、いつも息抜きの役割をしながら平和の夢を見ていた。その努力は凄まじくて必死だったが、夢は果たせなかった。彼は争いに巻き込まれ、遂にはジュリエットのいとこティボルトの剣を受けてしまう。周りの若者たちは彼が致命傷を受けるのを見たが、あまりにも平気な彼の振舞に、彼が致命傷を負ったことを忘れ、彼のユーモアを楽しむ。皆、彼は相変わらず愉快な友だと思ってしまう。しかし彼は傷を必死に押さえながら自分の役割を言い続ける。命絶えながらの最後の言葉が、〝ジュリエットのキャピュレット家、ロミオのモンタギュー家、お前たちは今何をやっているのか〟だっだ。争いとは何なのか、権力とは何なのか、愛とは何なのか、今大切な俺が失いかけている命とは何なのか、である。ユーモアとは、それがなければその地は不毛であり続け、争いは止まず、人々は幼さを持ち続けるもの、目に見えないと言って広い世界を知ろうともせず、上には上があることが分からない単純な連中の意識に風穴を開けるもの、そのために、誰かの心の中で突然に発生する微笑みの悲鳴である。どうかね、Doctor Yaginuma.」

ユーモアは凄まじい。ユーモアは悲しい。ユーモアには命と死がある。素晴らしいコメディアンに近づくほど、彼らの顔からは段々と悲しみのようなものが染み出るのをよく見る。本物のユーモアは自分を敗者にし、相手を勝者に変える。その姿は、渇いた地から出た根のように麗しさも輝きもなく辛子種のように小さい。噛めば噛むほど味が出る甘草のよう。御使いたちの趣味にふさわしい。

「先生、聖書にもユーモアにあたる部分がありましょうかね。イエス様も時には弟子たちと楽しく笑っておられたと思いますが。」

「ウーム、そうだね。考えたことがないが、何かありそうだね。慎ましい主題だね。君は心当たりがあるのか?」

「考え違いをしてしまうと聖書が変なユーモアになってしまいますので用心しないといけませんが、ゴリアテとダビデはどうでしょう。三メーター近い巨人のゴリアテのあの重武装ぶりは、彼が実は何かに怯えていることの表れです。一方、石投げだけで立ち向かおうとする少年は、神の力を頂いている怖いもの知らず。二人の対決はあまりにもバランスの取れていない戦いのように見えますが、二人の間には最高レベルの緊張感が張りつめていて、それに耐えられない巨人の口は絶えず神を冒涜する言葉を吐き出します。しかし、この死の緊張感を知らない遠くから眺めている巨人の仲間たちは、この巨人とちびの戦いの仕草に笑いこけるのです。

「ウーム、そうかなあ。映像にすると面白そうだな。」

「嵐の中、舟は沈んでいくのに艫(とも)の方で眠りにふけておられるイエス様はどうですか。弟子たちは互いに足をつっかけながら慌てているのに、イエス様はいびきをかいていらっしゃる。」

「ウーム、いつも疲れていらっしゃったから。」

「カナの婚宴の披露宴で、水を葡萄酒に変えて絶体絶命の窮地に立たされた貧しい新郎を助ける前に、イエス様が新郎の窮地を知らせた母のマリアに〝Dear woman, なぜ私をかかわらせるのですか。私の時はまだ来ていません〟と言った時の dear woman はどうでしょう。マリアの目が丸くなったと思いますが。」

「フーム、そうかな。」

「姦淫の現場から引っ張り出して来た女の人に石を投げつけようとする人たちに、腰をかがめて地面に何かを書かれるイエス。それを読んでその場から立ち去ることを急ぐ様々な年齢層のひとたち。その中で品位のある高齢の人が逃げるように去って行くのを見る彼を尊敬する人たちが何人、分けも知らず後を追ってその場を去る様子はどうでしょう。」

「フム。痛快さはあるが笑いはないね。」

「あのバラムはどうでしょう。神の預言者のふりをしながらモアブの王の財宝に目が眩むバラムの右足を、彼を乗せていたロバが石垣に押し付けますよね。痛みで落ちそうになって、怒りのかたまりになったバラムがロバを叩きつけます。その時、ロバが口を開けてバラムに抗議しますが、いたっ、いたっ、としながらそれを聞く彼の表情はいかがでしょう。」

「大事な主題だから、笑いなしで読みたい部分だな。」

「主人が帰ると自分に来る裁きを恐れて、帰る前に主人の財産を勝手にいそいで処分して身の安全を計った僕（しもべ）の例え話がありますけれど、その僕をイエスが、〝賢い者〟とおっしゃる部分はどう読めばいいでしょう。この時の僕の行動は何でしょう。」

「ウーム、分からないね。初期に来た宣教師のわしらにもあって、教会の交わりの中にも許され、多分、イエス様と弟子たちの会話の中にもあったはずのユーモアと笑いが、聖書の中からはなかなか探せないね。御言葉はやはり命そのものだ。曖昧な解釈の余地がないね。すごいな、聖書は。医学書に曖昧な解釈が出来る内容を入れてはいけないのと同じだ。ユーモアは確かに真髄には近づくが、真理とは厳しく区別しないといけないな。荒野でイスラエルの民を養っていたマナに肉やコショウなどの世の匂いは入っていなかった。勉強になる話だった。〝ユーモアと宣教〟という主題で論文を書いてみたらどうかね。完成したらアメリカへ招待する。飛行機代は君が出したまえ。わしの教会の信徒たちはそのようなテーマの講師に初めから交通費などを支給することはしない。うちの教会の信徒たちはレベルが高いからね。」

先生は大勢の人の前での緊張を、一瞬のユーモアでほぐしていた多くの講演の時のことを話した。加えて、聴衆を笑いに導くために、ユーモアに始終する牧会者もいることを心配した。再び沈黙が始まろうとする雰囲気を今度は先生が許さなかった。

「君の声を聞いていると、歌が好きそうだね。その声で夫人とよく賛美歌を歌うに違いないと見えるが。」

「そうなりたいけれども残念ながらそんなに多くはありません。家内は、本当は声が良いのですが、人の前ではあまり歌いたがりません。時々出る声がプロのソプラノそっくりだから練習するとすごい歌が歌えるよ、と言っても信じてくれないのです」

「声はいいのに歌になると緊張する人がいるからね。力は強いのに先に泣いてしまう子がいる。成績は良いのに受験に失敗する人や、普段のテニスはうまいのに試合になると下手になる人がいるね。真面目なのに人に好かれない人もいる。面白いね。脳中枢のどこかに、最善の反応を求めて入る神経経路を失敗しやすい自分につなげてしまうメカニズムがあるかもね。人の前で歌いたくない人たちに、自信が持てる良いきっかけが出来るといいのだが。一緒に大きな声で讃美歌を沢山歌って見たらどうかね。愛と根気を持っていい方法を必ず考案してみなされよ。君のためにもね。きっと長続き出来る妙案が見つかる。見つかったら人々に教えてやりなさい。」

「分かりました。そうします。」

そうだ、きっとあるはずだ。探して見よ。家内のための特注のやり方だ。ヤコブはラケルのために14年間を数日のように働いた。ボアスはルツを得るために、朝早くから町の門の入口でそわしながら、いつ通るか分からないある人を待ち続けた。彼女に優先権がある人だ。世の中、解決の方法が全くない問題は一つもない。

5　郷愁

「さっき、寂しくなかったのかと聞いたでしょう？　後になるとそれぞれ自分の家を持つようになるが、最初、しばらくの間は皆同じ家で住んでいたんだよ。後に出来る外人居留地からは、かなり離れた成仏寺という寺だった。寂しくならないように、わしらはよく讃美歌を歌った。わしも歌が好きだが妻の方が上かな。幸いなことに、わしらにはピアノがあった。ブラウン牧師の奥様が持って来ていたのだ。宣教師婦人たちは皆ピアノが弾ける。日本人たちを誘ったらよく加わってくれた。来日して間もないのに讃美歌を歌う会が出来上がった。日本人たちの音楽に対する趣は相当なものだったな。ピアノの上には彼らが自分の庭から採って来た山百合や野薔薇がいつも生けてあった。たまにイギリス軍駐屯地から流れて来るローズがお目見えすると、皆が〝洋ボタン〟だねと歓声を上げて珍しがっていた。週に一度回って来るこの会が待ち遠しくてねえ。

夜、宣教師たちが一つの部屋に集まるとなぜか自分の故郷の話が多かった。行ったことはなくとも、皆の故郷の情景が目に見える程分かる。

ブラウン牧師の故郷はマサチューセッツ州のモンソンという町でね。その入口にある敬虔なトムソン長老の靴屋は盛業中で、新調したお客さんが置いて行く古い靴を捨てないで、教会に来る時は町一番のピカピカの靴に変えて自分が履いて来ていたとか、町の真ん中を流れるチコピー川の両側には水車で動く羊毛製糸工場が沢山並んでいて、機械を直しに呼ばれたお父さんが幼い自分を連れて行く際には、良い助手だなと皆にからかわれていたとか、そのチコピー川に流れ入る東からのフォスケット・ミル支流は水が綺麗でよく沢蟹をとりに行ったとか、そしてそのチコピー川が西に大きく流れを変える所に、いたずら好きのソーヤ君の父が経営する鍛冶屋があって、その川はコネチカット河に合流するとか、モンソン第一教会は町の西側に茂る森の中にあって、80メーターを優に超える白松、赤楓、ナラ、ヒッコリの木などが鬱蒼とするその森に棲むフクロウ夫婦は、そのソーヤ君の旺盛な探検精神が大嫌いだったとか。ああ、そうだ。遠くの採石場から山を崩す雷のような音が聴こえ

ていたことも懐かしいと言っていたな。

すると、今度はそのブラウン牧師を、日本行き宣教師の大先輩として仰ぐバラ牧師も話に飛び込む。彼はニューヨークのデラウェア郡だったかなあ。彼の思い出の中にはいつも畑で働いていたお父様の姿がある。たまにニューヨークから人々が遊びに来ることもある田舎町ホバート育ちだ。中心街には本屋さんがちらほらと建っていたが、彼は街にはあまり行かない。お父さんの畑がいつもの自分の遊び場だ。まだ6歳なのに、せせらぎの周りに咲いていた花たちや木々の名前を全部覚えていた。架かっていた木の橋が大雨で壊されたのをお父様が直す時、その小さな手で手伝った話をする時は目頭が熱くなっていた。まだ小学校一年生だった。しかし、彼の牧会者としての心の形作りに最も影響を与えたのは、あの美しい自然のダベンフォートらしい。どこまでも続く野原があった。ガラガラ蛇に出会うことも度々あった。自分が見つけておいた、赤い実をたわわにつけたラズベリーの木が茂る場所に弟を連れて行って、口の周りが赤く染まるまで頬張ったこと、魚がよく捕れる小川の場所も知っていて、仕掛けた網に入っている魚を見に、普段は朝寝坊なのに、朝早く起きて走って行ったこと、犬と草原を駆けめぐった話、家に余裕がなかったので働きながら学校に通っていた多感な青少年時代の話、玲瓏と輝いていた数えきれない程の夜空の星たちの話、アジア宣教に同じく関心を持っていた、後に妻になるマーガレットをその草原に連れて行ったことも話してくれたな。

次々と出る故郷の思い出話で花を咲かせた後、わしらはいつも祈りに行く山手の丘に登る。早朝ならいつもわしらが見る風景がある。初めは東京湾の海はまだ青色を出さず、向こう側の房総半島の朝の面影も日の出前の暗闇に隠れている。しかし、わしらは知っていた。わしらがthree, two, one, zeroと掛け声を出しながら紅海に向けて手を伸ばしたモーセの真似をすると、それに合わせるかのように太陽がいきなり燦爛と輝きの顔を出すことを。すると、一瞬にして東京湾は青緑に輝き始め、対岸の村の家々の煙突から煙が立ち上るのが見えて来る。

昼の山手の丘は、林立する松の木の間に三浦半島を見ながら山伝いに根岸の崖の上まで歩く道の始まりでもある。行き止まりの崖の上からは、遥か遠くに富士山も見える。しかし、山手の丘の上から見る夜の海はあくまで深い暗闇だ。見えるのは、星空と海の間の微かな水平線を超えて、なお黒い煙を吐きながら太平洋へ向かって遠ざかって行く船たちの明かりだけ。わしらは何も言わず明かりが消えて見えなくなるまで見送るのだった。船に向けて手を振る者もいた。丘を下りながらわしらは、各々に残った使命の日々を数えてみた。しかし、ラケルを得るために7年の奉仕が加わるのを嫌と思わなかったヤコブを思い出して、あの船の行き先が我らの故郷であることへの思いは頭の中から振り落とした。」

「先生たちもそうだったのですね。ちょっと意外です。」

「君も韓国から来た宣教師の友だちがいるのではないですか。彼らは力になるのですよ。故郷の話をしながら悩みを分け合ってみたら？」

時夢も、知っている宣教師たちが定期的に集って交わりをするとの話は聞いている。おそらくヘボン先生たちの初期宣教師たちの集会と似ているだろうと思っている。いずれ参加して、彼らの働きから色々と学んでみたいと考えながら、どういう訳かいまだに一回も実現していないことが申し訳ない。考え込んでいる時夢を案じたのか、ヘボン先生は柔らかく話の流れを変える。

「わしらの山手居留地から見ると、丘の向こうの下に、日本人に混じって熱心に働いている中国人たちが見えていたんだよ。彼らを見ると、故郷を離れた人たちだなと同類意識にかられることもあった。自分の故郷を離れないでずっと生きることは天よりの恩恵かも知れない。しかし、故郷を離れるのは、大変ではあるけれど、やり甲斐のある人生だと、彼らを見ながらわしは思った。以前には想像もしなかったことを、全然知らなかった場所で、全然なじみのない人たちと共に成し遂げる、それ自体が冒険であり素晴らしいことではないかと、せっせと働く彼らを見ながら考えた。彼らのうちの一部は故国に帰り、いくらかは残るだろうが、彼らが仕事に充実に働けば、まだ田んぼが残っているあの場所にいずれは彼らの地が出来、その地の主（ぬし）になって繁栄を楽しむだろうと、心から祝福したくなった。そして、わしたちの存在についても考えて見た。ただ流れて来たわけではない。ナザレのイエスがご自身の御働きに同参させようと、わしらを前々から目に留めてくださった。守ってくださった。そして、時になって声をかけてくださった。用意された器、と受け止めて粛然とした。しかし、その感覚には悩みもある。自分は主の求める基準よりはるかに劣る者で、汚れ易く、世的になりやすい存在であることに変わりがなく、その弱さが常に付きまとう存在であることだ。使徒パウロのローマ書7章での、〝ああ、私はなんと惨めな人間なのでしょう〟という告白につよく共感する。

わしは彼らが羨ましかった。仕事は辛いけど、終わったら家に帰って子どもたちと遊べる。彼らの家々が並ぶ路地に入ると、すぐ彼らの料理の匂いと彼らの琵琶や洞簫(どうしょう)の音が迎えてくれて、わしら夫婦が前にいた彼らの故郷の風景を思い出させる。日本なのに彼らの街はかなり中国に似ていたね。そこで食べて、時には一杯やって寝て、疲れた体を休ませればいいという、単純に見える生活が彼らには出来る。叫ぶことがあったら叫び、飲みたければ飲み、喧嘩したければ喧嘩する。間違いがあってもわしらほどには心が痛まず、住処の掃除がたとえ疎かになっていてもあまり人を気にしなくて済む。」

なんのためらいもなく先生は心の内を打ち明けているように見える。時夢は驚きよりも親しみをもって先生の顔を見つめた。その彼の右目で送る軽いウィンクは、本音をすこし明かしただけよという仕草であり、君も同じだろうという自身への同調を求める心のようにも思われた。

時夢(ジム)は右瞼が小さくもぞもぞと痙攣するのを感じた。先生は多数のヘボン研究家を持つ雲の上の存在、自分とは時宜と使命において器の色が異なる人、けれども、時には自分を忘れ、今は所々水田が残るが遠い将来には立派な中華街になる運命の路地の店で、世の人々と交わりながらストレスを発散してみたい、時には違う夢を持って生きている人々と同じ部屋の空気を吸いながら世間話でもしてみたい、という心情にもなっていたかも知れないと、時夢は思った。"Thank you, doctor Hepburn"と、時夢は内心お礼を言っていた。

あまりにも真っ直ぐなテモテの性格が過重なストレスの元になることを心配して、弟子に葡萄酒を少し勧めるパウロがいた。そのパウロを今度は主イエスが〝あなたの弱い姿をそのままにしておきなさい、力むことはない、あなたの弱さをそのまま私が用いる〟と慰める。弱いままでもいい、崩れた形でもいいと言うのに、僕たちはこのままの器ではいけないと思ってしまう。主イエスに迷惑をかけてはいけないのでもっとしっかりしなければと、自分に鞭打って服従させようとする。主(しゅ)は我々の弱さの数に勝るほどの多くの赦しの理由を憶えておられることを時々忘れる。

昔の宣教師たちも今の宣教師たちも、孤独感からくる疲れから、なかなか放棄できない功名心から、脳裏にこびりついた不忠な習慣から、衝動にかられやすい性格から、宣教師にふさわしくならねばならないという重圧から、何があっても揺るがない不動の霊的境地へ抜け出たいという願望は同じであろう。同じ宣教の旅路なのに、バルナバをゼウス神に、パウロをヘルメス神に祭りたてようとした人々の町もあれば、彼らがいると女神アルテミスにまつわる商売が成り立たないから殺そうとした人たちの町もあった。世の人と同じ性情を持ちながら、手に救いの福音の旗を持つことに心細さを感じるのは致し方ないものだろうか。

しかし、神の摂理は止まらないなか、文物は腰を低くして受け入れながら宣教師たちの活動に関しては高慢な視線で警戒を怠らない社会の中での福音伝道は続いた。ヘボン先生たちは未来を信じて黙々と一歩一歩を進むしかなかった。しかし、そのような中でも主が送ってくださるたましいは見え始めた。その数少ない一人一人に濃縮された成就感を感じるには、キリストの犠牲への鋭く磨かれた理解と冴えた感性が必要だった。

周りの風景そのものにキリストの平和が漂う故国を離れたヘボン先生たち初期宣教師の心を、宣教期間中に絶えず占めていたものがあった。日本の、まだキリストを知らないたましいへの愛だった。人が聖霊に満たされ、真のキリストを知るようになると、世に他人はいない。隣人が自分になるのである。隣人を自分のように愛し、さまよう隣人への愛は憐みに変わり、自分の命をも差し出すのである。彼らは一つしかない命の貴さを誰よりも知っていて、その意味を追求し、その究極の姿を、道であり、真理であり、命であるキリスト・イエスから見いだせた人たちだった。遠く離れた国の人々ではあっても、キリストの中では皆が自分であって、キリストにつながる愛の熱気を一つも減らすことなく日本の人々へつなげようとしたのである。ロバート・テーラー宣教師が中国人に対して抱いていた〝一年に何百万のたましいが救いの言葉も知らず死んでいく〃ことへの憐れみと同じものだった。

使命感の乏しさ、器への疑いの問題でさいなまれている時夢は思いを巡らした。福音伝道のつわものたちは一つとして天使のような少年少女時代を楽しんだだろうか。皆が主への愛に燃えた青年時代を送ったのだろうか。守られた潔い器として尊く鍛えられた壮年時代だっただろうか。主の器には、乳離れして間もない頃から主の神殿で育ったサムエルのような人もいれば、エフのように初めから刀を持って走った人もいる。

ヘボン先生たちに日本行きへの迷いはなかっただろうか。インドやアフリカを先に考えたことはなかっただろうか。宣教師として任命された日の夜の期待と不安、船の中での祈り、紅葉ヶ丘が向こう正面に見える横浜港に船が近づく時の彼らの覚悟はどんなものだっただろうか。永遠に続きそうな貧しさと苦しみのなか、嘆きの祈りを主イエスにぶつけて安らぎを得ようとした人たちへの想像を絶する迫害が、江戸の平和という名に隠されていた事実をどれほど知っていただろうか。神は救いの通路として天使たちをお使いになることはなさらない。同じ土器の器を用いられる。エリヤも同じ人間だったが雨が降らないように祈ると三年半の間雨が降らず、また祈ると雨が降った。パウロも、ヨシュアもモーセも、火の中からやっと救われた燃え差しのような姿の存在だった。

170年が過ぎた今は、欧米からの昔のような宣教師はもう来ない。彼らが建てた教会は福音の熱気が冷めるにつれ、歴史に誇りを持ちすぎやすく、分裂にもろい信徒たちによって守られながら高齢化している。ありさえすれば滅びない義人の数50を45へ、45を40へ、さらに30、20、10へと、ソドムの救いのためにとりなすアブラハムの悲しい願いに似て来た教会の実態を後ろに見ながら、大部分の宣教師たちは疲れ切った足を引きずって、一生をささげようとした日本を後に帰郷した。

その後を埋めるようにして隣国の韓国から豊穣の国、日本に向かって宣教師たちが海を渡り始めた。ヘボン先生たちが港へ近づく船から見た、薄暗くてうっとうしそうな家屋を背景に海辺をうろついていた侍たちのいる風景ではもうない。そびえ立つ摩天楼、駆け抜ける時速320キロメートルも出す世界屈指の新幹線、世界を牽引するテクノロジー、そして、世界一の長寿国だ。天皇を中心とする安定した情緒、よく手入れされた国土、大事に保存される固有文化、その中で育まれたプライド高い日本に、アメリカとは正反対の方面から宣教師たちがやって来るのである。

ヘボン先生の時代から今になるまで日本人は大きく変わっている。西洋文物に憧れ、〃追い付き追い越せ〃の猛烈な努力が実って国は列強の仲間入りを果たし、国内総生産量で世界トップクラスの座を占めると、国民は〃個人が見える一人の人間〃として生きることを美しいと思い始めた。聴衆の中の一人ではなくカラオケ機の前で自分が歌手になることを好み、地縁や血縁、会社の縁などが視野のほとんどだった関係から個性化を選好（えりこのみ）するようにもなった。そして、この個人主義への変質は決して無秩序には流れず静かに集積した後、自身の意志による公徳心の形成へ流れつく。被災地で泥土と闘うお洒落なボランティア活動家たち、街の清潔感と静かさ、落し物の持ち主への世界一の回帰率、安全な治安などは日本社会の習わしになった。

1989年から始まる平成時代を通る間、日本はあの〝失われた20年〟を失業者も氾濫させず、経済格差もほどほどに押さえて生き延び、第二の経済大国の座こそ急伸した中国に明け渡すものの、日本人の自信や国威が失われることはなかった。長年培ってきた〝日本の良さ〟を世界が認め始めているからだ。日本の公序良俗への自負心のもと、パリ駐在NPOの職員たちが自発的に始めた黙々と続く異国の道路の清掃活動が、始めは無関心だったプライド高いパリ市民を感嘆させる。日本で暮らしたアジアの留学生たちが、日本の清潔さを〝他者への心遣いの現れ〟と次々と本国の新聞に投稿する。日本の良さを小学校の教育によると見たエジプトの大統領が、自国の小学校に日本の教育システムを取り入れる。これらの動きは、日本人が世界に向けて決して小さくならない自信を持たせ、世界におけるこれからの日本の位相がなお面白くなることを予測させてくれるものである。日本人において、日本らしさの躾（しつけ）の自然な雰囲気のなか、公の美と個人の価値を調和させて造り上げた日本の文化は、世界に向けて守りたい見えない権威である。権威とはプライドの戦いである。実力を伴わないプライドは空しく去って行くしかない。

海を渡って来る新しい方面からの宣教師たちを、日本人は注視している。彼らが携えて来るものが何かを注視し、その価値が与えるプライドが宣教師たちに生きているのかを見る。戦国時代に日本に向かう船でザビエル神父に聞かせるアンジロウの言葉、〝日本人は先生の言葉と行いが一致するのかをしっかりと見るでしょう。その後、先生の言うことを信じると思います。〟は今も生きている。ザビエル神父はアンジロウのあの言葉を生涯忘れなかった。徹底的な言行一致を貫き、後進を育て、彼以降長きに続く迫害の時代にも、キリストが光として信じる人たちに居続けるよう努めた。日本開国時代のヘボン先生たちも同じだった。真っ直ぐな日常のなかで、携わって来た医学を生かし、生活と社会の啓蒙にもつながる聖書を提供し、永遠の命の道をともに歩いてくださるキリストを紹介した。それから170年が経った今日、韓国からの宣教師たちがキリスト教をもって日本の文化へ衝撃を与えようと挑戦しているのである。

彼らが日本に与えたいものは、世において一つしかない素晴らしいものである。ザビエル神父とヘボン先生たちが祈ったのは、キリストを通して、人間は一人も残らず、父なる神によって貴く創造された存在であることを知らせることだった。けれども、ザビエル神父の後継者たちは弾圧によって殉教に散り、ヘボン先生たちの足跡は歳月が経つにつれ日本の文化の権威に色褪せる形になってしまう。そこに、1980年代から、日本宣教のための韓国の教会の祈りが始まった。教会の重鎮たちが来日して度重なる大聖会を開き、ある牧師は日本プロテスタント宣教150年記念式で表彰もされた。

それから40年、韓国の宣教師たちの今日の挑戦に疲労感が漂い始めている。ザビエルと仲間たちは多くの日本人に殉教の見本を見せ、長きに渡る迫害の時代を隠れキリシタンとして生き抜ける強靭さを、身体をはって植え付けた。ヘボン先生と仲間たちは、外国人墓地に眠る覚悟でキリストの福音を広め、将来の日本を担う人物たちが育つ多くの教育機関の礎を築いた。日本宣教の最後の波と言うべき韓国からの宣教師たちは、日本のために何を犠牲し、何を用意してきて、何を残そうとするのだろうか。選りすぐれた器を選別したであろうか。日本と日本人を謙虚に研究したであろうか。キリストの純粋な姿、貴い奉仕、惜しみのない犠牲を、〝愛〟と書いてはあるが、破れやすい韓国製のふろしきで、乱暴に包んではいないだろうか。日本人は韓国からの宣教師を有難い目で見ているのだろうか。日本人が世界に誇り、世界が認める日本の文化に勝るもの、それがキリストであることを、身を削りながら示す覚悟は出来ているであろうか。波涛のように押し寄せては遠ざかって行った何回かの日本のリバイバルの波。最後の波を目指して上陸して来た隣国の宣教師たちの働きは今後どのように展開して行くのだろうか。

時夢は、今、自分が長々と時間を頂いている老紳士が、日本の宣教と近代の歴史に重要な人物であったことをもう一度思い起こした。そして、歴史とはいったい何なのかを考えた。もっともすぐれた人類歴史家の一人トインビー（Arnold Joseph Toynbee, 1889 - 1975）は、〝歴史は反復するがその中で創造が生れる〟という。リバイバルの波も繰り返して来るうちに、ぴかっと光るもう一歩の素晴らしい足跡が付くと幸いである。ソロモンは、誰かが何かを始めたとしても前あったものの小さな再現に過ぎないと見て、神の御前で自分の業績を自賛する人間の営みの虚しさを嘆く。

先生が横浜に着岸してから月日が経って170年である。神は今の横浜の風景をご自身の意図した風景と見ておられるだろうか。ヘボン先生が夢見た横浜の風景だろうか。もし神が今の横浜の風景が気に入らず、もう一度描きなおそうとするなら、それに異存を唱える教会はあるのだろうか。歴史的な名を誇って高度に秩序化していた古代都市が廃墟になって行くのを歴史は語る。新しく造りなおす後継者も建て直そうとする役員も少ない高齢化した日本の教会が、そのまま横浜の風景になっていていいと思うクリスチャンはいないだろう。ヘボン宣教師たちが港に近づきながら見た夢の風景は、間借りしていた異宗教たちがそびえる宮を建て、キリストの教会はそのそばで衰退していく風景ではない。横浜の夜空に伸びる教会からの光があまりにも暗い。暗くてうっとうしそうな家々を背景にうろつく侍姿の男たちがいた浜辺と、金銀で彩色した世のビルディングに埋もれて光もチャイムも放てない教会のある今の浜辺と、どこが違うだろうか。ならば、初期宣教師たちは失敗したのであろうか。

横浜が福音の音を聞いてからかなり後のことだが、アフリカの聖者と呼ばれたシュバイツアー

(Albert Schweitzer, 1875 - 1965) という人物がいた。アフリカの住民たちに与えた多大な素晴らしい施しが彼をノーベル平和賞に導いた。彼は医師でありながら博愛主義者、音楽学者、哲学者、神学者など多彩な才能の持ち主でもあった。住民たちの目に映る彼は神のようだった。しかし、福音宣教はどれほど伴っていただろうか。彼が築いた病院は、今は文化の香りがする優秀な観光地になっている、しかし、教会はつれない姿をしている、と聞く。彼の母国ドイツは、近代日本教会の発展に好ましい影響を及ぼしたとは言えない自由主義神学の発祥地である。彼の神学はその元祖の一人を師にしている。神が正しいと認める人と、世の好む人は異なるもののようである。

使命とは何か、歴史とは？ 実りとは？ 主が来られて福音の結実を僕(しもべ)たちと清算される時、よき僕(しもべ)と言われる者は誰か。その時、世の栄華を極めながら主の道を逸脱し後世の信仰人たちが彼の救いについて疑いの視線を送らなければならないあの「伝道の書（「コヘレトの言葉」）」の著者、複雑な人生の考え方を聖書の根源まで無視しながらなお複雑な方法で整理しようと試みた歴史学者たち、博愛主義者といわれながら救いへの認識があいまいな〃いわゆる聖者たち〃は、なんの意味を持ってどこに立つのだろうか。人間の歴史の中で煌めく大きな星々さえ愚かと言われる神の前で、彼らは口をつぐむしかない。時夢は、最後の波として来日する隣国の宣教師たちの中にいる自分を確認しなければならない。どこまでが自分に与えられた使命なのか。先生に尋ねる時夢の声が変に渇いていた。

「来日された目的はほとんど成し遂げられましたか?」

信仰に、医療に、教育事業に、塾に、辞典にと、中途半端は何一つなく、しっかりとしたものを日本に残した業績で、初期宣教師たちを論ずる人々はヘボン先生を一番先に置くことをためらわない。宣教と歴史の小道で迷い、自らの思索で小さくなってしまった時夢の声の変化を先生は気にしなかった。

「わしらは皆が種まく人だった。その姿勢に徹底した。刈り入れる方は主であると決めた。その方が満足なさるかが大事だった。問題はわしらの世代の働きが終わった後だ。残した業績があると言ってくれるならそれは有難い。しかし、日本国民にイエス様の真の姿を正しく伝えてくれる後継者選びに失敗することを皆は恐れた。バラ牧師の教会からも、明治学院からも、多くの優秀な後継者たちが生まれた。しかし、わしらの祈りは常に、〝御心が天になるごとく地にもなさせ給う〟ことにふさわしい人物が育つことだった。彼らは主に夢中になっていったが、彼らの祖国は八百万の神々がいる国であることが常に心配だった。わしらはいずれ故国に帰る身だが、残る彼らはわしらより荷が重い。」

「先生は日本にずっといらっしゃることは考えなかったですか? 山手の丘の上にある宣教師館で、先生の老眼鏡を見たような気がしますが。」

「わしとクララはもう高齢になっていたよ。死ぬ覚悟だったのに生き延びていた。77歳の頃かな。わしが手掛けたものは守られて順調に進んで行って、もう第二世代の発展が始まっていた。老兵は退くべきだよ。また海辺の気候のせいか、わしも家内も関節の痛みを抱えていてね。ニュージャージ州のイースト・オレンジの地に最後の家を持った。横浜の家より小さくした。膝の痛みは少し和らいでくれた。クララはわしより4年早く先立った。わしら夫婦はいつも日本にいた時のことを感謝していた。長い間、海の向こうの暗い影に横たわっていた日本国民にわしらを送ってくださったことは感謝だった。朝の光が横浜の丘々の上に照り染める光景を目の当たりにさせてくださった神の恵みも光栄極まりない感謝だった。かつて、この日本という未知の国に行こうと、ニューヨークでの富と楽しみとを振り捨てた時、多くの友人が愚か者だと嘲笑ったよ。しかし、わしら夫婦は一時たりとも後悔したことはなかった。しかも、わしらに対する主の約束は満たされてなお余りがあった。わしらに対する主は恵み深く、またことごとく親切であられたことも感謝だった。日本に仕えた33年の間、わしらはそのように年老いていった。日曜日に教会に行くわしら夫婦の姿は誰が見てももう老夫婦だった。」

どこからか溜めた息をつく長い音が聴こえた。時夢の内部からか、今皆が息を止めているように見える喫茶店の中の誰からなのかは分からない。先生の言葉一つ一つが、主に最も忠実で、作詞者の心情を最も正確に表出する素晴らしい声楽家の賛美のように美しく響いていたからだ。

「33年間もおられたのだからほとんどの日本は見て回ったでしょう?」

時夢は、先生の答えを興味深く待っていた。この質問には理由がある。先生には大変恐縮なことだが、大体この質問に対する答えから、神様からの召命を受けた使命者の姿勢を知ることが出来るからだ。そして、彼は満足できる返事を聞いた。ある牧師以降、二度目のことだった。先生は首を横に軽く振った。その時間があまりにも短く、動きは小さかったので、もし自分がよそ見をしていたらその動きを捉えることが出来ず、答えをためらっていると思うところだった。先生は今の質問が気に入らないらしく、その日の対話の中で唯一、厳しく悲しい表情で時夢を見つめた。時夢はその視線に耐えられることが出来ず、この質問をしたことを後悔した。

実を言うと、この質問の中には先生の心構えをうかがってみる意図があった。直間接的に時夢が会ったいわゆる宣教師たちの中、ゴルフでもやってリフレッシュしてくださいとある長老が誘ったり、温泉旅行にでも行ってくださいと案内を買って出る執事がいたり、美味しい肉があるので食べに来てくださいと招かれると、誰が拒むだろうか。受けるばかりが当たり前の体質、食事のもてなしもいつの間にか最高級でないと満足しなくなった自分を見て恐ろしくなったある牧師が、自虐的なこの言葉、〝乞食根性〟と〝教会で君臨する帝王ぶり〟を使って震えながら自省の念を込めるのを見た。宣教もするが楽しみも見逃すまいと、大切な機会を湯水のように費やしては、帰り際に報告用として写真だけはしっかりと撮る人もいると聞く。

時夢は一人の人物を30年前に経験した。韓国系米国人の辛牧師だった。5日間の日程で日本に来た。夜は彼を招いた日本の教会で宣教集会の主講師を務めることになっていた。問題は昼の時間だった。事前の約束で、恵は夜の集会に参加できない知り合いのお母さんたちを出来るだけ多く自宅に呼ぶことになり、集まる人数も日に日に増えていた。滞在期間の中ほどになって、彼をそばで世話していた韓国の牧師が、またいつ来られるか分からないので昼に富士山観光にでも行きましょうと提案した。それを聞いた辛牧師は一言で断った。〝富士山より恵さんのアパートに集まってくださる婦人たちの魂が重要です。今回は私に与えられている職務にだけ忠実でありたいと思います。あなたの心遣いは感謝します。〟との返事だった。このような先生には今まで他に出会ったことがなかった。今日その二人目の人物に出会ったのだ。

何といういい匂いだろう。Made in Heavenとしか言えない貴い香りが、先ほどから周りでほんのりと行き来するのを時夢は感じていた。

先生は、あなたこそ色々旅したのではないかと、好奇心たっぷりの表情で聞き返す。時夢は沖縄と四国を除いて、本州の黒部ダム、白川郷、厳美渓、阿蘇山、九州とその周辺地域など、学会や家族旅行で足を運んだことのあるいくつかの観光地の話をした。特に神話発祥地らしい自然の雰囲気、そこにそびえる出雲神社の境内で、一緒に来ていた旅行者グループの皆が参拝するのに時夢と恵だけが参拝しないのを見たグループの他の人たちから、その後なんとなく敬遠されてしまったとの話を聴く先生の唇が、声もなく〝サンキュー〟と開くのを見た。

6　白金台にある大学

「昨日、白金台に行ってきた。ちゃんとチャペルがあったよ。綺麗なチャペルだった。わしのものらしい胸像が見えたのでそこは遠回りに避けて散歩して来た。」

と、いきなり先生が話を変える。東京の由緒ある白金台の地には、先生が自分の子どものように大事にしていた明治学院大学がある。コロンブスがアメリカ大陸へ航路を拓いた後、ヨーロッパ各国は急いで自国民を入植させた。真の信仰に目覚めたクリスチャンたちも、自由な信仰を求めて次々とアメリカへ移った。新しい地を開拓しなければならない彼らに何より必要なものは、強靭な精神だった。それの基になるのが、彼らにとってはキリストへの信仰だった。彼らは教会を建て、指導者を育て始める。ハーバード、エール、プリンストン、そのほか優秀な神学校が全国に生まれる。日本の初期宣教師たちも同じことを考えるのは自然である。いずれ自分たちが故国に帰る時のことを見据えて、ブラウン牧師が「1人のブラウンより10人のブラウンが良い、しかし、何も出来ないブラウンではいけない」と言ったように、彼らは日本教会の将来を担う器を作り出す学校の設立を急がなければならなかった。ヘボン先生が集めた若者たちに福音を教えたバラ牧師の塾を元にした白金台の明治学院が、その先駆けだったのである。東京の交通網が今ほどになる前までは、白金台に行くには京浜急行で品川の隣駅、泉岳寺まで行って都営浅草線に乗り換え、高輪台駅で降りて歩くことになる。そこの程よい広さの敷地に明治学院大学はある。初期宣教師たちの理念を受け継ぐ後継者養成と、将来の日本の人材を育成する目的で建てた学校で、そこにおけるヘボン先生の役割は大きいものだった。

なるほど、行かれたでしょうね、と時夢は思った。学長に会われたのか、ご自身の名前を明かしたのか、即席講演会は開かれたのか、生徒たちと歓談する時間は持てたのか、などは興味のあるところだが聞かなかった。ただ、自分なら、守衛室の了解を得て校庭をひとまわりゆっくりと回って、チャペルに入って祈ったあと、なんとなく我が子のように触ってみた校舎のタイルのでこぼこした感触と、握手した生徒たちの繊細で滑らかな手の感触を覚えてから、近所の喫茶店で二時間ほどののんびりした時間を楽しんで白金台を後にする、と勝手に考えて見た。

「チャペルのタイルはがさがさしていて、冷たくて気持ちよかったよ。わしが信仰に燃えていたプリンストンでも、アジア宣教の夢を抱いていたペンシルヴァニアの医学部時代でも、わしは冷たくてがさがさしていた大学の建物のタイルの感触が好きだった。わしには人から離れ、ほんの僅かな時間だけれど、度々祈りに行く好きな場所があった。あまり学生たちが来ない、大学の建物の裏の静かな場所だった。柏の木の枝先が壁すれずれまで伸びていて、四季がどこよりも早く訪れる。壁のブロックは岩のようにごつごつしていて、そこに手をのせて祈るのがわしの習慣だった。色んなことを祈ったよ。主が決めてくださる伴侶のことも、彼女と宣教の旅に出かける夢のことももちろんだ。夏には校庭のナラの木の枝の風に揺らぐ影がその壁に映り、冬は冷たい雪が祈るわしの手の上に積もる。走って帰って来るわしに学友たちはどこに行っていたのかと聞くが、この秘密を簡単に漏らすわけにはいかなかった。」

先生は卒業後、中国へと行動に移す。船中で愛する妻の胎児に起きた不幸、劣悪な環境でついに奥様が病いに倒れ帰国を余儀なくされるも、ヘボン先生ご自身が「よき妻は神の賜物なり」と認めたその妻クララは、またも、今度は日本行きを決めるのである。ニューヨークから大西洋を迂回し、インドを回って横浜までは178日もかかる。その長い船旅は、今のクイーン・エリザベス号に乗って、たまたま通りかかる時夢のような者の見送りを貫いながら優雅に港を離れるような世界一周の旅ではあるまい。死地になるかも知れない国へ向かう航海である。実際、支えあった盟友のバラ牧師はその地の〝外国人墓地〟に愛する妻を置いたまま帰国することになるのである。行く時も来るときも、周りの物を全部振り捨てる先生は命と伴侶と使命だけの身になる。そのような先生にも、神からの試練は例外ではなかった。孤児院の院長が自分の子を他の子どもたちと同じ部屋で育てるのと同じく、世にいる限り試練は天の下に住むすべての人々と同じようであった。

使命者は神の使命を全うするために呼ばれ、使命者の身分以外に何も与えられない。使命を全うした後、彼らが得た世での褒賞に関しては記録がない。神はご自身の僕を選ぶことに失敗しない。今のヘボン先生の顔を見ればそれが分かる。先生の顔からは、愛する父と対話を終えたばかりの、青年のような紅潮まで帯びているのではないか。神の僕、預言者たち特有の、昔のアダムが持っていた健康な紅潮だ。どのような悪魔の仕打ちと脅かしがあったとしても、使命を守り抜いた時の色あせない夢の色。どれ程の多くの使命者が世と妥協し、夢を変質させ、あるいは縮小させながら、神の夢を失わせているのだろうか。もしかしたら、その偽の使命者の中に自分も席を並べていて、俺は結構な使命者だと自らを偽っているのではないだろうか、と、時夢が静かに襟元を触ってみた。

時夢は、先生が大変楽しみにしているはずの、しかし、最もがっかりするに違いないことを最大の注意を払って話さなければならなかった。

「Dr. Hepburn!」

「Yes, I am hearing, dr. Yaginuma.」(開いているよ、ドクター・ヤギヌマ)

「I have to say to you about something that surely will make you sad.」

(先生をまちがいなく悲しませるお話をしなければなりませんが)

「No problem dr. Yaginuma. I will hear that. I am prepared. What is that?」

(心配ない、準備はできていますよ。ところで何かな?)

「先生。実は先生たちが建てた学校の神学部が全て廃部になっております。」

瞬間、時夢は、自分の演技力のなさを痛感せざるを得なかった。その最大の注意が奏効しなかったのである。その時、時夢は岩のような巨人が一瞬で倒れるのを見た。始めは、時夢の言葉が事実ではないと疑いたいようだった。しかし時夢の表情から自分の望みが空しいことが分かると、しおしおと巨体が傾いた。驚いたことに、興奮や極度の緊張の際に時夢に起きる頭部振戦が先生にも起きていた。否、先生は全身で震えているのである。先生は息を堪えたり、深呼吸をしたりとしてその感情を抑えようとはしたが、かなり長くその状態が続いた。水を飲もうとするが、空しくもコップの重さがそれを許さなかった。若干曲がって見える背が、なお低く下がった。顔に笑みを浮かべる力も消えていった。唇からは温かい色調がなくなった。弁天橋の上で見た大きな岩の顔の額には汗雫が噴き出ていた。目は一か所を凝視していた。瞬きも失っていた。頭の揺れは東京や千葉、遠くの別府まで行って長年を伝道師として生涯の後半を送った時夢の母にも、尊敬する辛牧師にも時々現れていた。学会場のスクリーンに映る何人かの高名な教授たちにも、意外にある。皆、いつか真理が明白に現れることを信じて、自分の主張ばかりを無理やり通すのに無意味さを感じる人々である。高潔な生涯を好む人々である。彼らと誠実さや純粋さを共有する幸運に恵まれているなら、その症状はむしろ見る人の心を安らかにさせる逆説的な面もある。

「何があったのか、大学に?」

平静を取り戻した先生が真っ青な声で聴いている。私は教会指導者養成の中枢になるべき関東学院大学、青山学院大学、明治学院大学からほとんど同時期に、ある学生運動をきっかけに神学部が消えて行ったことを話した。先生は、世界で例を見ないその理由に二度目の衝撃を受けた様子だった。先生は静かにうなずきながら、誰かに向かってこうつぶやくのが聴こえた。

「お前の仕業だな。見事に見える。しかし、お前の時は長くない。」

沈黙が続いた。長く、長く続いた。外は夕闇が迫っていた。巣の真ん中に陣取っていた蜘蛛(くも)が少しずつ動き始めた。

その時、ドアがいきなり開き、5人がぞろぞろと入って来た。〝いらっしゃいませ〟という従業員のあいさつと、〝ママ、俺たちあそこに座ろう〟という元気な子どもたちの声が同時に聞こえてきた。開いた入口のドアからさわやかな秋風が銀杏の葉っぱの香りと一緒に流れ込んで来た。小学校三年生位と見える男の子二人と、それより小さい女の子、それにお母さん二人であった。

「お前たち、何食べる?」

従業員がメニューを持ってくる前なのに子どもたちに聞く。体格のよい、陽気そうな顔のお母さんである。

「俺、ハンバーグ」

「俺はカレー」

「私もカレー」

子どもたちはあっという間に自分がほしいものをママたちに伝え、時間がもったいないと言わんばかりにスマートフォンを取り出して、一人の子は貧乏揺すりをしながら、一人の子はにやにや笑いながら、女の子は目が悪くなるのではないかと心配になる程画面に目を近づけてゲームに没頭して行く。

「私たちは何にする?」

先に、子どもたちに聞いていたお母さんがもう一人のお母さんに聞く。

「今日は私に出させて。うちの人、昇進したの。」

ややスリムで声の優しいお母さんが言う。

「そうなの？　いいわね。うちのパパは何してるのかしら。私、これにする。」

「私もそれにするわ。」

二人のお母さんは焼肉定食で決まった。

料理が出るのは早かった。子どもたちは料理が出るのが早すぎてゲームの時間が短くなったことが不満のようだったが、ゲーム機をそばに片づけて、パクパクと食べ始める。

「お前たち、お祈りはした？」

「分かったよ。これからするよ。」

一番大きい子がそういうと、子どもたちには決まった食前の祈りの歌があるらしく、急いで歌う。歌の後、お母さんの一人の短い祈りが続いた。子どもたちの目はみんな半分開いている。その様子を見るヘボン先生も静かに目をつぶって祈りに加わる。まるで、ひ孫たちの食前の祈りを一緒に楽しむようだった。

「ねね、ソギオンマ（石のお母さん）、ハヌリオンマ（空のお母さん）のこと、聞いた？」

陽気なお母さんがたずねる。

「聞いた、聞いた。乳癌でしょう？」

「いきなり分かったらしいわよ。自分の体を大事にしないからよ。あの人は、本当に。今、入院中だって。精密検査をもう一回してから手術に入るらしいわ。ほかの所にも転移したみたい。」

「可哀そうに。お見舞いしなきゃ。子どもたちはどうするの?」

「びっくりして、釜山（ブサン）から実家のお母さんが来られたらしい。今週、礼拝が終わったら牧師先生と皆が見舞いに行くんですって。」

「あんたも行くの?」

「当たり前でしょう。あなたも一緒に行こうよ。」

「うちの人とどこか行く約束はあったけど……、それは後にしてもいい。一緒に行こう。」

お母さんたちの生き生きした対話と、子どもたちが元気に食べる様子を見ながら時夢たちは微笑んだ。先生に少し明るさが戻っているのが見えた。先生が訪ねる。

「あの言葉はどこの国の言葉なの? 顔は日本人だけど言葉は違うね。」

自分の細い骨があの国で太くなり、青春時代の苦悩の詩と彷徨（ほうこう）の歌があの言葉でつづられたのだ。どうしてあの言葉が分からないと言えようか。時夢は、

「韓国語ですね。」

と教えてあげた。

「Oh, are they from Korea, just as you?（なら、あの方たちも君と一緒なのか）我が友アンダウッド君が行った国だね。種まきに、刈り入れに大忙しみたいだったね。イエス様を受けいれやすい民族

と聞いている。何をしゃべっているのか分かる?」

時夢はお母さんたちの対話の内容を簡略に説明してあげた。その間、お母さんたちがチラッチラッとここを見ているが、いやではないらしく、軽く会釈を送ってくる。想像を超える速さで食事を終えた子どもたちがまたスマートフォンを取り出すが、お母さんたちも早かった。一同が席を立つ時、お母さんたちの手に真新しいインクの匂いがする月間信仰雑誌「LIVING LIFE」が握られている。〝全世界〟の意味のオンヌリ教会の家族であることが分かる。1989年、ソウルで演芸人12家庭から始まった教会が、今は信徒数5万を超える大型教会に成長している。アメリカに次ぐ世界で二番目に宣教師を派遣する国に成長した韓国の中でも、日本救霊に注ぐ関心はオンヌリ教会が随一だ。教会発足初期から粉骨砕身に働き、2011年、65年の生涯を終えたハ・ヨンジョ牧師の志を受け継ぎ、もっぱら韓国信徒たちの献金で福音衛星放送のCGNTV (Christian Global Network TV) 事業、LOVE SONATA(沖縄から北海道まで主な都市で行われるリバイバル聖会)を通して日本教会に新鮮な空気を吹き込み続けている。

7　恵への神の慰め

彼女は大学病院の図書館の司書だった。家族や学校の先生たちからの格別な愛を受けながら少女時代を送った。世に思う不運と見えるものが彼女にも訪れ、蠟燭の炎が消えかかる寸前の危機を経験するも、将来への不安は彼女には一点もなかった。地方の大学を出て、自立するためソウルのある大学の図書館学科を経て一時国立図書館に勤務するも、その図書館の屋上から遠くに見えていた漢江(ハンガン)のほとりに位置する大学病院の図書館に移った。そこに彼女を待っていた青年医師がいた。繊細なようだが愚直、純粋に見えるが俗、賢明に見えるが愚かなその青年医師は、数年後に彼女と二人の息子を連れて成田空港に降り立つことになるとは夢にも思わなかった。当時の多くの韓国の青年医師たちがそうであったように、彼も軍役を終えたらアメリカの病院でレジデントを終了し、そこで永住するか、帰国して母校の病院で勤めるかを選択することになるのだろうと思っていた。彼の田舎は果樹園だった。両親が小学校の教師だったため、経験のない果樹園経営は寂しい秋につながることが多く、生活がいつも潤っていたとは言えない。しかし、とてつもなく広い庭のような果樹園という恵まれた環境は、彼の少年時代の記憶の倉庫をみずみずしい思い出でいっぱいに詰め込んでくれた。周辺の小山と野原は果樹園の延長のようなもので、友だちと交わるより山に登り野原をさまようように彼を誘った。時々やって来る台風が彼の果樹園の若枝たちを容赦なくなぎ倒すごとく、少年時代の未熟さと青年時代の脆さゆえに彼にも嵐は押し寄せて来て、冬風に痩せて行く子牛のように少しずつ世に似て行った。100年前、アメリカの宣教師を通して頂いた祖母の信仰も、その信仰を受け継ぐ母親の切なる祈りも、彼が世に向かって歩いて行く足を止めさせることが出来ないように見えた。小学校時代、日曜日の朝毎に聴いていた丘の上の教会の鐘も彼を目覚めさせることが出来なかった。彼の記憶に残る最も楽しかったクリスマスの思い出も、彼を振り向かせるには小さすぎた。彼を再び主に向かわせたのは主の強制的な業だった。渡日2か月前のことだった。咳が続き、撮ってみた胸の写真に病巣があった。その陰影が、数か月後から始まる新しい地、日本での再出発を非常に困難なものにすることは間違いない。陰影が見つかったその日の夕、彼はある教会の水曜礼拝の場にいた。席がなかったのでセメント打ちの階段に座った。礼拝の間、彼はずっとすすり泣いていた。

主を呼ぶ声が彼の口から消えてから久しかった。主よ、と叫ぶ声は自分が聴いてもぎこちなく、神と自分の間によどんだ水の深淵が横たわっているように感じた。しかし、主は聴いてくださった。父はその放蕩息子を待っておられたのだ。主の元に帰って来た時、彼が携えて来たものがあった。

詩と歌と絵心だった。ずいぶん後で知るようになるのだが、主は彼のそばにずっと一緒におられて、彼の足跡に溜まった詩と歌と絵心を、主が愛する他の子どもたちに見せるのであった。

彼が大学病院の分院で医師なりたてのインターンをしていた時、廊下でたまたま会ったある女性が目に入り始めた。彼女はすれ違うすべての人に軽い会釈をしていた。ある日、大きなホールのそばを通る際、コンクリートのままの床に、無秩序に積もった本の山を心細い顔でぼんやりと眺めている彼女を見た。これから生まれる分院図書館に新しく着任した司書だった。しばらく経つと彼女の空間は綺麗に整理され、端正な図書館に生まれ変わって、その真ん中に彼女の居場所が作られていた。そして、その巣を共有しようとする青年がいたのである。

1978年12月31日午後3時、金浦発日本航空一便が静かに成田空港に降り立った。30歳の同じ年の若い夫婦と3歳と1歳の男の子が降りてきた。彼らの手には駐韓日本大使館が発行した渡航書が握られていた。空港は暖かくて静かだった。外はぼたん雪だった。その夜、一家は渋谷の仮住まいのアパートに案内された。その場所で、彼女は苦痛と恵みが同時に流れる谷を通らなければならないことを全部は知らなかった。

半年後、彼女は青山学院大学前の通りをあてもなく歩いていた。夜だった。目的地があるわけでもなかった。ただ歩いていた。一つの願いがあった。心の平安だった。その平安がすぐ来そうもない。道から一歩はみ出すだけで疾走してくる車が問題を解決してくれる。するときっと平和が得られる。しかし足を引き止めるものがあった。何も知らず日本について来た幼い二人の子どもと、自分を愛しているか愛していないか分からない、しかし、医師免許を早く取らなきゃいけないと今日も遅くまで図書館で頑張っている旦那がいる。一緒に住む旦那の家族の夕食の支度が終わる九時以降、旦那が帰る夜12時までの間が唯一の自由時間である。彼女が何回も往復する青山学院大学そばの夜のこの道が好きなのは、家から近いだけではない。キリストの学校という親しみだ。イエス様が学校から出て来て、うずくまっている自分のそばでしばらく一緒に座っていてくださるような気がするからだ。

重圧が限界に達したある日、彼女は近所の教会へ走った。窓から光が漏れていた。ドアをたたいたら牧師が出てこられた。彼女は助けを求めた。その日彼女が聞いたのは、近所に韓国の教会があるからそこに行きなさい、という勧めだった。韓国の教会があることはもう知っている。一足先に日本に来ていた旦那の両親の勧めで日曜日の礼拝を欠かしたことがない。

秋風が吹き始めたある日、彼女は牧師に面談を申し入れた。少しでもいいから押しつぶされそうな今の重荷をなんとかしないと、と思った。約束の日、一日断食して来るように言われたが三日間の断食にした。面談の間の子どもたちの世話を姑にお願いするのは気重だった。教会に行くとはあえて言わなかった。約束の時間は午前10時だった。牧師は一番前の席に座って讃美歌を歌っていた。3年前に赴任してきた婦人牧師である。

「断食はして来たの?」

明るい顔で牧師が聞いて来る。

「3日間させて頂きました。」

彼女が答えると、

「あらまあ、そうだったの? 柳沼勧士様（男性の長老にあたる女性の教会内での職分）の嫁様になんの面談が必要なのかしら。まず祈ってね。私は牧師室にいるからいつでもノックして頂戴。」

「はい、分かりました、牧師様。」

彼女はいつもの一番後ろの席に座った。向こうの正面の壁に十字架と、その手前に講壇が見える。日曜日ごとに見ていた風景である。大きく息を吸ってみた。そして十字架をもう一度見上げた。

「なんの祈りをすればいいの? 祈れば聞いてくださるという説教は沢山聞いている。今日は、押しつぶされそうな心の悩みを牧師に相談しに来ただけなのに。」

彼女はこう思いながら十字架の方をなんとなく見ていた。その時、彼女は自分の目を疑った。十字架の姿が変わっているのである。何倍も明るく輝いているのにまぶしくない。あまりにも明るいので世の中のどんな光もそのように明るく輝くことはできないと見えた。

「前に行きなさい。」

と、誰かに誘われるまま前方へ歩いて行った。長い教会生活だったが、今まで前に出たことは一度もない。しかし、今日は違う。心に積もったものをつぶさに聞いてくれる方が前で待っていることが感覚でわかる。一番前の席に座ろうとした彼女に心の内部から起こるもう一つの思いがあった。

「どうしてこの私が主の前で座っていられるの？　ここは主の前。ひざまずこう。」

彼女は講壇の前でひざまずいた。彼女はいつの間にか泣き崩れていた。顔はすでに溢れ出た涙でめちゃめちゃになって行く。悲しみの涙ではなかった。驚きと、感謝と、喜びと、平和と愛と、そのほか天国でなければ味わうことのできない不思議な感情が、渇ききった大地の上に降り注ぐ春の雨のように彼女を満たしていた。いつの間にか彼女は祈っていて、聴かれる方がすぐ近くに居て、どのように何を話せばいいのかを自ら指導しておられた。体の中から湧き出る思いが祈りになって、今まで聞いたことのない言葉が口から飛び出る。神と彼女との間だけの言葉だった。

一番先に出て来る言葉が

「赦してください。」

だった。真っ先に家族たちの顔が通り過ぎて行く。隣の人々が通り過ぎて行く。多くの知り合いも通り過ぎて行く。遥かに忘れていた人たちも現れては消える。皆愛すべき人だったのに愛せなかった人たちだった。赦すべき人だったのに赦せなかった人たちだった。多くの大小の事柄も現れては消えて行く。自分では正しかったと思っていたが、神の喜びにはならなかったのが分かった。一つ一つに赦しを乞うた。神は答えた。愛せなかった心が一つの形体になって現れた。それは罪の顔だった。そしてその罪が体から完全に消えて行くのが感じられた。ああ、私は今、真の自由を味わっている、重荷は解き放たれ体は花園に放たれた子牛のように飛び回っているのだと、彼女は感じた。幼い時から今に至るまでのあらゆる罪が思い出され、

「そうです、そうです、赦してください。」

の祈りと共に消えて行った。罪が消えて行った後を喜びが満ちて来る感じは天国の味だった。赦すべき人々があまりにも多く浮かび上がる。その中、身近な人々もあまりにも多かった。今の自分の中にあるこの喜びに較べれば、自分に対する彼らの罪は極めて小さいものだった。彼らの罪が自分を通して赦された。皆、赦されていった。感謝の賛美が湧き出た。

「もっと十字架の近くに行きたい」

と、うちなる声がしたので、彼女は膝で前に進む。そこには講壇が置いてある。彼女は両手を上げ講壇の上に指先をかけた。賛美が次々と浮かんできた。平素音程が定まらないと言われ、大きな声で賛美することがなかった賛美が、今日はそうではない。天使たちが手伝っていた。讃美歌が次々と浮かび上がり、声の限り賛美する自分がいた。不思議なことに、普段はあまり歌わない讃美歌の末節まで記憶の中から浮かび上がっていた。

悲しみの記憶が生きていた。傷つけ、傷つきながら形成された醜い姿が治癒され、愛すべき者を愛せなかった怖れの心が体から追い出されて行った後、青空のような愛の空間が開かれたのが感じられた。聖霊様がこの身におられる、神は生きておられる、土器のような自分の中で喜んでおられる、この話が全て真実だった。苦しさのゆえ、ずっと前からぽっかりと空いていた空間を、生きている神が満たしていることを彼女は涙をもって感じていた。

彼女は幻を見た。とても高い崖の下に立っていた。急峻な絶壁だった。その崖の上から降りて来たロープを掴んで大勢の人が登っていた。しかし、ほとんどの人が上まで登りきることが出来ないでいた。ある人は一所懸命だが、登ったり落ちたりを繰り返していた。ある人は、これ以上は無理とばかりに悲しく途中で力尽きていた。彼女も登り始めた。すいすいと登りあがった。他の人たちを乗り越えてどんどん進んだ。愛する家族もその中にいたが助けることが出来なかった。崖の上の端まで来た時、一気に飛び上った。そこに広がる彼女を待っていた風景、それは青山大学そばの通りを歩きながら考えていた苦しみだけがなくなるパラダイスではなく、百倍も千倍も美しい楽園だった。イエス様の待つ、限りなく美しい花園だった。

少しずつ、主が離れて行かれるのが感じられる。もう、あなたが愛すべき者たちが待っている所に急ぎ帰りなさいと、優しく背を押されるイエス様の御手の感触が感じられた。讃美歌の歌詞が末節からうっすらと消えていくのが見える。自分がいるのが教会の中であり、講壇の下なのが見えた。講壇の上にかかっている手の指が固くくっ付いていて痛い。膝もしびれていて動かそうにも動かせない。全身が痛い。渇いたのどからも痛みが伝わって来た。しかし、心は自由だった。魂の中に、もう消すことの出来ない聖霊の烙印が押されているのが分かった。早く家に戻らなければ。子どもたちと旦那が待っている。お父さんお母さんの食事支度もしなければ。家族が待っている自分が幸せだった。

その時、肩の上から暖かい手の温気が伝わって来た。牧師だった。

「すごかったわよ、姉妹。このように聖霊と交わる人は初めて見たわ。ところで、私に面談することは何なの?」

「もう大丈夫です。面談したかったものがなくなりました。」

「そう、そう。日本に来てからの心の苦しみは聞いて知っているわよ。もう少しの辛抱よ。三日断食したからこれからむやみに食べてはいけないよ。お粥から少しずつ食べるのよ。」

牧師は彼女をハグしながら背中を優しく撫でてくれる。時計は午後3時を過ぎていた。

四谷三丁目の歩道の上に初秋の陽光が降り注いでいた。行き来する人々皆が神に愛されている人に見えて来る。皆を抱きしめてもなお心に余裕があるように感じる。家に帰った時には体になんの力も残っていなかった。彼女は、なぜこんなに遅かったのかと訊く姑の手を握りながら、「お母さん、後で詳しく話しますから、今は少し休ませてください」と言って深い眠りに吸い込まれて行った。パラダイスへ引き上げられていた神の娘の平和がその顔にあった。

その日以降、彼女から、憎しみという人類を苦しめていた遺伝子が消えた。そして主は驚くばかりの働きをその家になさった。それは、家族の皆に聖霊を送ってくださったことである。日本で跳躍するこの家の形が初めて整った。

その日の夜、彼女はその日の出来事を旦那にこう表現した。

「主が私をこのように愛してくださるから、私の夫のあなたはもっと愛してくださるでしょう。あなたは純粋な器ですから。」

「そんなことはない、そんなことはない。まず俺は純粋でないから。」

旦那は即座に否定した。しかし、彼女の言葉の響きは長く耳に残っていた。

8　導きと支え

「So, you became that man who your wife prospected about you.（それで、婦人の預言通り、その人になったのですね?·）」

先生が微笑みながら言った。時夢はうなずきながらにこりと笑った。しかし、どちらかと言えば、今の自分は〝その人〟ではないと思っている。毎日だ。器にふさわしくない行動が見えたら主に迷惑がかからないうちにその使命の座から下ろしてくださいと、頼みながらの毎日である。でも、先生のコメントを時夢は否定したくなかった。振り返ってみると、結局、主が彼の家を導いてくださった足跡は歴然としている。最善の恵みの、ことあるたびに、ことごとく親切な導きであったことは間違いのない事実だ。その足跡は、パスポートではなく渡航書で海を渡った家の歴史から始まる。母校の恩師具教授から船橋教授がいる東京慈恵会医科大学を知り、長きに渡って助けて頂き今も心配の電話を寄せてくださるH先生をその医局で出会ったことでまず日本での医療生活の基を得たことに続き、早いうちに医師免許収得が出来たのも、神の憐み深い配慮だった。

日本は既に先進国だが、時夢の家族にとっては開拓すべき新しい国だった。その走り出し、またその後の定着過程で、時夢家族への聖霊の素早い守りと豊かな支えを人々は羨望の目で見ていた。聖霊は、一緒に暮らすのに日本人がうっとうしがる韓国人の気質を濾過してくださった。そして、日本も韓国も関係なく、それを超越した所にある高貴な姿、淀橋教会の牧師館で、〝あなたたちには、日本人に懐かし昔の姿がある〟と言われたその姿を時夢と恵に与えてくださった。もしこれらの恵みが少しでも遅れていたら、彼の家の小舟が日本という海のどこへ流れていくか、神はご存じだった。聖霊は彼の家庭の視線を天にむかわせ、国が変わったことで生じうるすべての世的なものへの焦点を曇らせてくださった。信仰を取り戻してくれた東京四谷の韓国系教会を離れたのは、日本の多くの教会を知る機会になった。「異教の国、日本へ来た韓国のクリスチャン青年夫婦を、主よ、助けてください」と祈って頂いたある長老が在籍する淀橋教会にもお世話になった。

そこで、主任牧師の日本リバイバルのための祈りをそばで聴けたことは主の導きだった。その後の、落ち着くのにある程度の心の痛みを覚えなければならなかったいくつかの教会の経験も懐かしい導きの足跡だ。神奈川リハビリテーション病院勤務時代のある秋、これからの彼の家の行く道を断食しながら祈った時、主は直ぐに答え、横浜の金沢へ導いてくださったことや、今の病院が建つようになった経緯も不思議な足跡だ。インディアナ州のトリニティー聖書セミナリーに入学はするも、日本語に抑えられて消えてしまった英語力を呼び戻すのに時間がかかりすぎ、なかなか学業が進まない時夢(ジム)を、セミナリーが warmest heart で励ましてくれた話、夜中3時に起きて何回もセミナリーからのテープを逆戻ししながら勉強したこと、卒業式には90と80を超えた両親が参加して喜んでくれた話などが続くと、先生は一つも聞き逃すまいと真摯に耳を傾けていた。セミナリーを申し込んでおいて2年間も初レポートを出せないでいた話の際には、〝その時なぜわしに相談しなかった？〟と言わんばかりの目の色だった。3年目にやっと初レポートを送ったら、すべてC学点、英語はDだったことを話す際には、〝それはきっと採点ミスだよ〟とでもいうような仕草で、唇をぴくぴくさせながら顔を横に振って見せる。診療所の待合室に初めてバイブル・スタディーの案内紙を貼って帰宅した日の夜、自信のなさから来る後悔で一晩中眠れなかったとの話に至ると、メシアのエルサレム入城の準備のため町に行ってロバを連れて来るよう言われたイエス様の言葉に、弟子がもし従わなかったら聖書の預言はどう成就するの、とでも言うように、先生は目くじらを立てながらわざと怒って見せた。教会の名前が家内の提案で「グレース・チャペル・横浜」に決まった話には、それは当たり前だよ、という表情で答え、私の提案で故郷の字を加え、〝故郷・グレース・チャペル・横浜〟にしたと聞くと、私の肩をたたきながら“Good job”と言ってくれた。しかし、それから10年が経ち、診療と牧会を併せ持つ中、理想と現実の間で悩む自分の弱さについて告白する時には、うなずきながら聴いている先生から、僅かな呼吸の震えと心拍の乱れが二人の間の空間を貫いて伝わって来た。話が終わる頃、先生の真摯な瞳は、同僚としての同情と、多分イエス様からの感謝の意でたっぷりとうるんでいた。

「わしは医者でよかったと思っている。特に眼科医でよかった。多くの眼科の患者さんがいたね。あの方たちにとって初めて見る医療機器を持って目の中を覗きに来る白衣の医者はまぶしい存在だったと思う。でも、初期には眼科医に留まらなかった。彼らがそうさせてくれなかった。なんでもやった。そうならざるを得なかった。遠くの江戸からも西洋医師に診てもらいたいと、病人たちが来ていたからね。

面白いことは、日本人たちは体の不具合を全部顔つきの違う虫たちの仕業と思っていた。だから、わしらはその変な顔の虫を見つけ、退治しなければならなかった。後になると、医療宣教師の数も相当増えていたし、また彼らの数ほどの他の医師たちも加わって来ていた。君のように医師でありながら牧師でもあった宣教師もいたよ。フレデリック・クレッカーだ。東京の京橋という所のスラム街で伝道中に病いにかかって倒れた。彼のことを思うと、わしは頭が上がらない。彼とわしの命を合せて、二つに分けてもよかった。

そのほかはわしの記憶にはいないな。どちらかと言えばその時は別々で十分だった。しかし、今は違う。世も状況も変わっている。昨日と今日が違う目まぐるしく回るこの世もあれば、停滞しているクリスチャンの世界もある。再臨が近いこの時代に、ご自身の民を呼び起こすに用いられる神の器は実にいろいろな形をしているはずだ。その中の君の今の形、自信を持ってもいいですよ。夜明け3時に起きてやっていたあの勉強、主が覚えている。卒業式場での君の両親の喜び、主が見ている。用いるために君を呼ばれたに違いない。謙遜を学び柔和を好み、小さくなっている者の心が分かり、上の席に着くことを好まない人。ユーモアが好きでしかも元気、賢く見えるがどこか愚かで、純粋に見えるが時々俗。君は常に祈っていてこそ主の働きが出来る僕の良い形ではないか。Don't worry. He uses you as you are now. You are rich in Him. I envy you, doctor Yaginuma.（悩まないで、主はありのままの君を用いてくださる。君はゆたかにされた。君がうらやましいよ。）」

先生は長い腕を伸ばして時夢の左の肩をポンポンと親しく叩きながら続ける。

「崩れやすいことを自分が知っているので祈り続けなければならない弟子、多くの偉大なわしらの先輩たちが実はそうだった。気持ちよく何かをやってのけたいがいつもリハーサルで終わりそうな人、完成に向かって歩き続ける人たちの共通の姿だよ。きっと何かのために君は牧師になったのだ。徐々に分かって来る何かがあるはずよ。君のなかで良い業を始められた方は、キリストの日までにその業を完成してくださることをわしは確信する。主がなさる、君の全部を用いて。信じてもいいよ。Everything is possible for him who believes. Do you believe, doctor Yaginuma?（信じる者にはどんなことでもできる。信じますか、ドクター・ヤギヌマ？）」

時夢はヘボン先生の思いかけぬ大きな声に思わず答えた。

「はい、信じます、ヘボン先生、いいえ、イエス様。」

時夢たちはお互いを見ながら笑った。しかし、その笑いは一瞬だった。そうでなければならないのが鉄則である。その場面の笑いは戦場での笑いのように、短いほどいいのを二人は知っていた。もしその笑いが長すぎると、必ず、その類の笑いを妬んで食いちぎりにかかって来る者がいる。その飢えた獅子のような攻撃にいつさらされるか分からないからだ。二人の間に聖霊によって共有する喜びと親しみが行き来するのが分かる。

「寂しくないのかね。日本に友だちはいるのかい?」

今度は先生が先に聞く。日本に来て40年、韓国の親友たちは、〝去る者は日々に疎し〟という諺の通り、今は二、三人とクリスマス・カードを交換するだけ。友情を分かち合える日本人の親友は遠くに一人が居るかいないか、残念ながらそのような状態である。誰かが、日本で老後を迎えるには、一に孤独に耐える力、二に健康、三に生活を支えるお金、と言っていたが、今になるとだんだん心細くなってくる。妻の恵は韓国の教会で友だちを探そうとするが、もう遅い気がする。いくら教会の中であっても、残念ながら歳をとってからの友だち探しはなかなか難しい。それぞれの置かれている事情、生きて来た歴史、立場の違いがあって、これらを乗り越える努力に時々疑いまで生じてしまう。時夢には、青年時代に山川を友として一人でさまよっていたことが、かえって役に立っている。対話は毎日の患者さんとの対話で十分である。時夢はヨハネによる福音書のある場面を思っていた。

イエスはスカルの村に行かれた。ある女性に遭うためだった。男たちに捨てられ、村の婦人たちからも指さされ、水汲みさえ人が来ない時を選ばなければならない女性だった。イエスは彼女に福音を伝え、彼女は信じて受け入れた。今までの自分を投げ捨て新しい自分に目覚める瞬間だった。町に食べ物を買いに行っていた弟子たちが帰って来ると、師が新しい希望に満ちて涙ぐむ女性と話している。買って来たパンを勧めるが師からは、〝私の食べ物は私が父の御心を行いその業を成し遂げることだ〟という不思議な言葉を聞く。一人の女性を新しく生まれかわらせたことでイエス様は食事を済ませたのだ。寂しさもそういうものである、と時夢は考えた。世の寂しさを世の友だちで解決することは出来ない。ぜひそうなりたいが、教会の中からその友が見つかるとも限らない。パンに寄らないイエス様の食事、それは愛する父との一体感だったのである。

時夢は、最近主の御胸に帰った一人の患者を思い出した。片目は失明しもう一つの目も僅かな視力しか残っていない。その視力で彼が見つけたものがあった。待合室に置いてあったある教団からの月間雑誌だった。通信講座が始まった。送って来る教材に忠実に答えた。あの視力では答えて行くことが容易ではなかったはずだが、イエスへの疑問が解けて行き、小さな信仰が芽生えた。一方、彼の視力を弱らせていた体質は彼にもう一つの試練を与えていた。癌である。骨を蝕み手術を受けるも全身は痛みだらけ。抗癌剤投与のために入院と退院の繰り返し。苦しみを免れようと詩編23篇とイザヤ書53章を暗誦する。病院の二階にあるチャペル礼拝にも時々参加した。力を振り絞っての努力だった。病態が悪化し横浜市大病院が新薬の使用を検討し始めたころ、近所の教会に紹介した。牧師は快く受け入れ、度々家を訪問した。ホスピス病棟に移される前、一家は受洗した。そして、まもなく彼は亡くなった。奥様と精神的な助けが要る息子を暫しく教会に預けて、先に主の御もとに凱旋したのだ。病室を訪れた時、彼は嬉しそうに自分もクリスチャンになったことを感謝していた。笑顔だった。彼はよくもあの苦しみの中で笑顔ができたものだ。

「私は患者さんたちが友ですね。しかし、家内は違います。時には彼女を連れて日本に来たことがすまない気がします。」

窮屈といえば窮屈な時夢の答えに、先生は心を添えてくれる。

「うちのクララもそうだった。お嬢様に英語を教えるから送ってくださいと、近所の家々を訪ね回って、集まったお嬢さんたちで英語の塾を始めた。塾は人気があって多忙で日課に余裕がなかった。顔には出さなかったが、彼女も寂しがっていたのをわしが良く知っている。時には深刻な時もあって、わしらは手を取り合って、この問題のため多くを祈ったよ。昔も今も、宣教師の伴侶たちの寂しさの問題は相変わらず深刻な問題のようだね。」

時夢は、親ならだれでも自分の娘をあずけたがる、横浜で最も歴史のある女学校の基礎を据えたヘボン先生の奥様にも、変わりなく乗り越えなければならない孤独の問題があったことを聞い

て安心した。時夢は、〝あなたは寂しくないですか〟と、多くの人に聴き回る恵の姿を見て来た。そして、多くの場合、〝何がそんなに寂しいの？　寂しいのは贅沢だよ〟と、跳ね返えされる。そうすると、恵の寂しさはなお募って行く。適性でもない音楽教室の門を叩いてみたり、絵画教室を探してみたりはするものの、真の交わりは得られない。今、韓流ブームで韓国語を教えてみたらと勧めるが、病院の部屋を使うには気が進まないと言う。理由も答えも知りながら、硝子の中に埋め込んだ鍵のように、なかなか手が届かないのが、宣教師の伴侶たちの寂しさの問題なのである。

「先生の奥様が育てたあの女学校にうちの娘がお世話になりました。“For Others”という建学理念がはっきりしていて、毎日の授業を朝の礼拝から始めています。横浜の女の子たちの憧れの学校ですよ。卒業式の時には学生説教者に選ばれ、全校生の前で“The Footprints”の題でメッセージをさせて頂きました。生涯のいい思い出になったと思います。」

「それは、それは。素晴らしい。聴いて嬉しいよ。今、何をしているの？　もしかしたら……」

「もしかしたらって、なんでしょう。」

「険しい道だが、牧師夫人にでもなっているのかね。」

「そうはなれませんでした。神戸で循環器の医師として働いています。」

「はあ、そうか、そうか。わしの早合点だな。他に子どもたちはいるのかね？」

「あの子の兄たちが二人いますね。お陰様で、自分の専門職をしっかりと持っています。」

「おお、それはまた嬉しい。主の恵みだね。新しい国の開拓者として、医師夫人として、牧師夫人として、三人の子どもを育てあげた母として、他人のうわさ話で始終する対話を好まないクリスチャン女性として、この社会での孤独によくも耐えましたね。うちのクララとはまた違う孤独がきっとあったでしょう。孤独は逃れようとすればするほどその罠は窮屈になる。孤独は、姿を変えて襲い掛かる影絵の怪物ように、もっと高度な次の解決方法を要求して来るからだ。しかし、40年前に恵さんに来てくださった聖霊の慰めは離れない。常に心の底に流れていて、恵さんの祈りと合わせてこれからも慰め続けてくださる。


40年前と今とは状況が同じではない。歳も、経験も、味わった恵みの数々も違う。いくら信仰が深くても、時には恵みの鏡を逆に持って自分をのぞき見る時がある。右も左も、上も下も分からなくなって、自分は迷うクリスチャンだと思ってしまう。だから、わしらが自分に与えられた主の恵みを数える時、その鏡の柄はイエス様と一緒に持つことになる。わしはこの問題を通して神が何か異なる計画を持っていらっしゃるような気がするがね。たとえば、同じ寂しさの中にいる牧師夫人たちが、進んでは寂しさの中にいるクリスチャンの女性たちが、真の慰めを得る何かの集いの場を作るとか。」

時夢はイエス様の昇天後間もない時の初期教会の様子を思い出してみた。新しい葡萄酒は新しい袋に入れなければならない時代だった。教会には大勢の人々が寄せかけて聖餐式を行った。ある人は葡萄酒を好きなだけ飲んで酔ってしまい、ある人はパンを沢山とってしまって、ほかの人の聖餐が出来なくなる。キリストの名で美しい輪を作りたくても、人というものが集まるのである。小さかったが、先生が言うものに似たようなものを何回か試みたことがある。うまくいかなかったのが率直な心情である。受ける人はいつまでも受け、施す人はいつまでも施すといった、長続き出来ない構図ができてしまう。いい形のものが生まれないで時間ばかり過ぎても、それでも続けるのに意味があるという言葉を信じて続いている家庭集会がいくつもあるのを聞く。ホスト役はもちろん疲れたままだ。

祖国に私財を全部費やして晩年に良いことをしようと、一人親の施設を造った韓国系アメリカ人の資産家がいた。立派な施設だったが平穏な晩年は夢で終わった。開設間もなくして夫は期待とは異なる現実を悩んだすえ脳卒中で亡くなり、残された奥さんが代わりを務めるが、ぎりぎりの運営に毎日が寝不足で過労。しかし、職員たちからは〝もっと施しなさい〟と平気で言われる。

マザーテレサの結論は単純で鋭かった。施したら見返りを求めないことだった。多くの人が助かった。しかし一緒に働く人は彼女のその厳しさに耐える努力が必要だった。マザーテレサは、そんなに多くはいない。讃美では〝慰められるよりは慰める〟人にさせてくださいと歌うが、人生の旅に笑う人と泣く人が別々にいるものではない。皆、泣きたいのだ。そして、皆が笑いたいのだ。

ヘボン先生の提案は通りすがりに言ってみただけのものだろうか、或いは、ぜひ言いたかったものだろうか。そのような嬉しい場所があるなら自分こそ行きたいと時夢は思った。小さい建物の二階か三階だろう。駅から負担なく歩ける距離なら有難い。入ると自分の部屋に帰って来たような感じだ。案内の人はいないがそこに人たちの歓談があって、背景に薄く讃美歌が流れる。祈りたい人のための小さい別室が向こうに見える。対話はイエス様が喜ぶ話題ばかりだ。だって、その方が真ん中で聞いていらっしゃるもの。一、二時間その中にいるとなんとなくリフレッシュされた感じだ。コーヒはセルフ・サービスで、その代200円はどこかの宣教団体へ送られる。誰かのために出す人はいても、そこから持って行く人はいない。そこはどこなのか、誰の微笑みでその部屋を満たすのか。自分の眼科医院の二階、家内の微笑みが浮かんで来て、時夢はほとんど失笑するところだった。

夫婦は恵みを共に受け継ぐ者として一つである。夫は妻を自分よりも弱いものだとわきまえをしなければならないが、違う器でもある。その器において神のなさることは人智を超える。違う役目があって、違う角度で周りを見、違う知恵で乗り越える。家族写真で見るヘボン先生の奥様は元気に見えるが、彼女の顔の奥に隠れている、ヘボン先生もすべてまでは知らない、彼女だけの寂しさがあったはずで、それは、彼女が大好きだったイエス様のみが知る。

「お二人様の誕生日パーティーはどのようなものだったのですか?」

と、時夢は聞いて見た。誕生日は特別な慰めの日であるからだ。明日はまだ旅人の群れの中の小さな点に戻ることを知っているが、その日だけは"happy birthday to you"と、大きな存在にしてもらえる。時夢はアメリカ人たちの誕生日パーティーの美しい光景を想像してみた。時夢が見た最初のアメリカ人は1950年代、彼が育った田舎の教会に年に二回だけ顔を見せる宣教師だった。あの人の風采、アメリカ人の匂い、乗ってくる車はあまりにも自分たちとかけ離れていて、家族の誕生日のご馳走作りが楽ではなかったはずの自分たちに比べて、あの人たちの誕生日はどんなものだろうと、田舎の教会の子どもたちは皆思っていた。

「出来るだけ面白く過ごそうとはしたよ。宣教師たちの家族は出来るだけ多く集まろうと努力した。隅っこからちらちらと宣教の話が聴こえることもあったが、その日は故郷の話や家族の話、面白い話で花を咲かせるのが我々のバースデイ・パーティーだった。最初は集まるまでもなかったよ。皆、成仏寺に居たからね。わしの家族でしょう、ブラウン牧師の家族でしょう、バラ牧師家族も加わったから次々と誰かの誕生日がやって来た。家内には故郷の家族から時に合わせて送ってくる誕生日カードが大の楽しみだった。すごく待っていたよ。キャンドルも、飾りも送られて来た。ケーキはわしらが作った。宣教師婦人たちのケーキ作りは結構なもので、その日は宣教師の家で働くヘルパーさんたちの家のお子様たちも、珍しいケーキとの出会いに朝から胸を膨らませていたようだ。残ったものは皆で分けて風呂敷に入れてそれぞれ持って帰るからね。宣教師婦人たちは皆心が大きく、その子どもたちの期待にそぐわないことはなかった。」

先生は、後に大勢の宣教師たちが加わって自分の教派の仕事に専念する前の、横浜の砂浜に足を踏み立って間もない時の、まだ家族的な雰囲気で楽しんでいた誕生日パーティーへ思いを馳せた。

「先生、ケーキを頂いていた子どもたちの立場から言うと、それはものすごくおいしかったはずです。私も小さい時、母が小学校の先生だったので、孤児たちの担任先生の家に、フランス宣教団が運営する孤児院からクリスマスに届けて来るカステラを食べたことがあります。これは天国のパンだと思いました。その味は忘れることが出来ません。包み紙についているものまで綺麗に削って食べて、その紙についているカステラの匂いをなかなか捨てられませんでしたからね。」

「美味しそうに言っているがそのカステラって、なに?」

「えっ? 先生、知らないのですか?」

時夢は、先生の時代にはまだカステラは生まれていなかったかも知れないと、一瞬思ったがそんなはずがない。時夢は、カステラの風味、ふわふわとした形、色、人を幸せにさせる後味などについて説明した。聞いていた先生が分かったという表情で言う。

「スポンジ・ケーキのことかね。押すとペチャンコになるパンでしょう？　確かにあれは美味しい。天国の味と言った意味が分かる。天使のパンのようだと、アメリカではエンジェル・フード・ケーキとも呼ぶ。わしらもたまにしか食べられなかったんだ。」

「その時の私のカステラが先生のより美味しかったと思いますよ、きっと。」

と、時夢が言うと、

「そうかもね、そちらが食べたのはフランス風だったからね。」

と調子を合わせる。二人は笑った。もっと食べたかったが、それが出来なかった小さい頃の思い出を誰もが持っているのだった。室内を流れる音楽のせいか、とこからかは分からないが、なんとなくカステラの香りがして来た。

「あなたたちの誕生日はどうなの？」

前のめりになって目を輝かせながら聞く先生の顔がズームアップして来た。婦人の歳ほどの赤いバラを高級百貨店の紙で包んだプレゼントに添えて、びっくりショーをしながら差し出す光景を想像しているかのようだった。そうでなければ、子ども、孫たちに囲まれて、誕生日祝いの歌を歌って、蝋燭の火を吹き消しながらケーキを切る結構にぎやかな光景を想像しているかも知れない。しかし、先生が耳にするのは全然違う返事なのである。

「私はその日、朝早く散歩に出かけます。家内の誕生日は、先生が日本に来られた日と同じ日です。道端には、咲き残った夏の草花や秋の花々が咲いていてくれています。野原にいるはずの草花が街の道端にもいて、誰かの庭に閉じ込められているはずの舶来の花が公園にも飛んで来ていて、その子たちを少し頂いて来ます。帰って来てもまだ家内は寝ているので、音が出ないように気を付けながら花瓶に入れて、家内が起きたらすぐ見える所に飾っておきます。花瓶の下には私の得意の筆で手紙を書きます。大体ご苦労様とか、口では平素言えなかったことを書きますね。」

「美しい風景だね。わしも真似して見たいね。妻は、すごくロマンチックなあなたと喜ぶか、1週間くらい朝ご飯はないよと言うか、どちらかだね。」

先生は片目でウィンクしながら愉快に笑った。時夢も声高く笑った。今度は気軽に笑っても大丈夫だ。勝利の瞬間なのである。私たちに導いてくださった最高の伴侶たちへの感謝と、宣教地へ連れて来たことへのすまない感じと、また、素晴らしい彼女らの生涯のなかで最も大切な人で居させていただいたという自負心から生まれた笑いであるからだ。だから、宣教師たちの婦人が笑みの中に居る時には、いつもシナイ山の麓で焼くマナの香りがするのである。先生の奥様と自分の妻には申し訳ないけれど、今この二人の眼科医が彼女たちのことを言いながら楽しく笑っていることを彼女たちが見たらどういう顔をするだろう、と時夢は想像して見た。あきれた顔だろうか、もしかしたら優しい女執事のように微笑んでくれるだろうか。しかし、その二人もやはり長くは笑っていられないのだ。世界に散らばって苦労する宣教師たちの家族がいる。食人種の住む密林で早々彼らの餌食になった新婚のカップルもいた。イスラムに包囲された町で世界の祈りの仲間たちに助けの緊急メールを送らなければならない家族や、危険を承知で犯罪者の街に行く女性宣教師もいる。貧民の村で一緒に寝起きする家族も、未開の山の村に体一つで向かったまま消息が分からない主の僕たちがいる。二人は感じていた、自分たちは贅沢な宣教師であることを。否、自分たちはではなく、自分がこの豊穣の横浜でそうなのである、と時夢は思いを正した。

窓の向こうに大観覧輪車が午後3時59分を知らせている。恵に4時までは帰ると言ったその時間が来ていて、時計はこのまま時刻を進ませても大丈夫かと聞いているのである。おそらく恵は、約束した時間に帰って来る旦那とみなとみらいでも散歩しようと、化粧を済ませているに違いない。今まで約束が守れなかったのは99パーセントが彼。時夢は慌ててメールを送った。

「御免！　今、ヘボン先生とお話し中。1時間後には帰る。」

すぐ返事が来た。

「ヘボン先生って？　何の話よ。最近お父さん働き過ぎよ。大丈夫？　早く来てください。外で食べようとお昼も食べていないから。おなかペコペコ。」

不思議なおもちゃだなあと、面白そうに見ている先生にメールの内容を説明したら、先生は遊びに夢中過ぎてジョナサンを王の夕食会に遅刻させてしまったダビデのように済まなげに笑った。

窓からは、小さくなった秋の陽光が銀杏の木の葉っぱを黄色く染める作業を急いでいるのが見える。ビルディングの間の秋空は、垂れ下がるカーテンを今度は青から鳩色に変えている。時夢は小さな吐息をついた。平和色の淡い疲れを感じた。一生分の話をこの一時間余りで一気に注ぎだしたような感じだ。先生は昔の果樹園で父がそうだったようになかなか疲れの表情を出さない。大観覧車の時計は4時7分を通り過ぎている。

「今晩泊るところは決めました?」

インタコンチネンタルか駅前のニュー・オータニかなと時夢は推測した。近頃は中国からの観光客で賑わっている。先生の答えは意外だった。中華街のローズホテルだった。

「実は君に会う前に方向が分からなくて道に迷っていた。昔の記憶を辿って南側の小山の方に歩いていたら中国風の立派な街が現れた。中華街って呼ばれていたな。あの丘から見えていた場所かなと、嬉しくなってね。その入口に教会が立っていてすぐそばにホテルが見えた。まず落ち着こうと、そこに決めたよ。良かったかね?」

時夢は昨年、金沢キリスト教会のクリスマスイブ礼拝に参席したことを思い出した。午後6時から始まった礼拝は、後に夕食会が予定されていた。彼には特別賛美の奉仕が与えられていた。決して大きくはないが中は暖かく落ち着いていて、飾った絵や作りから中国人が経営するホテルのように見えた。食事は美味しかった。

「大丈夫です。ホテルの前に教会もありますからね。先生の大好きなイエス様の教会ですよ。」

「Yes, I know, doctor Yaginuma. The church of our Jesus Christ!」（そのとおり、ドクター・ヤギヌマ。イエス・キリストの教会だ）

中華街の人々はたいしたものである。外人居留地の奥に広がる水田地帯に住まわせていた彼らの始まりは、ペリーと幕府の交渉の通訳に採用されたあの黒船で働いていた中国人だった。当時アヘン戦争で敗れ、門戸を開けた中国の上海や香港などの港町の人々は、立ち並ぶ商館で働きながらいち早く西洋文物に接していた。英語を身に着けた多くの若者は、働き手としてアメリカやイギリスの船に乗り込んだ。東海道からかけ離れた所にあった横浜村は90軒程の家々が点在する半農半漁の

村。それが突貫工事で艦隊の人たちの応接所が出来、続いて浜を整地して急造した外国人居留地が生まれると、江戸からの商売人はもちろん、西洋からの貿易商たちが、漢字が通じる中国人を通訳者と連れて次々とやって来た。当然、唐人村と呼ばれた彼らの居場所が生まれる。彼らは、横浜の街作りを進める力の一部分を担いながら、彼らの有能ぶりは、助け合いのもと、いくばくの挫折を乗り越えて自分たちの街を本国でも見られないような面白いものに造って行く。今のチャイナタウンは、彼らがあらゆる逆境を乗り越えながら建て直し続けた結晶であり、誇りであり、横浜にとってもなくてはならない名所として場所を据えているのではないか。入口に立つ教会は、彼らの街のために祈り続けている。彼らが誇る街が守られているのが、路地の至る所に飾った竜でも石柱ではなく、その街に住む10人余りの真実な祈りゆえのことであることを知るのは、いつのことになるであろうか。１７０年前、彼らの祖先たちは、この横浜で福音を述べ伝えに来た宣教師たちの家をも建てたのだ。

先生に早くホテルへ戻ろうとする気配はなかった。先生が座っている場所が最上の場所で、大観覧車からの時計が刻んでいる今の時刻が最高の時間で、会っている今の人が最も大事な者でもあるようだった。先生は今を楽しんでいるのがはっきりと見えた。一方、時夢はそろそろこの最高の老紳士と別れなければならないことを考えているようだ。しかし、この老紳士の幸せも悲しみも、すべて自分にかかっていると想われているのがどうしても不思議で仕方ない。そして、この方は、力と心と誠を尽くして、限りなく大事にしなければならない方であるという思いがして来た。

今度の旅行に不便はなかったのかと聞くことも出来たが、あえてそうしなかった。先生は懐かしい思い出をたどってここに来たが、170年後の横浜は四方を入り組む道路と視野を遮る摩天楼たちを造って先生を道に迷わせている。橋の上の釣り人たちも行き来する通行人たちも、先生の存在に無関心だった。これからの今日の残りの時間に何をなさるのかと聞くことも出来たが、あえてそうしなかった。先生は過去から降りて来て、彼が積んでおいた砂の丘々が次々と潮に流されて行ったのを見たからである。明日は何をなさるつもりなのかと聞くことも出来たが、あえてそうしなかった。明日も先生はまた誰かに会い、その人が先生にはまた重要な人で、さらに貴重な対話が展開されるに違いないことがこの老紳士の雰囲気から伝わってくるからだ。ヘボン先生は、すなおな一羽の蝶のように柔らかった。風に逆らわず、どこに吹かれて行っても、そこに善良で美しい友だちが集まって来そうな感じがするのである。

先生は横浜をどのように考えているだろうか。彼の生涯の中で横浜はどの位置にあるだろうか。先生が開業医として成功したニューヨークより、先に向かった中国より、横浜をなお愛しておられるだろうか。あるいは、生涯の一部分に過ぎないだろうか。今、なぜ彼は古い地図を手にここを訪れて来ているのだろうか。彼の大切な同僚たちのかなりの人数が、港が見える丘のすそ野で眠っている。先生が海を渡って来た頃の日本は、蟯虫を神の使者と考えていたほどの時代。宣教師たちを病いから守る鉄壁はなく、罹ったら誰より先に治る保証もない。長く先生を悩ませた、気候による関節の痛みがそれを語り、祈りあったバラ牧師のマーガレット夫人、聖書翻訳の盟友ルーミスを始め、山手の丘の麓に立つ色とりどりの十字架たちがそれを証明する。先生は、ナザレのイエスの地上での生涯と同じ33年間の使命を終え帰国した。与えられた使命に忠実だった。砂と泥だった外人居留地での始まりは純金のように洗練されて行った。これ以上残った気力がないと感じるや、立てた後継者に後を託して、故郷を離れた人々が皆そうであるように、彼も生まれた大地アメリカに帰ったのである。帰った後も、先生夫婦にとって子どものようだった和英辞典、明治学院大学、指路(しろ)教会はいつも気がかりだった。特に指路教会は格別だった。これからやってくる宣教師たちの日本語習得に役立つために作った辞典が、後世の人たちがなお充実に補完した辞典にその王座を譲ることがあっても構わない。主の僕(しもべ)を育てるために建てた明治学院が、将来、日本の産業発展を担う人物を輩出する優秀な大学に発展し、非信者出身の教授が教授室を席捲することがあっても、その悲しさは我慢できる。しかし、イエス様がその中で度々会って下さり、その御声を聴かせてくださった思い出の教会、自分の故郷の教会と同じ名前を付けた指路教会だけは、日本を牽引して行く力強い教会として変わらず発展し続けることを願った。帰国後も、皆一つになっているのか、敷居は高くないのか、教会塔からの鐘の音に今も横浜市民たちは足を止めて聴いているのか、窓のガラスにひびは入っていないのか、他の教会とうまく協力しあっているのか、開拓教会は生まれたのかなど、身はアメリカにいても心はいつも教会の中庭で働いていた。時夢は横浜が先生にとってどのようなものだったのかについて聞いてみた。先生は生涯の黄金のような時期を横浜の地で過ごしたのだ。

「クララとわしは、横浜を使徒パウロの行ったフィリピと思っている。パウロは宣教旅行中ビテニヤなど小アジア地方を回ろうと何回も望んだが、果たせなかった。ある晩、パウロは海の向こうのマケドニヤの方面に人が立って、来て自分たちを助けてくれるよう手招きするのを夢で見た。パウロ一行がエーゲ海を渡るのには数日かかったが、クララとわしが地球の南の海を回ってここに来るには半年近くがかかった。わしらは、よちよちの子どものような横浜が青年になって行くのを見た。好奇心旺盛な青年たちが着実に成長して行くのも見た。横浜は、クララとわしを見守っておられたイエス様からの最高の宝だよ。主は他の宣教地でもなく横浜にわしら夫婦を導いてくださった。33年は長い歳月だが、わしらは老年になるまでのその恵みの一日一日を憶えている。その間、わしらを再び迎えてくれた故国も進んでいた。」

先生は凱旋の将軍だったのだ、と時夢は思った。神の摂理の中で生まれた国アメリカにとって、宣教のヘボンは最も赫々たる功績を立てて入港した将軍のはずである。先生に儀仗隊の歓迎式はなかった。帰国したその日の夜、先生夫妻は静かに旅装を解き、天を仰いで感謝し、相変わらずキリストの平和の雰囲気が漂う祖国の空気を力いっぱい吸い込んで喜び、二人は長い抱擁を交わした。

「君も祖国を離れて長いでしょう？　先、何年経ったと言ったかね？」

「1978年12月ですから40年になろうとしています。」

「そうか。かなり経ったね。歳をとると懐かしくなるでしょう。時々訪れるの？」

時夢はこう話す先生が羨ましかった。先生は、父親が強力に勧めた法律家の道を捨てて医学の道を選んだ。海外宣教の夢を実現するためだった。彼の夢は、御神自らの手によって損傷されずに守られた。そして、祖国を離れる日、港で手を振ってくれた家族と親友たちと宣教団体がいた。先生は彼らの元へ帰ったのである。手には彼を送った宣教団体への報告書、心には大きなやり甲斐、そして口には故郷で彼を待つ Shiloh 教会への証し話がある。しかし時夢には、帰る教会も迎えてくれる親戚も共に喜んでくれる親友もいないのである。

キャンザス州上院の開会で、ジョー・ライト牧師が告白した祈りが世界のクリスチャンたちの心に、特に韓国のクリスチャンたちの心に強く共鳴していると言う。あの素朴で美しかった国が、海を越えて聴こえて来るキャンザス州議会の開会の祈りで心が砕かれるのである。神の赦しをお願わなくてはならないほど、時夢の祖国は変わったと聞く。多くのクリスチャンたちの霊的均衡が失われ、価値観が逆になって、悪を善と言っても人々は無感覚であるという。御言葉が絶対的な真理であることを軽んじながら多元主義を好み始め、偶像礼拝の踊りが国を代表して国際舞台に上がった。真理を歪曲するのを異なるライフ・スタイルと反論して勝ち、富む者が貧しい人たちに向かって自分たちは幸運児と堂々と言う社会に陥った。働きたくない者に金を配りながらそれを福祉と呼ぶかと思うと、胎内の子どもを殺すことやエイズ感染の元になる行為を権利と連呼しながら街を練り歩く姿も見える。子どもたちへの躾を怠りながら大物になる気を育てるためと言いはる親たち、権力を濫用しながら執権与党の自由と密かに奢る政治家たち、公金を浪費しながら必要経費と隠す経営者たち、わいろを受けながら職位の恵みと弁明する公務員たち、みだらな生活とポルノ汚染を表現の自由と言う市民たち、古くから尊重されていた価値を軽んじながら開花だと叫ぶ次世代の若者たちの国になっている、と聴こえるのは本当の話であろうか。亜細亜で最も空の青かった国、秋の紅葉が目立って紅く、冬は驚異の雪景色で覆われ、渓谷を流れる雪解けの水がずば抜けて綺麗だった国、侵略されることはあっても侵略した記録が歴史にない国、神の摂理あって世界の国々に福音を持って走るのを当然と考えた国が、今は沈没の危機におかれているのである。拝金主義と世俗化が教会にも蔓延していると聞く。地球を何十回も回って無数の外国の説教壇に立ったと自賛する牧師たちが、彼らを追従する信徒たちを連れてイエス様に背を向けると聞く。祖国は以前の国ではない、神の恩寵が計画されていた初心の国に帰れるだろうかと、時夢は憂える。田舎の村の夜明けの空気が早朝礼拝を知らせる鐘の音で揺れるのがごく自然な国、社会浄化の底辺で泉のような教会のメッセージが息づく社会、酒浸りの習慣の貧しかった日々を賛美と祈りで克服した国、時夢はそのような故郷を訪れたいのである。

モーセは、奴隷だったエジプトでの生活の方がましだと、約束の地に向かう道の険しさのゆえに神に反発し続ける自分の民のために、命がけの執り成しの祈りをした。パウロも、約束されたメシアの到来をわざと拒み、キリスト・イエスの愛の犠牲を疎かにする自分の民族のために、捨て身の執り成しの祈りをささげた。時夢は、祖国のためのそのような真摯な祈りが自分にひどく不足しているのをいつも感じているのである。きっと胸が張り裂けそうな願いをもって祈っている人々の輪があるはずだ、その一員になりたい、と時夢は心から思った。先生は帰国し、豊かな両手を広げて帰りを迎えてくれた懐かしい教会の近くで余生を送ることが出来たが、彼はこの国で新しい友、新しい兄弟姉妹に出会いながら御国へ帰る日を待つしかない。時夢は消沈のせいか、喉を詰まらせた声で、

「横浜の森の一角に骨を埋める地を用意してあります。先生が福音を伝えたこの横浜で、私も福音の種を蒔く者として生を全うしたいと思っています。」

と答えた。先生が日本で働いた33年間は、類のない宣教の完成品である。老翁シメオンは、掟に

従って生後8日目に宮に上がったイエス様に会って抱き上げて祝福し、彼の口の中に長い間納めていた幼子のメシアの働きを世に発する使命を完成して、生き過ぎた生涯を終えることが出来た。シメオンの心には使命完成の喜びと安堵があった。日本においての主の導きと守りは、限りなく恵み深くことごとく親切であったと先生が友人に書いた手紙で、その喜びと安堵がシメオンのそれと同じであったことが分かる。しかし、自分のそれはいまだ未完成である、と時夢は考えている。完成の道筋は見えない。いな、ないようにも見える。すべてがリハーサルだけで終わりそうな、小さな試作品であるような気さえする。

「墓碑には〝旅路、導き、恵み、主の日を待ちながら〟と刻んでおきました。」

その時の先生の笑みは道の友、そのものだった。待っている友だちや家族がいるかいないかが問題ではない。横浜の空を飛んでソウルまでの二時間の間に見える、日本海の真ん中に横たわる国境の問題でもない。ある人はシメオンの歳を生き、ある人はダビデとウリヤの妻パデシェバの間で生まれた幼子の歳を生きる、その違いの問題でもない。天の御国に本籍を置いた人の、恵みと旅路と平和が待っている帰郷への希望の話である。

「よくまとまった碑文だね。」

と、先生はテーブルの上の時夢の手に自分の手をぎゅっと重ねながら同意してくれる。

TOKI
2006

20歳の頃、時夢は一人で山道を歩いていた。左の緩やかな斜面には草に覆われている大小の古い土盛りがあった。誰も訪ねて来ない忘れられた人たちの墓だった。至るところに名も知らない秋の草花が咲き誇っていた。風の中に山菊の匂いがあった。道は渓谷につながっていた。松の木と笹たちの間を吹き抜ける風の中に水の匂いがあった。その水の匂いが通り過ぎると、再びほのかな山菊の匂いが戻って来た。先生のふところからその匂いがして来る。風が吹いたら消え、止んだらまた何処からか漂って来る山菊の匂い。その匂いの中なら、いつまでもそこにいて、そこらにある墓たちの一つの主人公になってもいいような不思議な親密感。何年か後、時夢はあの山道をもう一度訪ねていた。墓たちはあった。渓谷もあった。しかし、松の木と笹たちの間を吹き抜ける風はなかった。水の匂いもなかった。何回も漂って来てくれた山菊の匂いもなかった。

先生の墓碑には？　という言葉がほとんど口から滑り出るところを、やっとのことで塞いだ。人の碑文は他人が書くのである。時夢は自分で自分の碑文を書いたのだ。しかし時夢は、もし自分がヘボン先生の碑文を書くのが許されるなら何にするかを勝手に想像して見た。似たようなものがずらっとほとばしり出た。「日本のために選ばれた器、ここに眠る」、「この人は日本を実に愛した。」「任された使命に忠実だった僕、ここでなおのことを待つ」、「日本を文明に導いた主の僕、ここに眠る」、「日本に和英辞書と日本語の聖書と教会をプレゼントしたしもべ、ここに眠る」、「日本人にヘボンと親しまれた主の僕、ヘプバーン、ここに眠る」、「主の使命が限りなく好きだった僕、主の日を待ちながらここにいる」「日本に向かう航海178日を数日のように、日本滞留33年を一日のように思った、純粋に準備された器、ここに休む」、「横浜の風景と日本人の魂を極めて愛した人、ここに眠る」、「日本人の中に永遠に記憶される恩人であった宣教の父、日本に向けてここに眠る」、「最善という言葉がふさわしい主の僕、まだ主の命令を待ちながらここに休む」など、後を絶たない。そう、先生の一生は短い碑文にまとまるものではないのだ。10冊の本ですら足りないのだ。碑文は帽子のようなもので、人となりを全部現すことは出来ない。碑文は小さな手鏡のようなもの、全身を映すことはできない。人の一生はあまりにも貴重で、むしろ何も題名を付けない方がいいかも知れない。

多くの先哲たちのように時夢も雅号というものを持とうとした時があった。自分の人生を一つの単語で表そうと数多くつくってみたが、結局見つからなかった。たとえその雅号を見つけたとしても、結局人々の記憶から去っていくのは同じである。

レストランの室内がいきなり騒がしくなった。夕食の時間でお客さんたちが椅子を埋め始める。従業員たちも交代していた。室内は美味しそうな香りでいっぱいになる。入口から一番近い座席に案内された老夫婦は、見つめあうことも対話もなく静かに食事を済ませては、入った時と同様ゆっくりした足取りで席を立つ。近づいたらおそらく一人暮らしの匂いがしそうな半白の男性は、四人座りのテーブルを独り占めして長い食事をやっと済ませると、時々空を見上げながらコーヒを飲み、いきなり何か思いが浮かんで来たのか、急いで携帯電話を開けてみてはまた天を仰いでにっと笑う。彼の持ち物である、何かを沢山詰め込んだしわしわの大きな手提げ袋は、露宿者礼拝に力を入れる韓国系教会がある新宿職安通りあたりで見たような気もする。またその姿は、橋の入口に座っていた、かの中老の人を連想させる。35年前のことだ。当時、足立大竹病院は、上野公園で毎日曜日、露宿の人たちに百人分の食事奉仕をしていた。その病院の薬剤師採用の面接の日、道に迷っていた妹に詳しく道を教えてくれた。間に合って無事面接を終え、礼を言いに行ったが、もうその人はそこにはいなかった。

隅の方で、10人ほどの中国からの青年たちが、大きな声で熱烈に歓談中である。実は食事中である。覇気満々だ。時々冗談を飛ばす彼らの大きな声が今のこのレストランにはお似合いだ。この地域には日本語学校も多い。おそらくそこの学生たちだ。驚いたことに、その中の二人が食事の前に短い祈りをしていたのである。何をしたのか、とからかう連中のなか、二人は相見ながら微笑んでいた。窓側の席では中年男性と若い女性の二人がワイングラスを交わしている風景も見える。隣席の、会社帰りのサラリーマン風の三人が傾ける瑪瑙色のビールからは、生の営みの中で彼らが今日対話した言葉の形と数ほどの泡沫が上昇する。従業員が皿を落とす音、それに勝る追加注文を催促するブザーの音、会計を済ませて外に出る音、また来客を迎える声に、店内は活気に満ちる。居心地のよくなかったはずの入口のそばの席に、前に誰がそこで食事していたのかを全く知らない、また同じ歳ほどの老夫婦が案内されるのが見える。空を見上げながらにっと笑うのを繰り返していた男性が去った後に、一人はお父さん、一人はお母さんによく似た二人の息子連れの夫婦が座る。その息子たちも、お母さんの顔色をうかがいながらスマートフォンを取り出す。3時間前にその席に座っていた子どもたちとお母さんたちは今ごろ、何をしているのだろう。おそらく帰りがやや遅めのお父さんとの夕食の時間を楽しく待っているに違いない。今度の家族も"LIVING LIFE"を持っているかを確認したが持っていなかった。

しばらく経つと、室内が再び静けさを取り戻した。料理の香りが充満していた店内の空気が、銀杏の葉っぱと潮風をブランドした横浜馬車道の香りに入れ代わっている。時夢たちが入って来た時から居た男の客は相変わらずそこでなにかを読んでいて、時々何かを書き込んでいる。時夢は先生の了解を得てカステラを追加注文した。先生もその意味が分かっていた。そのエンジェル・フード・ケーキは私たちの対話を助けてくれた。先生は私に是非聞いてみたかったものでもあるように

「牧師になる計画はいつからだったの?」

と、真剣な表情で聞いて来た。

「医師だけでも宣教の働きに携われることは多い。牧会のことは周りの牧師たちに任せればいい

もあるのかい？」

と私は思っていたが、君には、クリスチャン医師だけでなく牧師でないとならない何かの理由で

この質問は、時夢の自分に対するものでもあり続けていた。

「先生は長老様だったのですよね。」

「わしは、長老様ではなく普通の長老だった。そう、最後の19年間を過ごさせて頂いたイースト・オレンジの教会でね。」

わしは長老だった、と憚りなく話す先生の口調に自然な品格が感じられる。時夢は自分の昔のことを思い出した。東京原宿の由緒ある教会だった。その教会としてはまだ信徒歴が浅いのに、役員会で長老に推薦された。50歳の時だった。前から教会を支えて来た80歳前後の長老たちの仲間の隊列へ入っていく時夢を見るある老婦人の表情が曇った。前から在籍していた時夢と同じ歳の自分の息子は選ばれなかったからである。

昔から、長老の地位は教会の星であり、憧れである。教会の中心部にいて、意見を述べる立場にいる。イエス様を頭にした体の手足に、イエス様の夢が完成して行く階段の一つになればいいのだが、度々、牧師様を王にした大臣様たちの一人と思い違いをする時がある。あのヤコブとヨハネがそうだった。何十万の人が集まる教会の中央に牧師が席に着くと、その左右に誰が座るかが気になるのである。この思想が、教会の床を牛や羊を連れて来て汚し、その販売利益の決まっ

た額を祭司長たちに上納することによって、聖なる神の家を物売りの市場に変えたのである。この変貌ぶりを憂える人がいることは幸いである。〝信仰の模造品である似せの信仰体系は神の生命が入っていない偽りの信仰です〟と叫ぶ韓国の葡萄の木教会のヨ牧師、散漫としたキリスト観を一つの所に集めようと努める「真実なキリストの教会」の著者C・S・ルイス（Clive Staples Lewis, 1898 - 1963）らがその人たちである。

「I was an elder beloved by all church members. They loved me as Luke. Don't worry about me, pastor Yaginuma.」（わしは教会のメンバーに愛される長老だった。彼らはわしをルカのように愛してくれた。ヤギヌマ牧師、心配しないでくださいよ。）

と、私の一瞬曇った表情から何かを感じ取ったのか、その心配は分かるけれど安心していい、とでも言っているような眼差しで先生は釘をさす。

「わしの隣にはバラという素晴らしい牧師がいた。田舎の草原で羊や野の花と会話しながら育った彼は、多感で情熱的。一人の魂も疎かにしない性格だった。わしも山手の丘でよく祈ったものだが、そこにはいつも先に来た彼がいた。彼の祈りの声は特色があってよく響く。

その響きの中に、どこでそんなに知り合ったのか、実に多くの人々の名前が入っていた。その姿を見て、バプテスマのヨハネとキリスト・イエスの関係でいいと考えた。わしがヨハネでバラ牧師がイエス様、という関係だ。」

彼ら、横浜に就いた最初の宣教師たちは、教派を超えて作ったユニオン・チャーチに集まり、不安と希望が交差するなか、福音宣教の夢の計画を立てたに違いない。モーセの時代が過ぎヨシュアの時代に入ると、神はモーセの名は徹底的に後ろに隠し、これからの役者ヨシュアだけを案じてくださったほどまでに見える。そのような神を思いながら、初期宣教師たちは、〝日本の宣教は日本人の手で〟という目標を立て、植村正久、井深梶之助など、多くの有能な後継者を育て上げて行く。先生は次々と、頼もしい若きバラ牧師に自分が世話する若者たちを送っていた当時の記憶を思い出すようだった。彼のヘボン塾では将来の日本を担う政財界の頼もしい雛たちが羽ばたきの練習をしながら時を待っていた。

「バラ牧師には牧会の賜物があってね。選ばれた器であることがはっきりと分かる。これから変わって行く日本を信じて集まるわしの塾生たちを、バラ牧師に案内した。彼は喜んで受け入れてくれた。そして、生まれて初めて聞く愛の創造主の神の存在への祈りと十字架のキリストの犠牲について教え始めたのだ。すると、監視の目を抜けて青年たちが彼の周りに集まって来るの。監視の手下だった僧侶も僧服を脱ぎ捨ててその中に入るほどだった。ほどなく九人の受洗希望者が出た。その中に押川方義（おしかわまさよし）(1850 - 1928) という青年もいた。受洗希望は本当に命をかけてのこと、という雰囲気だったね。まだ国は許していなかったからね。その殉教覚悟の若者たちの信仰の上にいよいよ海岸教会が建つようになる。」

ヘボン先生が語っているバラ牧師の豊かなあの宣教師資質というものは、時夢がいつも自問自答していて、常に痛いほど負けてしまう問題だった。先生の話を聴きながらその理由をはっきりと噛みしめている。命をかけることだ。イエス様がペテロに三回も確かめたDo you truly love me?の問題だ。そこに情熱も熱心さも牧会の賜物も名前を挙げながらの朝の祈りもつながって来る。多感で繊細、田園育ちバラ牧師のパッションに満ちた若き表情を自分は持っているだろうか。命がけもしない、いやなことが起きると素肌にまとっていた亜麻布を捨てて逃げたマルコのようで、情熱はいつの間にか形だけ、人も最後までは愛せない、名前を挙げての祈りも長くは続かない、自分が牧師按手を受けるにふさわしいかどうかは、長年祈り続けた末の決心でもない。流れによってそうなった、と言っても過言でもないかも知れない自分がある。ヘボン先生がご自身の塾の生徒を任せたバラ牧師のような、互いを深く理解しあえる存在が時夢の近くにはいなかったのである。

しかし、夢はあった。誰でも安心して入って、心行くままに交わりをして寂しさを振り払い、教派もなく、教会内での地位も権威もなく、経済的負担を強要せず、いわゆる信仰の先輩という者の高い目線から来る視線でつまずく悲しい事件も起こらない教会だ。自分を受け入れてくれた横浜の街にその教会を提供したかった。帰り際に、〝ぜひまた来てみたいです〟という自らの言葉が聴こえる教会の創立だった。そして、生きておられるイエス様への無知を恥と思わない初等学問的神学から来る発想や、焦点があいまいな哲学や福音を世の色で上塗りする文学的なメッセージを排除し、その日のメッセージが皆の1週間を十分養える糧になる主日メッセージにしたかった。

ところが、今の自分の牧会を先生にどう説明すればいいだろうか。いつから牧師になろうと思ったのかという先生の質問は、時夢の行き詰まった牧会現場を、この数時間の対話の中で感じ取っていたからかも知れない。しかし、先生は、我らの主がいつもそうだったように、時夢が責められたという気持ちになるようには言わない。この辺で牧会を辞めて近所の教会の平信徒になって、医師業だけに専念しながらゆっくりと平穏な余生を過ごせばどうかと、周りの誰もが勧めるそのようなこともしない。一つしかない生涯を、自分が与えられたと思った分量よりもっと素晴らしい形で完結するのを手助けしたいと、晩年に得た息子イサクの夢が心配なアブラハムの気持ちのようだった。

あ、そうだ。そのアブラハムも、約束の息子を得たのは百歳だった。先生は、なぜ牧師になったのかと聞いているのではない。その大事な決心をいつしたのかを聞いてくれている。そして、どうすれば前に進むことが出来るかを一緒に考えようとしている。それが、ヘボン先生は好きなのである。

キリストに選ばれたその後、聖書でほとんど言及されない弟子たちからも、御国のための創造的な活動を引き出すため、師は多くの話し合いをなさったはずだ。彼らは、ただ師について歩いた無口な存在ではない。ある日は全弟子のミーティングで、ある時は師との個別面談で、漁師の中から選ばれた弟子たちは養われ、成長したに違いない。ヘボン先生は今日、そのようなキリストの弟子に遭ってしまったのである。

戦後のリバイバルの残影が、危機的に高齢化が進む教会で今なお奇跡的に残っている。戦後のリバイバルの雰囲気を憶えていて、急速に物質文明主義に変わって行く社会にたましいを奪われなかった古き良き信徒たちは、教会を支えて来た柱である矜持を持ち続けながら、礼拝の前の席を占めて座る。その貴重な我らの先輩たちの白髪の後ろ姿をいつまでも見ていたい。しかし、月日は止まってくれない。見送る時が来る。そして、彼らの後を続く後輩たちの足音が消えたと思う時、牧会の後継者も消える。幼い日のイサクのように遊びまくる牧会者の若い芽が生まれない教会は寂しい。豊かさが姿を潜め、形骸化だけが目立つようになる。高くないと言いながら敷居が相変わらず高いのを認知しない。新しい風は起こらず、道を失った羊たちが迷い込んでも鳥のように飛んで行ってしまう教会。救急の助けが必要なのに、学びから始めましょうと言う教会。元気がほしくて自分の足で歩いて来た若者に固い食べ物の法則を教え込んでさらに痩せさせる教会。ああ、沢山の憩いの場が必要なこの街から自分の孫たちが憩える教会がどんどん消えて行くのが見える。なのに、教会のなかには、神の愛を喜ぶ内なる心とそれとは異なる五体の法則があって、いつも肉の法則が心の法則に勝つのである。死に定められた惨めな姿である。時夢はキリストの教会の行方を心配する有志たちの輪を探している。入って一緒に祈りたいのだ。

「美しく、その祭壇の傍らに小鳥さえも住みかを見つけ、つばめも巣をかけて雛を育てる教会、その庭で過ごす一日が、疲れしその人のそれまでの千日にまさる、そのような教会を作りたかったのだね、君は。」

と、先生は詩編84編の一部分をアリアのように詠んでくれた。

ある牧会経験者に言われたことが忘れられない。〝あなたは医者だけでいいかも知れません。あなたのような人が牧師になると信者たちに食われてしまうよ〟と。時夢は、その意味が、後になって少しずつ分かって来た。時夢の教会は、信徒数は決して多くない小さな群れだった。しかし、その中にも不和があり争いも起こる。今まで見て来た教会の姿そのままだった。教会に来る目的もまちまちで、新しい信者に模範を見せてほしい人ほど怒りやすい。

牧会術というものがあれば誰かに教えてもらいたい程だった。そばで内助する伴侶の苦悩も増えていく。牧師であり医師でもあるという二つのわらじの戸惑いも増して行く。しかし、不穏な思いが脳裏を横切るたびに、荒波の中の錨のように彼を支えるイリノイ州の南バプテスト本部教会での牧師任命式のことを時夢は思い出す。

シカゴ市の中心部から車で1時間ほど離れたイリノイ州のWinthrop Harbor第一バプテスト教

会。イリノイ州教団本部教会だ。司式はブラウン主任牧師。その教会のメンバーたちが大勢出席、その上彼の牧師按手の祝賀客もあって教会は満席だった。何人かの来賓の祝いの言葉と按手委員会からの二人の副牧師のメッセージがなされた。その一人、体の大きな副牧師のメッセージを思い出す。

「昔、問題の多いある田舎の教会に新しい牧師が就任した。教会は分裂していて牧師が来ても長くいられない状態が続いていた。悲しい状況を見かねていた男の信徒三人が、今度こそ同じことを繰り返させまいと、真夜中に牧師館の門を叩いた。牧師を外に呼び出した三人が、周りの暗闇を気にする牧師に言う。〝私たちはあなたに命がけで従いますよ。教会の再建のためです。しかし、あなたが牧師の正しい道から離れると、we will kill you〟」

という内容だった。粛然となった場内の雰囲気の中、司式の主任牧師、ブラウン師のおおらかなお話が続いたあと、時夢は壇上に用意された席に案内された。

壇上の彼に場内の様子が見えて来た。聴衆が彼を見ている。彼は、ここがアメリカのシカゴの、自分に牧師按手を予定していた教会であることをもう一度心の中で確認した。シカゴは、彼の両親を韓国からまず日本に導き出し、その日本からはるばるここへ導き、それをきっかけに彼がインディアナ州のトリニティー神学セミナリーで学ぶように神が用意してくださった場所である。95歳で暫しの眠りについた父の葬式の場で彼の牧師按手の話が出た。そして今、五月晴れの日、アメリカのこの貴い教会で、彼は日本へ送る宣教師の任命式に臨んでいるのである。委員会のメンバーたち、教会の役員、その他心ある人たちの一人ひとりが壇上に上がって、これから主の羊たちに仕える道を選んだ僕への祝福と御守りの祈りを始めた。頭の上に手をのせる人もいれば肩にのせる人もいる。ある人は手を握って祈ってくださる。皆の手から愛の温もりが伝わって来るのが分かる。彼はじっくりと目をつぶった。瞬間、心の中に籠っていた感情がじわじわと溢れ上がって来た。つぶった目から涙が絶え間なく流れでた。

玄海灘を渡って30年間、彼の家が歩んできた道が走馬灯のように生々と浮かび上がっては消えて行く。新しい国で、理解に苦しむ辛いことも少なくなかった。しかし、それに勝るほどの楽しみも多かった。その道すがら、主がそばにおられて共に泣いて共に笑ってくださった。苦しみを共に乗り越えた家内と、何も知らずについて来て、今は成人した二人の息子と、自分の家が普通の友だちの家とは何かが違うことに悩む日本生まれの娘の顔が目の前に浮かんだ。青春時代、とても愚かで危険極まりなかった自分の姿も思い浮かんだ。今の、この場にいる不思議な自分に感謝、感謝の涙だった。

視野の中に青い海を背景に、緑色の韓国と日本が浮かび上がって来た。兄弟のように仲良く並んでいた。大小の差はなかった。アジアの東側に二つ並んでいる因縁の国である。そして、二つの国の間にあった悲しい歴史の出来事が、映像になって目の前を通り過ぎた。初めて成田に着いた日の、窓越しに見えていた日本での初めてのぼたん雪が思い浮かんだ。その日の韓国と同じ雪だった。まだ30歳だった。将来図が描けない暗鬱の日が続くこともあった。祖国は彼らを育て送り、新しい国日本は彼らを受け入れた。今、日本に住む。場所は横浜だ。遠くから近くから、どういう訳か、多くの患者さんたちが訪ねてくれた。神が導いたその方たちの期待に、自分は十分応えただろうか。涙は続き、祝福の祈りも続いている。その時、祝賀客の一人が壇上に上がって来て、悔い改めと喜びと新しい決心の涙で目を開けられない時夢にハンカチを渡してくれる。

「泣いていらっしゃる姿に恵まれています。これを使ってください。」

と言う。その後もしばらく、聖霊は時夢の泣くのを見守っていた。家内を通して、さほどでもない自分を「あなたは純粋な私の器」と語り続けてくださったこと、彼が御言葉の掟を公然と破っていた時も、主は離れず彼のことを信じ続けてくださったことなど、悟りの遅い彼にくださった余りある恵みの数々が次々と浮かんでくるのであった。しかし、何よりも彼を涙させる理由は、自分の中に臨んでいて、「お前は私のもの」とおっしゃる聖霊様の存在だった。

9　それぞれの形で

帰国後、アフリカ宣教師婦人でもある家内の友だちから祝いの電話が来た。

「私のような足りないものが牧師になってよろしいでしょうか？」

と聞くと、

「何をおっしゃるのでしょう。医師でもある柳沼先生のような方が主の僕になると神様が特に喜びますのよ。」

の答えだった。これはなんの意味だろう。医師が牧師になると神様の喜びが特に大きいのだとは。善意の祝いの言葉であることは間違いないので嬉しかったが、若干の違和感がしたまま受話器を置いた。その後十年間、一つしかない手作りの主の教会、旧習から解放されて新鮮な教会を目指して、せっかく教会に足を運ばれた新しい魂を失わないことに最善の努力を惜しまない教会、何もせず寂しい気持ちで帰る礼拝者がいない教会、喜んでささげる献金の意識が芽生えるまでは献金の負担を与えない教会を志向してきた。しかし、共同体になるメンバーたちの要望は多様だった。前に通っていた教会と同じにしてほしいとの強い要望もしてくる。小さい教会だという不満も遠回しに聞こえる。その小さい教会なのに主導権争いも起きた。ある信徒からは医師が牧師でもある教会をうまく利用したい本音も垣間見えた。一人の魂を御国に完全に導くまで、自分がどれほど準備されていない器であるかをしみじみと経験せざるを得なかった。

キリストの周りにはいつも大勢の人で溢れていた。皆は切実な何かを求めていたが、キリストが施す奇跡の豊かな食事も美味しかったのだ。女と子どもは数えないで5000人、時には4000人と、時を問わず集まっていた。彼らは、キリストの近くまでは集まって来たが、キリストの救いの価値を知るにはまだ境界線周辺の人々だった。いつ生まれ変わるか、終わりが分からない人々である。その境界線をなんとなく行き来するように見える人々に、いつまで仕えなければならないのかという疑問が生じた時に、時夢はバラ牧師が備えていた、たましいへのパッションというものの準備不足の実態が分かったのである。まず30人の礼拝信者が与えられたら後継牧師を育てる計画を立てようとは思っていた。が、あまりにも安易で、あまりにも平和すぎる考えだった。ある日、頼りにしていた女性信徒が、自分の通っていた教会の尊敬する牧師への強い想いがここでも通らないと知るや、強い不満を呼び起こして信徒たちに広めた。その夜、時夢夫婦は、余裕のない給料に感謝しながら牧会を続ける日本の牧会者たちに敬意を表せざるを得なかった。

牧師になる前、長い〝バイブル・スタディー〟の期間があった。その間、診療所を訪ねてくださる方たちのなか、イエス様のことにほんの少しの興味でも示してくださる方がいたら、その方を近所の教会へつなげようと試み続けた。しかし、それなりの難しさがあった。なら、最も近いところに、我が診療所建物の二階に、〝灯ホール〟があるではないか、と、時夢の考えがたどり着いた。もともとそのホールは、チャペルになることを念頭に、初めからわざわざその作りをしてある。〝故郷グレースチャペル横浜〟と名前を付けた。初めは、油注がれた直後のイスラエルの初代王サウロのような謙遜さがあった。このような自分が牧師と言われていいだろうかと縮こまっていた。しかし、霊的な試みに遭うと、まるでサウロがそうだったように、牧師以前の自分、つまり医師ではあっても主の大切な羊たちを預かるよき羊飼いにはなれない自分に戻ってしまうのである。医師でありながら牧師、この二つの役目を併せ持つことは、もし間違えたら二足の草鞋を履くようなもので、その結果ははかないのであろう。ヘボン先生の働きのように、医療宣教団を作って定期的にアフリカや東南アジアに出かける韓国の医療人たちのことを耳にする。彼らは教育機関と医療機関を建て、帰国後は資金を送って援助する。あなたもその中に入ればいいのでは、という言葉を周りから聴くたびに、時夢は心の中で言い張っていた。〝日本にそのような団体がありますか？　自分の周りにも救うべき魂が沢山いるのですよ〟、と。

ヘボン先生は、このように続ける時夢の話に、自分なりに戒律を守って来たので、イエス様に認めてもらってもいいのでは、と思いながら、救いへの道を尋ねて来た富裕なユダヤの若者の話を聴くイエスさまのように、静かに耳を傾けていた。時夢は愚かにも、それなりに悩んで頑張って来た九年間の働きについて、先生から同情と慰めの眼差しを期待した。そして、なんと、その愚かな期待が報われたのである。先生の、若干青みがかかった灰色の瞳の大きな目から、同情と慰めばかりか、感謝の意まで滲んでいるのを見たのである。同時にその眼差しのそばに滲み出ていた、血潮ついた主のいばらの冠を思いながら最後の旗印に向かって最善を尽くして走って行きなさいという、激励の表情も読まなければならなかった。また、そこには、自分には到底超えることの出来ない領域、つまり、救いの境界線をいつまでも行き来する人たち、救われた身でありながらキリストを繰り返し十字架に釘付ける人たち、究極の瞬間に自分はキリストを知らないと言う人たちへの憐みの涙も光っていた。その眼差しと表情を、後日、もし自分が誰かの後進から同じ悩みを聴く機会があるとしても、そのまま真似することは出来ないだろうと時夢は思った。

先生の顔には薄い痛みの跡がある。〝彼には見るべき麗しさも輝きもなく望ましい容姿もない〟とイザヤが預言したとおり、キリストはその顔に痛みがあって病いを知る顔だった。その顔から、傲慢で世の楽しみに飽き足らない人々は目をそむける。その顔を、真実な主の僕たちは慕う。ゆえに持つ彼らの痛みを知る顔は、クリスチャンに共通的に見える誇り高い似顔である。奔走しすぎた先生の両膝の痛みは、先生の愛する教会の献堂式にさえ参席出来ない程だった。その奔走は、まさに、これからの人たちのためであった。救いの境界線を行き来するどころか、さらに遥かに離れていて、救いには初めから関心もない人たちのための奔走であった。これから渡日して来る後進の宣教師たちの働きに役立てようと、心血を傾けて作った「和英語林集成」の出版のために、宣教師たちが作った出版施設を借りようと中国に渡ったのもまさに〝これから〟の人々のためであった。指路教会の建築基金を集めようと故国を訪問したのも、未知の〝これから〟の人々のためであった。診療所を空けて、楽しい旅行に出かけることをしなかった理由も同じだった。先生に診てもらおうと、江戸からの遠路をたどる未知の患者たちがいるからだ。まるで、イエス様を求めて遠くから来る人々の前には必ずその方がおられたように、無駄足は決してさせないためだった。地球の反対側を回り日本にたどり着いた航海、原稿を携えての中国渡航、アメリカへの一時帰国、横浜でのせわしい足取り、そして激甚な関節の痛みは、三回にわたるパウロの伝道旅行と三回も祈った体のとげの痛みを彷彿とさせる。反対するユダヤ教徒だけではなく、仲間のはずのクリスチャンユダヤ人たちからも嘲弄され、聖霊によってしか癒されることが出来なかったパウロの痛み、いたずらに触ってはいけないと周りに自ら要求したその傷痕のようなものが、対話の終わりまでヘボン先生の瞳にもあった。

「それぞれの形があるのだから。」

こう発する先生の語調には、アンテオケでのある日、ペテロに対するパウロの姿勢に見える断固さがあった。ペテロは、割礼を受けた人たちがそうでない人たちと食事を一緒にすることを嫌がる問題において負けていた。ペテロは、今までの慣習、つまりユダヤ人から見ると救われる余地のない異邦人の未割礼者と食事を一緒にしない問題から自由になるべきだった。キリスト者から見ると皆が救われるべき人なのである。ペテロはヤッファの皮なめしのシモンの家の屋上で、幻のなか、神の愛には分け隔てのないことを知らされ、異邦人と食事したことを非難する人たちに反駁もして見せた。その日もペテロは異邦人たちと一緒に食事をしていた。この問題から自由になったと自ら思ったからである。しかし、エルサレムからの教会の使者たちが到着するという急な知らせを受けると、克服したと思っていた弱さが現れ、信念は揺らいだ。分け隔てのないキリストの愛という盤石の上に教会を建てて行くべき自分と、痛みを共にすべき愛する人々を捨て、事なきを得ようとする自分との戦いに負けたのである。彼は席をほかに移して何もなかったように見せかけようとした。パウロはたとえキリストの一番弟子のペテロであっても、福音の真理にのっとって真っ直ぐに歩んでいない彼の姿勢に、面と向かって善意の異議を言わなければならなかった。〝あなたはユダヤ人でありながら、ユダヤ人らしい生き方をしないで異邦人のように生活しているのに、どうして異邦人にユダヤ人のように生活することを強要するのですか〟と、使徒同士のペテロの聴きづらいことは覚悟の上だった。

先生の表情には、私たちは同じ眼科医の絆より、医療人の間柄より、もっと大切な共通点、即ち、なにがあっても成就させなければならない貴い御国の使命を受けた者としての姿のみが同じであることが表れていた。この観点から外れた共通点は大きな意味を持たない。その使命を全うする者もいれば疎かにする者もいる。5タラント、2タラント、1タラントを預かった時は皆が期待された僕だった。その預かりの差は、主を知る大きさの差、主への情熱の差、本気度の差、感謝と献身の差である。器の大きさの差でもなければ、最善を尽くしたにも拘わらず決まってしまう能力の差でもない。望ましい方向性、つまり福音を増殖した行為だけが量の多少を問わず褒められた。神の心にふさわしくなかった僕の1タラントは5タラントを預かった者に加えられた。神は千日が一日、一日が千日のような、時間を超越するお方である。全宇宙がその方の手のなかにある、空間を超越するお方である。我々の主が求めておられるのは、自分に反対する一人の魂さえも大切にす

るその方に似たパッションである。１タラントを預かった者は、神は自分のなかにあるパッションを評価しているのに、自分はさほど神を評価しなかった。神を他の神々の一つと見た。自分の失敗を赦すことはなく、失敗相応の報いを与える神と考えた。神に対するそれなりの畏れはあったが、神の御心は知らなかった。一を預かったら一を返すのだと思った。銀行に預けたら利息でも付くだろう、と主が言ったのは、そのまま自然の流れに任せておくだけでも、放たれる光に魂が導かれることである。神を知らない者は、その神が大事にする自分も知らない。自分を知らないから中に潜んでいるキリストの情熱も感じない。愛は死のように強く、情熱は陰府のように激しく、愛の炎は熱く燃え上がり、大水さえも消し去ることが出来ない、と言うのに、彼は、自分が預かった任務とは、情熱に満ちたあの熱いタラントをせっせと自分が作った固い箱に入れて、人々の目に触れさせず、清算の日まで地下で冷凍して置くこと、と思った。最も楽な方法だった。人々とぶつかり合いながら商いをする必要もない。価値を低下させる恐れもない。しかし、彼は使命者の名は持つものの、一歩でも前に進み、一角でも周りを照らしたがる、神の愛の属性を表さなかった。

主の叱責は峻烈だった。パウロも、オーガスティンも、テーラーも、ムーディも、ヘボンも、〝悪い臆病な僕〟と言われないよう必死だった。福音の商いがたやすいことはなかった。ローマの円形劇場で羊の皮をかぶって飢えた獅子の餌食になることを選択した、名もない信仰の先輩たちもそうだった。畑を売り払って共同体の前に置いた初期教会の信徒たちもそうだった。死ぬなら死ぬ、と心を決めるエステルもそうだった。助けの使者が来るのが遅いように見えても、王の像にひざまずくことはしないと宣言したダニエルの三人の親友にもその精神はあった。心で神を愛し、胸に御子の情熱を抱く者たちに、この世と妥協しながら楽に暮らす方法はなかった。もしあったとしても、それらが主への思いを濁す恐れがあることが分かると、それに興味を持たないことはもちろん、たとえ少しは許されるという許可が下りたとしても、それらに手を出すことはしない。ベレアの信徒たちのようだった。ひと足ひと足を確認しながら進んだ。天国がまだ向こう側に見えているだけなのに、もう足が届いているかのように確信していて、立っている所が天国の地続きであることを楽しんでいた。彼らの手は、使命を担う人にふさわしくがさついていて、度々擦り傷が痛むが、それが主の手の釘の御傷にわずかに似ていることを喜んだ。

時夢はカステラの最後の残った部分をフォークで丁寧にすくいあげようとする先生の手を眺めていた。患者の目を触るには荒い。匠の手に似ていた。教会へ向かう道を工事する人夫たち、教会の壁を修理する人たちの中にいつも一緒にいるようだった。彼の身なりがもう一度目に入った。古いが高級感が残る靴には、外人居留地の泥が付いている。ズボンの膝の所には、洗い残した山手の丘当たりの土色の染み付きが残っている。隣に置いてあるトランクにも珍しいものが付いている。先生が日本に向かって出発する前の晩、これからの人々に何が必要なのかを塾考しながら荷造りをしていたことを表す楽しみのメモと、長い航海のなか、日本語を勉強しておこうと、トランクの上に置いた翻訳本のヨハネの福音書の跡だ。そして、彼のヘボンブランドの身振りだ。彼を監視していた者が、〝この者は可笑しい行動をするぞ〟と上部に報告したあの身振りだ。横浜の住民たちとイエスについて情熱的に話すには、船の中で独学した片言の日本語に、それの何十倍にもなる、出来る限りの身振りを混ぜなければならなかった。主に愛される、御国では有名な、御国色のヘボン・ジェスチャーである。

「先生に一番身近だった聖句は何ですか。」

時夢は、どのような御言葉が33年間に渡る先生の働きを支えたかを知りたかった。いつも羨ましく思っている人たちのように、即座にその聖句が口から飛び出ることを予測した。しかし、すぐにはその御言葉を示して下さらなかった。答えを考える間の彼の表情に、まるで数々の宝物が入っている宝石箱から何を取り出せばいいかを考えるマグダラのマリアの悩みがある。

「この御言葉かな。〝征服者以上の者になる〟という個所。」

ローマ人への手紙のこの個所は、〝誰がキリストの愛から私たちを引き離すことが出来ましょう。苦難か、行き詰まりか、迫害か、飢えか、裸か、危険か、剣か。私たちはあなたのゆえに日夜死にさらされ屠られる羊とみなされています、と書いてある通りです。しかし、全てのことにおいて、私たちは私たちを愛してくださる方によって〟と前置きされている箇所だ。聖書によっては〝勝って余りある〟とも、〝圧倒的な勝利者になる〟とにも訳されている。韓国語聖書には〝余裕で勝つ者〟となっている。征服者以上というのは、長い戦いに自分も疲弊しながら勝つのではなく、百戦百勝と簡単に勝ってしまうことである。テレビのある番組に大きな毒蛇とさほど大きくないアライグマを対面させるシーンがあった。蛇は激しく威嚇に出るが、アライグマは多少緊張するだけで冷静だった。隙を見て首に噛みつき簡単に転がしてしまう。サタンは蛇のように世の苦難を武器に威嚇して来る。しかし我らの主はすでに勝者なのだ。悪魔の企みを知らないわけではない。時夢は、信仰の先輩、また人格者として尊敬する韓国系アメリカ人の辛牧師がソウルのある大学の総長として在職していた時、部屋の書棚にあった、先生が選んだこの御言葉を書名にした著書を、頂いたことを思い出した。

「君は？」

と聞く先生に、

「〝倒されても滅びません〟でしょうかね。」

と答えると、楽しそうな顔で、

「その御言葉はその前後も素晴らしいよ。」

と、前の部分〝私たちはこの宝を土の器に納めています。計り知れない力が神のものであって、私たちから出るものでないことを明らかにするためです。私たちは四方から苦難を受けても行き詰まらず、途方に暮れても失望せず、迫害されても見捨てられず〟と、後の部分〝私たちは死に行くイエスをいつもこの身に負っています。イエスの命がいつもこの身に現れるためです。私たち生きている者はイエスのために絶えず死に渡されています。イエスの命が私たちの死ぬべき肉体に現れるためです。〟を加えてくれる。

「Thank you, dr. Hepburn. 今日は何か、勝って余りある方と打たれ強い者との対話になっている感じがしますね。コリントにいる信徒へ二回目に書いたパウロのこの手紙の言葉、実は未信者の多くの日本人も好きな言葉です。これは聖書からの言葉でしょうね、とまではなんとなく感じています。日常の言葉に聖書の言葉がちりばめられている欧米とは違って、日本は仏教の言葉や中国の故事で言葉を豊かにしています。しかし聖書の言葉も水脈のように流れていて、極限にぶつかるとよく汲み上げますね。」

先生は喜びを隠さなかった。中学卒業の日、思春期真っ盛りだった時夢は、自分が、優等賞受賞者の学年代表として表彰台に上ったことを、その日の夜になってから親に告げた。父は、反抗期の子が嫌に感じるほど喜びを隠さなかった。その日の先生がそうだった。

「先生の好きな讃美歌は?」

と聞くと、今度は直ぐ様に答える。

「〝静けき祈りの時はいと楽し〟がわしの定番だよ。ブラッドベリの作曲は素晴らしい。しかし、わしはこの讃美歌の作詞が好き。ウォールフォードは全盲だったようだが、不屈の精神力の持ち主だった。こう歌うんだよ。」

と、先生は一節を歌って見せる。

「静けき祈りの　時はいとたのし
悩みある世より　我を呼びいだし
父のおおまえに　すべての求めを
たずさえいたりて　つぶさにつげしむ」

あちこちから拍手が沸き上がった。室内にいたお客さんたちからだった。従業員たちも突然の出来事にびっくりした顔で見ている。先生は顔を紅潮させながら軽い目礼で返す。全然衰えない美しい声である。

「君の番が来たね。」

と、まるで、大役を終えたばかりの役者が弟弟子(でし)を次の舞台に送り出すように促す。

「私はこの歌です。おそらく先生はご存じでないと思いますが。」

と、1年前のNHKの歌番組でイルディーヴォという世界的な青年ボーカル・グループが歌った"You Raise me up"をあげた。町に教会がある風景が当たり前の国なら、いや、そうでなくても、知る人なら知る歌である。
「歌ってみない?」
先生はやんちゃな眼差しで促す。こういう場面になると時夢はいつも決まった選択をする。歌うのである。声が震えても、歌詞がうまく思い出せなくても、だ。幸いにも、その日、時夢は歌詞を間違うことはしなかった、と思う。

When I'm down and my soul so dreary,
when troubles come and my heart burden be,
then I am still and wait hear in the silence,
until You come and sit awhile with me.
You raise me up, so I can stand on the mountains,
You raise me up to walk on stormy seas.
I am strong when I am on Your shoulders,
You raise me up, to more than I can be.

倒れ込み、たましいは疲れ果て
問題は次々とやって来て心を押さえつける。
それなら、僕は動かないよ、じっと静かに待つ、
主が来てそばに暫く座っていてくださるまで。
じゃ、主の肩車だ、山々の上に立てる。
じゃ、主の肩車だ、荒波の上をも歩ける。
僕は強いよ、主の肩の上だもん
このような僕って、不思議、不思議。

先生の大らかで楽しい歌い方とは違って、緊張して首が硬くなったままでの歌だった。出来るだけ小さい声を出そうと努めてもやはり室内にいたお客さんたちから拍手が起きた。従業員たちも目

を丸くして、これからどうなるのかと注視している。

「分かりやすく、どこででも歌える歌だね。しかし、わしら、よくも歌ったじゃないか、このような場所で。」

「讃美歌ですから。」

と答える時夢を先生は、遅れて物心がついた甥のマルコを眺めるバルバナのように目を細める。時夢も笑みで答えた。

大役を終えた歌手二人は従業員が新しく持ってきてくれた水を急いで飲んだ。時夢は一気に飲み干したコップを下ろしながらいつも頭から離れない懸案の突破口を見つけるべく聞いてみた。

「先生は何かを切実に解決したい時に主の御声を直接聴きたいと思ったことありますか?」

残りの水をゆっくり飲みほしてコップを下ろした先生は、

「これはすごく楽しくて興味ある問題だね。多くの兄弟姉妹が求めることでもあり、またこの問題でつまずく。」

と答える。しばらく静かな時間が流れた後、先生がゆっくりと顔を近づけて時夢に聞く。

「御声を聴いて解決したい問題でもあるかの？」

「これからの残りの人生がどうあるべきかを聞きたいのです。70年という人生を過ごさせて頂きました。もう一度やり直ししたくはありません。失敗もそれなりにありましたが、それはそれなりに今があるための過程として感謝しています。これから何年が残されているか主のみが知っておられますが、どのように残りの時間を過ごせばいいかを知りたいのです。多くの夢見る人たちがそうであるように、私は自分の今をまだつぼみだと思っていますし、大事なことをリハーサルだけで終わってきている感じです。私が神の器ならどのようにこれから使われるかも知りたいです。何か、別の使命が待っているのか、このままずっと続くのか、もうこれで終わってもいいのかを知りたいのです。後者の方がむしろ強いですね。」

部屋のどこからかピアノの音が聴こえて来た。気持ちの良い旋律だった。傷口にラベンダーの香りがする氷水のガーゼを優しく当ててくれる手のようだった。曲名は分からないが、ある音節の部分を繰り返し気持ちよく弾いていた。時々音が跳ねあがってはオーロラのように天上に揺れるが、すぐその音節に戻ったりする。

「カルメル山の上のエリヤは神の印を求めて7回も膝の間に顔をうずめる姿勢をとるまでして地にうずくまった。〝主よ、我らを突き放しておくことなく奮い立ってください。なぜ眠っておられるのですか〟と絶叫する詩編記者もいた。わしの信仰では、神は常にお答えになるがその声はわしらが期待する声とは限らない。弱ったエリヤにパンと肉を運んだのは一羽のカラスだった。それが声だった。信仰人、特に使命を預かった者が身に着けたいものは神の静かにささやく声を聴き取り、または見つける能力だと思う。信仰の深さがそこにあるかも知れない。君の余生に対する神の計画、いま休んでいる礼拝の再開問題、なお素晴らしい役目が訪れて来そうな期待、全て貴重な祈りの題目だ。神は答えを持っておられる。君の銀細工した皿に、金のリンゴをのせたいと思っておられる。昔から、時を待って祈る姿に信仰人の美しさがあった。そのような者の膝は祈りに鍛えられていて、駱駝の膝のように分厚い。信仰の達人だ。達人は神の御心を知る。」

かなり昔、妹夫婦がシカゴでキリスト教書籍センターを営んでいた時、書棚にあった一つの本が目を引いた。『膝で生きる人』がその書名だった。主人公の膝はラクダのように分厚くなっていた。それほどの時間を祈るからである。そのように、先輩たちは祈りの中で主の答えを掴んでいた。

「なぜ皆は神の声をそんなに聴きたがるのかなあ。君は毎日チャイムベルのように御声が聴こえるといいのかね?」

主の声を聴きたいが、そのような形の声ではない。深刻な問題で祈る時は、サムエルを呼ぶ主の声のような、確かな御声を聴きたくもなる。その方は私たちから目を離すことはなさらない。しかし、一日中、まるで身体不自由者の親のようにことごとく手だしをしようとはなさらず、私たちを最高のパートナとして歩みを助けようとバランスを取られるのではないか。時夢はこう思ってはいる。

「神の声を本当に聴くことは超物理的現象ですから、普通の体では耐えられず、慣れていた日常も壊れてしまうと思います。完全に聖なる方を見聴きするには間に緩衝の役割をする何かが必要でしょう。遠くからではありますが神の声を直接聴くに堪えられないシナイ山の彼らは、モーセを代わりに送り、帰って来るモーセの顔の神秘の輝きには覆いを掛けるよう要求しましたからね。」

「古代の人々にとって、そのモーセを通して与えられた主の御言葉の書は素晴らしい。間違って伝えられることもなく、読む人の霊的分量だけ意味が分かってくる。そこに聖霊が聞く耳を助ける。最も安全で確かな方法だったとは思わないかね。どこへでも持って行けて、いつでもページを開けて、筆写して家の壁にも貼っておける。そこに一点一劃も変えてはならない御言葉、つまり原色の御声があった。父のように厳しく、母のように慈愛に満ち、天使のように親切で友のように楽しい。キリストの時代に入ると、ヨハネが言うように、私たちは神ご自身をよく見て、聞いて、触った。聖書の御言葉はその方ご自身だから、御言葉が御声ではないかね。これからは御言葉を心に刻み、聖霊は意識の中に溶けているイエス様の御言葉を思い出させ、理解し、まるで聴こえるかのようにしてくださる方、と主がおっしゃったよね。主の御言葉は蜂蜜のように甘く魂を生き返らせる、と詠んだダビデの詩が現実になる。聖霊に身を委ねる人ほど、御言葉に接する時、体が響いてくるのを感じると思いますよ。私たちの中に宿っていらっしゃる聖霊は御言葉と同じ響きをする。御声を聴くというのは、御言葉を楽譜にして奏でる聖霊の演奏を耳で感じる、ということではないかね。時にはイエス様の手の温もりを背中に感じる人もいるね。御言葉を背中の温もりで感じたことになる。時には鈍くなった良心が聖霊の叫び声に目覚めて眠れない人もいる。愛する子を戒める御言葉が良心の琴線に触った瞬間だ。」

「御言葉を通して主の御声を理解することと、御声を聴いて従うことの差はどこにあるでしょうか。」

「もし、今晩、〝今の仕事を止めて明日アフリカの宣教に行きなさい〟という声を聴いたとしよう。君はどうする？」

「何回か確かめの祈りをすると思います。その祈りに同じ肉声の答えは繰り返しては来ないと思います。たとえ返事があったとしても、この横浜でも働くことは沢山あるのに、日本に来た時の先生のように持ち物を全部売り払ってあの不便な地に行かせるのですかと、神を恨むかも知れませんね。先生は自分で手をあげて来られましたけれどもね。」

「なるほど。御声が聴こえたとしたら選択の余地がなくなるね。自分に不利な御声は疑いたくなる。御声を直接聴きたがることは、何かを感じないと安心できない信仰の所有者がほしがるものだ。高価な商品券が沢山入っている誕生日カードより、一緒にデパートに行って手ごろなおもちゃを早く買ってもらいたいわしの孫と似ているかな。会社と取引する際、老練な社員はその会社が出した文書を熟読する。そこにすべてが含まれているからだ。経験の浅い社員は、相手からまず話を聞きたがる。一般的にわしらが期待する御声は、約束の御言葉を通じてだけではまだ確信を得ない少年が聴きたがる神の愛の印、と思えばいいかなあ。沢山聞こえるのも素晴らしいことでしょう。わしらが天国へ行くとそうなるでしょうし、愛の神は常に私たちのそばにいますからね。そのタイミングは神の判断かな。昔、聖書が十分理解できなかった幼いサムエルを、神は自らの声で呼び起こした。祭司長のエリさえも御声から遠ざかっていた。神は私たちに必要なことを先に知っておられる。ある人は常に必要だが、しばらく静かにしておいた方が良い子もいる。」

「では、先生は何か重要なことを行動に移す時はどうなさって来られたのですか。」

「御声が聴きたくなるね、それは。さいころを振ることも出来ないしね。あなたは今までどうなさったの？」

「祈って、悩んで、結局は自分が決め、後は主に任せることでしょうか？」

この率直すぎると言える答え方に時夢たちは、いつも行き慣れていた道なのに、狩りの帰りに迷ってしまったヨナタンとダビデのように声を出して笑った。結局、大勢のクリスチャンたちがそうする。後にならないと主の御心が分からないことも多い。先生は笑いを止めて真顔で言う。

「君は箴言16章9節をどう読むか？　A man's heart plans his way, but the Lord directs his steps.」

「〝人間の心は自分の道を計画する。主が一歩一歩を備えてくださる。〟の御言葉ですね。いくら人間が計画をしても、結局、なさるのは神で、その方の御心に従ってことは行われる、と解釈していましたが……。」

「クリスチャンは世においての主の使臣(ししん)である。使臣は主の目的に符合して働く。二人はパートナー・シップの関係だ。悩まない素晴らしい使臣はいない。主の御心がはっきりとした声で来ず、青写真も送って来ないような気がする時もある。御国のためにそこに留まっているばかりしていてはいけない時、考えてプランを立て、主に報告しながら、信じて行動に移す。後は主がその僕のプランを用いて、時には修正して、ご自身の御心を行われる。」

「そうなると、自分の予想よりずっと立派なその結果を見て、使臣も感激しますね。」

「初めから御心が分からないようになさることは、その方の愛の心だとは思わないか？　私たちを認めて尊重なさる証拠としてね。イスラエルがエジプトの奴隷だった時のことを知っているでしょう？　彼らは一日に決まった量の煉瓦を作らなければならないことが一番苦しかった。ありもしない藁を集めて煉瓦に入れなければならない時に、苦しみは絶頂に達した。目標達成に嵌め込まず、早いものも遅いものも、大きいものも小さいものも、春の声に各々花開き、その後は季節の営みに任せる草花のようかな。恵さんの誕生日に道端で頂く草花に遅咲きの夏花もあれば庭にいるべき横文字の名の花もあるでしょう？　君が花をとりに出かける時に何々の花をとって来よう、とは思わない。どんな花が待っているか知らない。でも、帰る時は豊かな収穫があったはずだよ。私たちの可能性に任せる、そしてその可能性を聖霊によってキリストにまで伸ばしてくださる、これが先ほどの聖句、〝勝って余りある〟のもう一つの解釈かも知れないね。わしらが願っていた勝ち方ではなかったけれど、それ以上の大きさ、美しさで勝たせて頂く。自分はリハーサルだけで終わっているようだけど、自分の器としては最も良い道を歩かせて頂いている自分がそこにいる。

時夢君、心の中から浮かび上がってきて、消そうとしてもまた浮かび上がる考えがあるなら、それを大事にしてほしい。先に与えられていた君への神の恵みは常にそのためにあった。君の体には主の同伴者の印が沢山刻まれている。君はまだ若い。君の中には主が喜ばれる考えが球根のように多く詰まっている。君の余生は今までの人生より重みがある。君が好きなサムソンのようにね。彼が死の間際に引き換えにした収穫が、生きている間のものより多かった、と書いてある。信仰の友とも語り合って、夢を分け合い、多く祈りなさいよ。駱駝の膝を忘れずにね。今は分からないが、花を取りに出がけることは、将来、もっと面白い花をバスケットに入れる可能性、そのものだ。主が我らの祈りを聴いてくださったのは確か、あとは一歩一歩進みながら拾い上げること、これでいいのではないですか。」

サムエル、ハンナ、ダニエル、断食のエステル、ゲツセマネの園のわが主と、祈りの姿は一貫して膝だった。ヘボン先生のズボンの膝あたりも土の染みが残っている。分厚い駱駝の膝は苦しみの象徴ではない。次元を越える祈りの旅の時間に比例する。

「時には断食しながら大声で激しく熱心に祈る人を見ますよね。私もたまにはそうして見たいと思うのですが、そのような祈りは先生がおっしゃった季節の営みに任せることとどの位置関係にあるのでしょうか。」

「主の祈りの、〝御心の天にあるごとく地にもなさせたまえ〟に入ることでしょう。わしらが放心しているのに神がお働きになると君は思うかね。神と私たちの協力で御心がなされる。御心は備え、人間は勝ち得る。御国は揺さぶられていて、攻め入る者の国になる、と主がおっしゃったことを思い出してみて。祈る者はアダムがエデンでそうだったように、神の畑の管理者になる。種が落ちて芽を出して、１００倍も60倍も30倍も実る地は祈りの畑でしょう。御計画が実るのは、祈りによって澄まされた、魂の働きの結果ですよね。わしら宣教師があの激しい大波を超えて日本に向かった時、誰も主の御声を肉声で聴いてはいない。ただ、イエス様がなさったとおりにわしらもしたかった。それを主が喜んでくださると信じた。職場を捨て、財産も売り払って、日本に来ることを決心したわしらを乗せた船は、大水も飲みこむことが出来ず、燃え盛る火も焼き尽くすことが出来なかった。船の中でのわしらの祈りは、毎日が泣き叫ぶ祈りだったことを知っているか？」

時夢はその状況を瞬間的に思い浮かべた。ヘボン先生の船室の壁も、バラ宣教師やブラウン先生の部屋の壁も、霊の戦いの痕跡が、至聖所の垂れ幕に撒かれた羊の血の跡のように激しく点在しているのが見える。

「その激しく見える大声の祈り、日本の教会ではあまり見られないのです。日本人には合わないという見方もあります。」

先生は何かの感情を抑える顔だった。てんかんの発作を起こすと火にも水にも倒れる息子を連れて来て、もし出来るなら助けてくれるよう願い出ている人を見る表情だった。

「親に子が沢山いたら皆同じではないよね。静かなことが好きな子もいれば外向的な子もいる。国民性かね？　祈りの声が小さいと賛美も小さい傾向があるが、どうかな？　いつもそよ風だけではない。台風もある。我々の人生、谷の底を歩む時もあるはずだよ。ヨシュアの後、士師たちの時代を経ながら、イスラエルの民が各々の自分の目に正しいと思うことを行っていた時期があった。敵がやって来て彼らを飲み込み、苦境に立つと、彼らは大声で神に助けを求める。大声だよ。叫び求めたと書いてある。神は急いで彼らを助け出した。日本は確かに静かな国だ。しかし、教会にはキリストの教会らしい姿がある。教会には罪、血、十字架、死、涙、絶望、孤独、さまよいなどの匂いがある。集まる信徒たちの息の匂いだ。昔の幕屋も人々がそのようなものを持ってきた。そして、赦し、命、喜び、感謝、賛美が溢れた。その幕屋が好きでダビデは王の体面なんか構わずに踊った。我々はダビデより偉いだろうか？　静かな祈りだけを要求する伝統が、決まった雰囲気を演出するだけの礼拝につながらなければいいがね。」

先生の声は軽く震えていた。時々挙げる両手もそうだった。伝わってくる緊張感をほぐしたい時夢は深呼吸した。それを見た先生もゆっくりと深呼吸しながら時夢に寂しい笑みを送る。

「先生、ご存知ですか？　私には御声が時々聴こえるのですよ。」

先生は、想像以上のスピードでいきなり投げて来る、子どものボールを受けた父親の顔になった。

「〝これから何があっても不思議に思うことはない〟という声でした。かなり前のことです。その声の通り、信じられない多くのことが起きました。しかし、その声を思い出すと、あ、こういうことだったのだと、すぐ落ち着きが戻りました。〝心配するなよ。そのうち立ち上がれる〟という声も聴きます。あまりにもその器としてふさわしくない行いで自責の念にかられる時に思い出すと、慰められます。〝あなたを選んだことを後悔しない〟という御声もあって、私にとって大きな安心です。私の一番気がかりなのは霊的な戦いに失敗することです。このままでは主に不名誉ばかりかけると思い、使命を諦めようかと思う時にいつも聴こえてきます。お前を選んで後悔したことはない、今のお前でいいのだよ、と、慰めてくださるのです。」

先生は福音を携えて山を越える足々の先頭に立って走る隊長が、一番後ろについて来る隊員に呼びかけるように時夢に言う。

「おおい、後ろの新参！　よかったね、その御声。わしも毎日聴いているよ。あまり自慢するなよ。しかし、頑張れよ、doctor Yaginuma.」

先生は楽しくなるとメロディーをつけて語る癖がある。今度はベルディーのアリア、祝杯の歌のメロディーに乗せて賛同してくれた。見つめ合う二人の視線は完全にリラックスしていた。

「先生は倒れるのを恥とする将軍と、よく倒れるが起き上がり上手な〝起き上がりこぼし〟の、どちらのタイプですか。」

「これはわしも平素よく考えていた問題だな。前者はカルメルの山頂のエリヤかな? 後者はソレクの谷のサムソンでしょう。両者とも物語性に富む。エリヤは戦いに用いられ、サムソンは再起の力で敵の度肝を抜いた。両者とも辛い役目だ。エリヤも全く崩れない人ではないが、やっぱりわしはエリヤを選ぼうかな。」

「私は、エリヤの立つ山々の岩の陰にうずくまって今は泣いているけれど、もう一度再起を願うサムソンになりましょう。」

「これでエリヤとサムソンの邂逅だね。」

と先生は名セリフでも言ったように満足気だった。先生は思い出したように尋ねた。

「病院の運営はどう? 多忙な牧師に患者さんたちは来てくださるのかね?」

先生はいつの間にか開業医の一人として心配してくれる立場になっていたのだ。以前はある程度のルールがあったが隣の建物にいきなり同じ専門のクリニックが建つような世の中、それなりに運営には大きな支障がないことに感謝していること、患者の数よりは時々クリスチャン医者としての恥ずかしい診療になってしまうことが心配であると答えると、

「そうだと思ったよ。神が用いる病院だからね。君のところにアルバイトの医者は要らないのかね。一日だけわしを使ってくれないか?」

ととぼける。

「いいですよ、来られる日が決まったら前もって教えてくださると助かります。神奈川新聞、横浜歴史記念館、指路教会、構内にヘボンホールを持つ横浜市立大学医学部、明治学院大学、フェリス女学院、東京有明医療大学にも連絡しておきます。」

と言ったら、先生は

「なんと連絡するつもり?」

と聞く。

「〝みなとみらいで自称ヘボンという眼科医師に偶然出会いました。近いうちに当眼科医院に来られます。ぜひ来てご歓談ください。私が知る限り、たとえヘボン博士ご自身が来たとしても、この方よりヘボンらしく、この方程ヘボンについて知ることはないと思います。ただ、ご来場の際、惜しみのない感謝の献金をご持参なさってもお断りはしません。それを必要にするところに各々の名で送りますから〟でいかがでしょうか?」

先生は愉快に笑ってくれた。あらゆる医者、どのような牧師、聴衆の前に立って立派に語った今までのどのような演者の笑顔より睦まじく、後味のよい笑いだった。

「今の横浜の人口はどれくらいなの?」

「約400万といわれていますね。」

「君の診療所は横浜のどこ?」

「金沢区といって、山を越えると鎌倉です。人口は20万です。」

「わしがいた時の横浜は、どんどん膨らんできて15万になっていた。その時の横浜より今の君の金沢が多いね。医者業と牧師の働き、ご苦労さん。大丈夫? 似ていても似ていないんだよね、この二つは。


教会はその人の最後の行き場。失敗は許さない。そこで失望してはいけない。二度と帰って来ない。教会に失望した人はキリスト教全体に失望する。結局イエス様に失望することになる。同じキリストの僕ながら、前の牧師がなぜこのように教えたのか、本人の前で指摘出来ない。キリストの愛を教えるからだ。自分も愛を実践しなければならないが、完璧とは程遠い。キリストの姿を示さなければならないので、世の形に似ていてはならない。問題が起きた

ら世の方法ではなく愛と祈りでしか解決できない。発展を計るなら世的な思想を持ち込まない。最も強く、最も大きく、最も美しい設計図を預かっているものの、いまだその通りのものが地上に造られたことがない。だから教会は常に未完成で、常に未来志向的だ。いつも注意深く、謙遜で柔和な存在としてあり続けるしかないのが教会。

しかし、医者は一つの職業だよね。非営利機関の立場だが運営、設備、発展して存続しなければならない。競争の美学の名で世的な法則を取り入れることも出来る。自らを傷つけることにもなるのだが、他の医師を中傷することもあり得る。祈りではなく戦略会議、愛ではなく評価が重要になる。

一つの建物に病院と教会があり、一人の人物が二つの仕事をこなすことは容易ではなかったと思うよ。イエス様は出来た。目が見えない人を見つけ出し、そのたましいを天国の希望と神の栄光へつなげてくださったシロアム池の周辺が病院で、たましいが癒されて天国が見えるようになった池が教会だった。」

先生は、真実な宣教師の仲間たちと一緒に働き、ニューヨークでは熱烈な眼科開業時代を経験している。その先生の心配あふれる指摘だった。医者としても豊かな経営、牧師としても素晴らしい人間性を備えていたい、両手に花の理想的の話だ。しかし、それが今はとうてい不可能である。だから、何回繰り返しても足りない言葉、しかし、何回繰り返しても悔しい言葉、その言葉でこう答えるしかなかった。

「本当に失敗ばかりです。」

〝本当に知らない人です〟と、その時ペテロは言った。ピラトの法廷の中庭で主の弟子であることをきっぱりと否定した時だ。人の影に隠れて師の虐げられる様子をうかがう怪しげなペテロを見て〝お前もイエスの仲間だ〟と問い詰める人たちに3回も〝本当に知らない人です〟と、自分の栄光の身分を自ら捨て、雑魚を拾って暮らすガリラヤ湖の漁師に帰るのである。愛する弟子の声が聴こえていたので、イエスはペテロに振り向いた。〝わが子が今悩んでいる〟、イエスの胸は憐みで張り裂けそうだった。その時のイエスと同じ眼差しから、その悩みを分かち合いたいという先生の気持ちが見える。

「主が考えておられる宣教とは何でしょうね。わしは、主が初めての奇跡をなぜ町の婚礼式でなさったのかについて考えて見た。その方が地上で初めてなさった奇跡は、人への慰めだった。その新郎と新婦が誰なのかをイエスはよく知っている。素朴な二人だ。これからの人生、二人が力を合わせれば何とかなる。小さい家だ。来客のために精一杯備えたが足りないものが多かった。先に葡萄酒が切れた。葡萄酒は婚礼式になくてはならないもの。貧しいばかりで何も出来ない新郎の顔に落胆の色が漂う。親の精一杯もこれまでだ。うなだれる彼に奇跡の朗報が届いた。誰かから、今までより素晴らしい葡萄酒が、自分の家の水がめいっぱいに届いて、それがいくら汲んでも減らないという。君は知っているでしょう、その誰かが誰なのかを。死んだラザロを生き返らせる、目が不自由な人を見させる、四肢が萎えた人を歩かせる、悪霊を追い払う、荒れ狂う海を鎮める、「らい病」の人を癒すなどの奇跡はその後だった。祝賀客たちは良い酒が後に出されたという、あり得るがかなり不自然なこと以外には、何も知らなかった。無事婚礼式が終わった後の新郎の安堵感、これがその方が慰めの神であることを知らせる奇跡の始まりとしてふさわしい、とは思わないか。

君は今〝失敗ばかり〟と言った。そうかね。イエス様は弟子たちの器の弱さを知っておられた。あの岩の名前を与えたペテロさえ周りの雰囲気、小さな女中の一言に揺さぶられる。失敗が多い、と自責する君にペテロは希望だ。エリヤも一人で大勝利を収めたその晩、イザベルの匕首のような一言に怯んだ。サムソンも、一人で神の戦いをしたのに、渇いたのどを潤す神からの水一滴も備えられていない自分の苦境に心が折れた。しかし、神には次の計画があった。僕は失敗したと思うかも知れないが、神はご自身の選択を後悔することも、失敗することもなさらない。君の病院が、人々をイエスの名前で慰める役割を担っているなら、それは目に見えない奇跡で、神は君を my friend と呼ぶ。他の人にはない特別な使命だ。わしには他の使命が与えられていた。主は、君がそれにふさわしいと見ておられるようだ。途中で倒れることは当然だ。倒れないことの方がおかしい。土器の器が神の働きを預かっているからだ。しかし、神は耐えられない使命を、ご自身の僕がひどく悩むほどまでに負わせることはなさらない。

恵さんが、君がまだ自分を見出していなかった時に〝純粋な器〟と伝えてくれたその純粋さで君の役割を続けるなら、それこそ君の街、金沢区の奇跡の元だ。奇跡は騒ぎではない。あり得ないことが起こることではなく、なくてはならないものが神の恵みによって現れるもの。あのカナの婚礼式の葡萄酒もそうだった。そのままなら失敗で終わってもおかしくなかったはずなのに後に出て来た高品質の奇跡の葡萄酒を、来客たちは静かに楽しんで、二人を祝福した。

君の教会は、君がいる横浜金沢の、尽きることのない新しい葡萄酒の水がめだ。他の教会に通っている人たちが君に近寄って、こっそりと〝私もクリスチャンですよ〟と耳打ちをし、教会を離れていた人が君の誘い声で教会に戻り、地域の牧師のなかで君の病院を地域のプライドと思ってくれる人が一人でもいるなら、それが君の病院の存在意義なのだよ。

君の祈りのノートに〝牧会者として備えたい人格〟と書いてあるのを知っている。そのような君の悩み、いつ芽が出るか憂えながら福音の種を蒔く今の君、刈り入れの少なさを心配する君の心、全てが御国の栄光の記録ですよ。そのように記録される君の教会をサタンは嫌う。あの者は何しろ、わしらとイエス様が葡萄の木と枝のように固く結ばれている姿それ自体を憎む。あの者は弱くてみすぼらしい人たちが教会に入るのをもっと嫌う。自分が不幸に陥れた人たちをイエス様が味方になってくださると、勇士に様変わることを知っているからだ。君は幸いな人で、間違いなく準備された器だ。未完成で、いつもリハーサルで終わるかもと、自分でそう思うならそれでいい。君の特徴のようだ。なら、これから完成して行く楽しみが残っている。しかし、知っているでしょう？完成はない。太古の神の園に〝完全な印〟と言われた者がいた。彼はそれゆえに神に挑戦した。完全を求めることは恐ろしいことだ。自分が完全と思った瞬間、君の堕落は始まる。そして、空しい。わしらは失敗と成功のなか、どちらかを選ぶことは出来ない。わしらは僕だ。いそしんで歩み、完成は主の不思議な御業に任せるのだ。このまま歩み続けましょう。今は、わしらは知らない。主が良いことを始められたから主ご自身が成し遂げられる。Let's trust in Him, my friend!」

イエスの昇天後、自分の家来たちが、教会で最も活躍していた執事ステパノを死の広場に引きずり出して、重い石で頭をいくら打ちつけても、イエス様への信頼と感謝を歌う彼の姿に堪忍袋の緒が切れ、今度はもっと大勢のクリスチャンを引きずり出そうとダマスカスへ向かうサウロがいた。その途中で生きておられるキリストに出会うサウロは、自分が信じていたものの虚像と今現れた実像との間の距離の大きさで悩んだ末、意識を失う。生き返ったサウロはアラビアの地での隠居の日々を経て、タルソスに身を置く。自分は罪びとの頭だったと、後もまたその後も繰り返し述懐するしかないサウロに、自分は生きておられるイエス様を見た、そしてこのように変わったのだと証しする者にはなりたいが、キリストの福音宣教の世界に自ら進み出る勇気はない。助けてくれる人が必要だった。タルソスの隠居の家から今度は彼が福音の広場に引きずり出され、今までのパウロでは想像も出来なかった使命が待つアンテオケへ、バルナバと共に向う新しいパウロがいた。使命の形や大きさを、決まったように初めから分かるようには、神はなさらない。

「確かに、病院と教会の両立は難しいことではある。しかし、こうなってしまった状況を、二倍、否、何倍も楽しいものにして行きたいね。」

時夢は今日、ヘボン先生がなぜ弁天橋で自分を待っていたのかが少しずつ分かってきている。

「もし先生が牧師でもいらしたらどうなさいますか？　よくあることですが、医師は聴衆の前に立つのが嫌いではないのです。牧師でもあり医師でもある方、と紹介されて講壇に立ち、医学をまじえながらメッセージをする。聴衆の反応が良いことが知られると講師としてあちこちから呼ばれ、ちょっとだけ有名人になります。」

「多くの場合そうでしょうね。講演会や本のサイン会でそのような医師たちを見た。しかし、それに何の違いがあるのだろうと思うことが多かった。医師の身分で謙遜にメッセージすればそれで充分だし、牧師の身分でメッセージすればそれまた十分である。メッセージそのものについてはね。メッセンジャーに肩書が多い必要はない。もし、わしが牧師でもあったらどうするかという質問か。」

先生はしばらく考え込んだ。その顔は聖所の奉仕に入る前の祭司長のように緊張していた。

「パウロが自ら言っていた副職はなんでしだっけ？」

「テントの修繕ですね。」

「ルカは？」

「医師でした。二人とも伝道の働きに周りの人たちの経済的負担がかからないようにしたかったと思います。」

「医師でありながらの牧師は、その意味で教会のメンバーたちの負担は減る。でも、マルコさんが6章で書いた弟子の姿からははみ出る。6章8節のあの御言葉は、伝道者の働きに必要なものは、信徒たちを聖霊で感動させて神ご自身がお働きなさる、の意味でとらえたい。昔も今も、徹底した弟子訓練はこの御言葉で行われる。結果は不思議に完璧な結果を見る。牧会の現場でも同じことが起きなければならない。聖霊に感動される信徒がいる教会には豊かさがある。牧師は祈り、神は聴き、聖徒は動いて神の栄光が現れる、このサイクルだ。しかし、医師が牧師の場合、このサイクルが弱くなる。信徒より生活に困らない牧師のため信徒が真剣に祈ることはないし、牧師も信徒のために祈らない。神に聴こえてくる祈りはだんだん寂しくなる。イエス様の弟子になろうとした裕福な青年がイエス様の返事につまずいたのは、彼に財産があったからでしょう？　財産を全部売り払い貧しい人々に分け合って、神の力だけが残る時に強い教会が誕生する、とわしは思うがね。牧師として弱い自分を医師の職業で補ってはならない。医師でありながら牧師の働きもするよと、尊敬を期待してもならない。」

先生が何を言おうとしているのかがかすかに見えて来た。それは間違いなく大きな問題だが、問題にならないと言い聞かせて来たものかも知れない。

「牧会の精髄は素晴らしい説教でも、ユニークな礼拝風景でも、楽しい食後の交わりでもない。イエスに似る牧会者の姿だ。私の十字架を背負って私について来なさい、と主がおっしゃる。もし、わしが牧師にもなっていたら、」

先生は幽玄な視線を時夢に注いだ。兄の眼差しだった。イエス様の弟子たちの一行に入る前に、親を葬るために一旦家に帰ることさえ許さない師について行く決心をした兄の、これからも家に残る弟へ送る愛の眼差しだった。

「医師業を整理すると思う。主に褒められる牧会が出来るかはわしも分からない。師が十字架で処刑された後ペテロは他の弟子たちを誘って湖の漁師に戻ったことがあったが、わしはそのような行き来はしない。最善をつくした牧師の思い出を心にしまったまま御国へ行きたい。」

瞬間、長々と似たようなものが頭に浮かんできていた先生の碑文が決まった。〝ここに眠るのは誠に主が喜ぶ僕(しもべ)だった〟に。

あの時、室内はヴィヴァルディの四季の冬の楽章が流れていたと思う。山が浮かんできた。深い雪が降る。二人の人が山道をゆっくりと登っているのが遠くからみえる。父と子だ。雪で視界がぼやけるなか二人は並んで座って休息をとる。しばらくして二人が立ち上がった。父は子を長く抱擁する。すると、子を肩に乗せた。雪が止む気配はない。

韓国から宣教に来たある医師がいた。友人だった。遺産もあって開業は繁盛していたが、ある教団の宣教師募集に手をあげて日本に来た。その教団の東京の教会はよちよちの真新しい教会だったが、希望と熱意だけでは前に進まなかった。医師の匂いを消しきれなかった。信徒たちは離れ、二年後、寂しい思いを残して彼は帰国した。彼の心も、壊れた教会も、再起するのに時間が必要だった。一方、自分はどうだろう。否定したいが、大きな違いが見つからない。人々の目に、シュバイツアーほどではないけれども、二つも三つも与えられている幸運な男の一人に映っているのではないか、と時夢は晴れない気分なのである。

重い雰囲気が漂うのは仕方ない。二人とも心を整える必要を感じていた。聖霊様が早く対話に

入って来てくださることを願っていた。先生が静かに歌い始めた。プッチーニの〝星は光りぬ〟の曲に乗せていた。

「星々が輝いている。なんと美しい星たちよ。創った方は神、その方が喜んでおられる。我らは今輝く、その夜空で。星々の一つであるから、創られているから、それぞれ違う大きさで、違う色合いで。父なる神はほむべきかな、違う我らをそのままめでてくださる。皆同じ星でないことに感謝。大きさの違いに感謝。色の違いに感謝。夜空は美しい。星たちは美しい。一生懸命に輝いている。神秘だ。お互いをほめよう。君の星は異色の星だ。人々は次の夜もその星を探す。」

先生の即興詩だったが、チーンと来るものがあった。先生も時夢の目もとに光るものを見たと思う。

「わしらが横浜に来た時には、船から見ると、向こうの海岸には何にもないのに等しかった。いきなりの港づくりが始まったが、少し前まではのどかな風景だったはずの漁村、それが全部だった。今は違う。志すところを失ってうろついていた侍たちは、その海岸に世界を席捲する日産自動車のショールームを建てているね。文化や医療でこの国に与えるものはもうない。もう世界の先を走っている。国民は洗練されていて、礼儀作法は世界の模範だ。もう世界中が憧れる美しいお姫様になっているのだ。その高ぶる姫の目を奪い戻すものは何かね？」

時夢は、美しい姫になった娘たちが家を離れるとなかなか故郷の家に戻って来ないことを知っている。後ろから、帰ってくるようにと、いくら叫んでも聞かないのである。

「なんでしょうかね。日本の教会のリバイバルの限界のように聞こえます。」

「昔のイスラエルがそうだった。神が拾い、育て、皆が認める美しい女になったが、周りの国々の絢爛さに魅せられて、売られるように吸い込まれて行った。しかし、彼女らを待ち受けているものが必ずある。身を持ち崩すことだ。その時、姫は悲しい目で後ろを振り向く、そこには変わらない親がいる、温かい教会が身を崩した娘を待っている、これがこれから世が求める教会の姿かな。」

時夢は金沢区のある牧師の名刺を思い出した。3Kと書いてある。Kitanai, kitsui, kirawareru ことをなんでもするから相談してください、と招いていた。彼の教会は子どもから年寄りまで、彼に助けてもらった信徒たちで賑やかである。

室内はまたも曲名を知らない音楽が流れていた。ヴァイオリンが高い嶺々の間を高々と泳いでいて、他の楽器たちが落ちないようにそれを支えている。不思議にも、二人は互いの心に、久しぶりに帰って来た娘を大歓迎する教会を連想していることが分かっていた。前から向こうの席で横の顔しか見せていなかった男性が珍しく顔をこちらに向けた。日本人だろうか、そうでないかも知れない、と二人は感じた。珍しく、男はしばらく顔をこちらに向けたままにしていた。その表情からは、何にも見えていないようにも見えるが、反対に、何でも見えて、何でも聴こえているようにも感じられた。

連動するように、二人の対話がその間止まっていたのは不思議な気分だった。

音楽がおちついた旋律にもどるのを聴いてヘボン先生が言う。

「君が牧会者に導かれた理由を推測してみてもいいかね？」

その理由？　それはもう知っているのではないか？　しかし、他にあるなら、それは何だっただろうか。

〝万民のために祈るイエスのようになりなさい〟と書き残して頂いた、今はシカゴに眠る父の遺言なのか。準備はしておこうと、学んだ神学校の卒業証書なのか。なんとなく憧れた牧師按手なのか。他の牧師たちが出来ていないものをやって見せる、という蛮勇なのか。それとも、見えない導きの御手なのか。実は分かっていないのかもしれない。ため息をついて先生の唇を凝視する時夢に先生は言う。

「君はナタナエルをどう思うかね。」

「え？　イチジクの木の下にいたあのナタナエルですか？」

意外な適用だった。イエスが弟子たちを招く時の、ナタナエルとの出会いのことは聖書に書いてある。すでに弟子入りしたペテロとアンデレの町でのことだ。イエスはまずフィリポを招き、そのフィリッポがメシアに遭って見ないかと、親友ナタナエルを誘う。ナタナエルは出身地の良くない匠の子イエスを見くびった。しかし、イエスのこの言葉に先入観が崩れるのである、〝私はフィリッポが話しかける前にあなたがイチジクの木の下にいるのを見た〟。イエスはわざわざフィリッポを彼のもとに行かせたのである。

「ナタナエルはイエスが前から自分に関心があって、今日は自分が木の下で神を瞑想していたことも知っていて、そうなりたいと渇望するものの、純粋さ、真面目さにおいて葛藤する自分をもご存じで、にも拘わらず自分を純粋なイスラエル人、偽りのない者と宣言してくださることに心を開いた。ここをどう思う？」

「先ほどにも言ったように、家内は聖霊に慰められる体験をしました。生き生きとした証をするその口で、〝主があなたの妻である私をこんなに愛してくださるので、夫であり器の純粋なあなたはもっと愛してくださる筈〟と言う言葉に私の生涯の前半が終わるのか、と感じました。もちろん、純粋とははなはだ遠かったのです。それは私がよく分かります。〝私たちがまだ罪びとであった時、キリストが私たちのために死んでくださったことにより、神は私たちに対する愛を示された〟という御言葉を体験する瞬間だったと思います。人々に、勉強が少し出来る、才能が若干ある、と言われたことはありますが、家内を通して〝純粋〟と神が言ってくださった際には何がどうなったのかその時は分からなかったです。〝純粋な器〟はその時からずっと心の負い目になっています。」

「イチジクの木の下にいるのを見た、とおっしゃったことは？」

「前から自分に関心を持っておられる方が居て、その方が自分だけが知ることまでご存知の、普通の人でないことを知ると、異次元の目が開かれます。イエス様が育ったナザレについて彼は偏見を持っていました。彼は少し気難しい人だったようですね。しかし、彼は、誰も知らないはずの、自分の神との対話の場を知る存在を前にします。そして、イスラエルをエジプトから導き出した神、ご自身の似姿で人間を創造した神、メシアとして来られる救い主がナザレ人と呼ばれる預言を思い出します。

私の場合、私のようなものでもじっと見守っていてくださる神様を体験した日がありました。高校三年の時のあの早天祈りの時だと思います。教会が大好きだった、いわゆる教会の子を完全にやめて三年も過ぎた時のことです。どういう訳か、いきなり早天の礼拝に行きたくなりました。その時の韓国は、夜明け4時になるとあちこちから早天祈りの時間を知らせる夜明けの鐘が鳴り響きます。歩いて20分ほどの所に教会があって、一週間程、毎朝夜明けに行きました。なぜか、泣きな

がら祈っていました。その姿を見てだと思いますが、向こうの席のある老婦人からこのように祈る声が聴こえて来ました。〝天の神様、あの学生に何があってあのように泣きながら祈るのか分かりませんが、あの学生の祈りをことごとく聞いてあげてください〟。」

先生の笑みに、早春のあの日の、朝の祈りを終えて帰る途中に見た、清々しいレンギョウの色があった。早天の祈りの楽しみを知る人の笑みである。

「〝イチジクの木の下にあなたがいるのを見たと言うので信じるのか。それよりももっと大きなことをあなたは見るであろう〟とおっしゃったよね。」

「〝よくよく言っておく。天が開け、神の天使たちが人の子の上に昇り降りするのを、あなたは見ることになる〟と続きます。」

「わしらは、フィリッポに誘われてきたばかりのナタナエルになぜここまで言ってくださるのか不思議に思う。しかし、ナタナエルは、自分が見くびった人がメシアであり、その方に認められ、さらに大きなことが見えて来る世界の鍵がこれからの自分にあるのだということが感付いた。弟子入りの後の彼は静かだ。ペテロのようなエピソードもなければ、トマスのように疑うこともなく、ヨハネのようにいつも師のそばにいて〝愛される弟子〟などの別名を貰うこともない。しかし、彼は師の一挙手一投足を良く観察した。エピソードは他の弟子たちに譲って、尊敬する師を眺めながら日々近づこうと望んだ。キリストの昇天と聖霊の降臨の後、弟子たちはエルサレムを後にした。

師の命令通り、地のはてまで行くためである。その後、彼らの多くの足跡を聖書で追うことは出来ない。キリストは、残忍で乱暴なクリスチャン迫害者サウロを、パウロの名前に変えて世界へ向かわせた足跡を、表に記録させたからである。しかし、聖書の裏面には、師を眺めその姿に近づこうとした弟子たちの足跡の豊かな走り書きがあって、聖書の表の記録を美しく支えているのだ。君とわしのような名もない伝道者たち、クリスチャンたちは、師が約束してくださった〝もっと大きなこと〟を日々楽しみながら前を向いている。パウロは悲壮な言葉で我々を励ましながら世を終え、ペテロは師と同じ姿で十字架にかかることを当然と思わず、さかさまにかかることを喜びと感謝しながら世を終えた。ナタナエルは師の命令を守り約束を信じ、十字架の上の師の御顔を眺めながらこの世においての使命を全うした。

君が少年時代に読んだホーソンの〝大きな岩の顔〟が好きなことを、わしは知っている。いずれ、慈愛に満ちるあの大きな岩の顔そっくりの人が、出身地の自分の町に現れるという伝説を信じ、その望みを抱いて岩の顔を遠くから眺めながら静かに成長して行く主人公、偽りのないという意味の名のアーネスト少年が君は好きだ。そして、あの終わりかただ。最後まで知らないうちに、自分があの岩の顔に全く近づいていた。ある日、あの岩の顔の人ではないかと囁かされ、町の人々に仰がれた著名な詩人が、〝あの人こそ我々が長く待っていたあの岩の顔の人です〟と叫んでアーネストの方に自分の群衆の視線を向かわせた時、彼はその群衆の中にいた。君はその少年になりたかったのではないか？　その少年を描いた作者のナダニエル・ホーソン、その名前のもとのイエス様の弟子ナタナエル。彼らは、師が約束した〝もっと大きいなこと〟への望みを失わず、キリストの御顔を愛しながら日々を歩みたい希望を静かに抱いていた。君もそのような僕たちの一人になりたかったのではないか？」

少しばかりの沈黙が続いた。正解が必ずしも歓声で迎えられるとは限らない。幼い時の果樹園で、咲いた桃の花がすべて美味しい白桃になるとは限らないことを時夢は見ていた。このテーマは、自分にはとてつもなく大きく、よじ登るのには息苦しいが、一片、楽しみもある壁でもある。時夢は先生に頼んでみた。

「あの小説の続編を書いてください。」

興味深かそうに笑いながら先生が答える。

「君が書きなさいよ。君の小説なら、わしも読みたいところだ。」

10　現実

「Help me, dr. Hepburn!」

先生は、登って行くべき正路の階段の前で、時夢がまだ迷っていることを知っていた。

「何を？」

「牧会のことです。」

「………。」

「今年5月から休んでいます。一年間休みを頂きました。と言うか、自分で決めました。礼拝も休みに入っています。一人牧師の教会で、牧師が一年間休むことが何を意味するかは重々分かっています。」

先生の表情に、大学受験に失敗して帰省した後、春が過ぎるのにぶらぶらと泰然な日々を送っている息子を見る、昔の父の困惑と同じものがにじみ出ていた。希望と約束には心を躍らせながら、息が切れ始まると早くもギブアップしたがる孫との草刈りの日を思い出しているようでもあった。

おじいちゃんを助けると、喜んで始めた夏庭の芝刈りを、終わる時まで黙々と手伝える幼稚園年長組はさほどいない。

「信徒たちは何人いたの？　再開はできる？　彼らは今どうなっているの？」

「近くの教会へ行くように言っておきました。元の教会がある方は戻るようにお願いしておきました。一部の方は戻ってはいないようです。再開するのを待っているのではないかと思います。」

レストランの外からは、道を迷って袋小路に入り込んでしまって、誘導する人の指示に従う大型トラックの後進音が先ほどから聴こえている。難渋なのか、かなり長い。

「どのような信徒たちがいるの？　子どもたちはいるのか？」

先生の唇が軽く痙攣していた。

「礼拝には15人程が集まっていました。教会から長く離れていた人が何人かいますね。中には50年も離れた人がいます。病気をきっかけに来る人もいます。以前、教会で寂しさを経験して教会を離れていた人もいますし、霊的に燃えないとしてなんとなく一つの教会に定着出来ない人もいます。老年の世話を頼って来る人、主治医の誘いだからとの義理で時々顔を見せに来る人、新しい教会を何とか盛り上げようとしてくれる人もいます。後で分かったのですが、商品の販売を考えていた人もいました。もちろん、皆、ほかほかの手作り感のある教会が大好きで来ていますけれどもね。人数は多くないけれど顔は様々です。」

「それは、まさに、教会そのものの形にはなっているね。問題も多く、それらを恵みに導かれる神の御業も多い所のことだ。」

「そうですね。早くもそうなっていました。でも、いい教会です。皆、居心地のいい教会だと楽しんでいましたから。信徒たちの中に伝道しようとする熱意がないものでもなく、年に一人はパプテズマを受ける人がいましたからね。」

「この日本では決して小さいとは言えない珍しい教会といえるね。そのまま続けるといいのだが。」

「初めてのハードルに遇っているのです。」

「そのハードルって、なんの？」

それは、大勢の前で演奏を失敗してしまった経験のある人なら分かる、時間はかかるが静かに治したい痛みだった。器の大きさの問題でもあった。出来るだけ思い出したくない教会の傷でもあったが、それを聴く先生の眼差しは、いかなる石を投げても綺麗な波跡を作って頂ける湖の水面のようだった。

「それは、ある女性信徒からの願いからでした。自分の前の教会の牧師をぜひ説教に招いてほしいとの提案でした。教会の風通しを良くしたいとは前から思っていたし、よく奉仕するその信徒も、教会をもっとよくしたいと思っているに違いないでしょうから、一回は受け入れても良いと思いました。来てくださった牧師夫妻は80歳になる素晴らしい人格者でしたので、3か月に一回の招きをしばらく続けました。問題はそこからでした。その牧師は引退していて、時間があるので、もっと頻繁に呼びましょうという空気がなんとなく漂うようになったのです。」

「向こうの牧師は?」

「招請があれば時間を作ってくださる、とのことでした。久しぶりに味わう団らんとした教会の雰囲気でしたから、気に入られたようです。初めてのハードルでしたが複雑なハードルでした。」

「牧会の世界で、ハードルといえばハードルだが、乗り越えにくいのか、そのような空気?」

「つまずきにはならないよう冷静を努めました。一生を主のために働いた老僕を少しでも寂しくさせてはいけない、主が送ってくださった助けの先生かも知れないなどと思案もしましたが、自分の包容力のなさに苦しみました。新しい教会像を夢見てせっかく歩みだした教会が、易くも引退牧師を好む雰囲気に染まって行くのをどう理解すればいいのか、悩みました。知人の宣教師の中には、これからの教会かも知れないと注目する人もいますし、医業と牧会が一つになった教会の行方に興味を持って見ている周りの牧師たちもいます。」

先生は、まだ勉強の要領を掴めず、いくら頑張っても成績が上がらない我が子の成績表を見る父親の表情のように不憫である。

「教会は何年続いたの?」

「9年ですね。10年と思っていたのですが、初めの頃から出席していた姉妹が数えなおして一年減らしてくれました。」

「メッセージは君一人だったのか？　誰か、君と同じスピリッツを持っている人々の助けはあったのか？　どこかの教団には入っているのか？」

「特別な礼拝の時に外部からのメッセンジャーを招いた時もありましたがほとんど私でした。韓国からの伝道チームが一回来てくれました。教団にはまだどこにも入っていません。」

「夫婦ふたりだけで、心を込めて頑張っている教会のようだね。アフガニスタンの奥地で、石灰分の多い水を一晩中濾過して飲みながら宣教する夫婦のようだ。疲れが溜まっているはずだ。」

教会の行事のたびに眠れなくなる家内のことを、先生は案じているようだった。時夢は感謝している。病院の職員の手を借りながら進める彼女の用意は完璧だった。信徒たちから聞く話を心に留めて置いて、時宜を得て相談して来る家内の顔が時夢の視野を横切った。彼女は常に笑顔だったが、心は気苦労だった。

「心だけでは続けることが難しいかもね。多くの宣教師たちの伴侶がそれで倒れる。モーセがその一人だった。神からの権威、徹底的な民族愛さえあれば一人で行けると思った。しかし、不満が潜み、離反が起きた。民衆への裁きの滞りも起きた。身内の知恵者、エトロが滞りの解決法を教え、アロンも協力した執り成しの祈りで、民衆を神の怒りから救った。協力者のいない状態が長かったね。教会の設立意義において君と心が一致する純粋な友だちがどこかに居るはずだ。きっと出会える。」

しかし、時夢は、枯れ木のようになっている歳の妻に、来年の今頃には子どもが生まれると言う御使いの告げを聞くアブラハムの心境で聞いていた。

「信徒たちに聞いてみたのか、我々の教会が生き生きと発展するためにはどうすればいいのかと。」

「教会にさほどの不満はなかったと思います。彼らは、日本の教会がこれ程弱くなるまで自分の考えだけを貫いて来た元重鎮たちの一人の牧師を招いて、日曜日をもう少し楽しいものにしたかっただけだと思います。思惑の違いですね。新しい教会でありながら、年配の方の多い教会です。何人かを除いて、信徒たちはこれから何かを始めて見ようという歳ではありません。ヨエルが預言してくれたように、教会のビジョンについて夢話をして下さればいいのですが、今のところ、人生の黄昏の時にイエス様の所に再び集まって一安心と言う感じです。登山で言えば、下山途中に立ち寄った山小屋が良かった、と言う感じでしょうかね。」

顔立ちのしっかりした若者たちがヘボン塾に集い、集会場は子どもたちが溢れていた風景を最後に残して帰国した先生に、このようにしか説明出来ない時夢は申し訳ない気がした。

「何か、教会の方針を決めて、それを時々はっきりして置く、ということは考えませんでした。自然体の聖徒の共同体を描いていたからです。世の波風から逃れて、休んで、恵まれて、生と死の意味を分かって頂いて、生き生きと生まれ変わって、伝道して、教会が成長して行って、我が教会がある横浜南地域と三浦半島に故郷のような恵み溢れるチャペルが何か所か立ち上がって、そこで働く真実な後継者たちと日曜日の礼拝の後に集まって夕食をともにしながら、今後の日本の宣教について語り合う、だけのことと思ったのです。」

「平和の風景だ。君は、神の呼び声に従って旅に出たアブラハムのような、緑色の春の風景を描いていたね。自然にはまた三つの季節の風景が残っている。戦いの風景だよ。君と逢っている今の秋の風景が特に美しいのは、戦いに勝利した跡がついているから。戦いのない霊的風景はない。戦う必要のない牧会者もいない。牧会者がセミナリで学んだ後、老将の下で研修を積むのは、この戦いを勝利へ導く姿を見るためだ。いい夢を持っているから戦いに勝利する、とは限らない。戦いの時、羊飼いが走り回る所は、羊の群れのなかではない。羊が傷を負う。野原だ。羊を守る者は、羊たちの前を走る。

牧会の現場で牧師が失望する場合、鍵は牧師にある。信徒たちには各々の考えがあって、好みも異なるのは自然なことだ。初めは白旗をあげて教会の門をノックした人さえ、ヒメナイとアレクサンドロや多くのアジアの人たちがパウロを捨てたように、自分の主張を言い始めるのも自然なことだ。君が自然体の教会を考えたのは正しくて美しい。しかし、話し合うべきだった。彼らに訴える姿が牧会者にあってもいい。彼らが真の信徒らしくなって、自分の教会の歩む姿にプライドを持って、自分たちが世の光であることを自覚するまで、牧会者は時々羊たちに訴え、いつまでも寛容でなければならない。イエス様は最後までご自身の民に寛容であられ、目を覚めるよう訴えておられた。パウロも寂しさに耐えながら主に見習った。愛弟子テモテもそうなれるよう願った。弟子にこれから押し寄せて来るハードルがあることを、自分の経験を通して知っていた。案の定、戦いのなか健康が損なわれている弟子に、パウロは切に気を配る。励まされたテモテは、そのパウロの寛容を信徒たちに配る。自分の牧会の牧場に、どのような羊たちが送られても、主に感謝する。羊たちに期待して、祈って、執り成しをして、感謝をし続けるテモテの姿は、やがて、死を待つパウロの、最も再会したい弟子になっていく。

教会のなかで起きるのは楽しいことだけではない。苦難は羊にも牧会者にも教会の歴史の始めから起きている。この苦難を仕掛ける存在が血と肉では到底対抗できない者であることを熟知し、祈りをもって対処し、乗り越えるのが成長したキリストの教会の知恵だ。パウロは言い加える、〝神を愛する者たちよ、ご計画に従って召された者のためには、万事が共に働いて益となることを知っているのではないか〟、と。」

先生の、その時の顔は悩みの顔だった。その悩む顔がいつも時夢より真剣だったことを見て、自分の悩みが全く無意味な悩みではなかったことと時夢は安心した。しかし、先生には、鋭いカウンセラーの表情もあった。

「コリント人への手紙は喜びの手紙、憂いの手紙、どちらだと思う?」

「憂いですね。コリントのような堕落の都市に、喜びのキリストの教会が初めから出来上がることはないと思います。」

「第一の手紙と第二の手紙、どちらが好き?」

「第二ですね。パウロが自分の弱さを告白するところが好きです。」

「パウロにも君のような悩みがあった。自分が土台を据えた教会の中が、パウロ派、アポロ派、ペテロ派などに分かれていた。パウロは人の前での話し方が上手ではなかったようだ。時には話が長くなりがちだった。優しい性格ではなかったような気もする。アポロは雄弁で信徒たちが理解しやすい話し方をしていたようだ。ペテロはイエス様の弟子たちの頭としての重きがあった。パウロは寂しさを感じた。自分より風采もよく能弁な元ユダヤ教の人たちが、教会を牛耳ろうとする動きを教会が容認する気配が強い。自分も正統派ユダヤ人、一流学閥のガマリエルの学校で学んだこと、使徒たちのなかでの自分の働きの大きさ、他人に負けない熱心さなどでこれに対抗しようとした跡がある。」

時夢は、あの偉大な使徒の意外な立場が理解できそうな気がした。自分が一番大きな悩みの中にいるといううっとうしさに隙間風が入り込むのを感じた。

「パウロは自分の経験を踏んでわしらにどう勧めったっけ?」

「弱いままでいい、ということでしょうか。君臨する姿勢をとらない、私たちの戦いは血肉の戦いではない、背後に霊の戦いがあるのをはっきり認識する、人間の知恵ではこういう類の戦いには勝てない、天国の市民らしい勝ち方がある、ということでしょうか。」

その失望のさなかに時夢はいるのである。外から聴こえていた大型トラックの後進音はいつの間にか消えていた。代わりに、遠くから救急車が通り過ぎる音が聴こえる。もう三回目である。

「9年が経ったので一年休ませてください、とだけ言って、教会は今私一人だけの礼拝です。ひとりで賛美歌を歌い、御言葉を読みますから、祈りの時間が長くなります。大事な人たち、重要な物事のための祈りが疎かになっていましたが、伸びた祈りの時間は、かえて楽しみです。日本の政治を担う人たちや、世の末の世界秩序を担うアメリカのことも、祈ることは多いですね。」

教会休みのことを聞いて、ある人は絶対反対を言い、ある人は失望したと便りを送り、ある人はなるほどと言う。ある牧師に悩みを漏らしただけなのに、教会を閉めたという噂が広がっていた。先生は責めなかった。ただ、私の両手を握って目を見つめながら、

「名前を変えようか、わしがサムソンに、君がエリヤにと。きっと何かが待っている。今度のハードル、二度目のジャンプをするための休みと考えよう。」

とだけ言う。対話が少し落ち着くのを見て先生は尋ねる。

「引退牧師一人の関与がハードルになったと言ったが、老牧師の関与を〝協力する存在〟と受け止めて、信徒たちが増えればそれでいいと思う考え方はどうかね。多くのたましいが救われるのが宣教の目的ならばね？」

時夢は、他人の築いた土台の上に家を建てないように、エルサレムからわざと遠くへ回りながら福音を述べ伝えたことを強調したパウロの書簡を大事にしたいとは思うが、招いた牧師の過去の豊かな経験話だけが存分に入るメッセージと大らかな性格を信徒たちは好み、それでイエス様が述べ伝えられるなら、それでよろしいのではないか、とも思われてきた。最近、“American first”を叫ぶ大統領がいたが、教会版の“Jesus first”にすればおもしろい。イエス様のことを第一の座に置けば問題はおのずから解ける。そうでなければ信者の誰かが傷つき、教会は弱る。

ソロモンの裁きがあった。同じ日に二人の女の人が子どもを産んだが、一人の女は自分の不手際で自分の子どもを死なせてしまった。その後、その女は隣の女の赤ちゃんを自分の子どもと言い張る。ソロモンの裁きの場に、二人の母と赤ちゃんが連れて来られた。ソロモンは刀で子どもを半分にすることを宣言する。刀を振り落とそうとするその時、一人の母が刃先の前で体を張ってそれを阻止する。〝殺さないでください。この子をあの女にやってください。この子が半分になるのを私は見ることが出来ません〟と訴えて、泣き崩れるのである。ソロモンの裁きの結論が下された。〝この女こそが本当の母親だ。〟

時夢は考えた、一生涯を主のために生きた牧師、その牧師が好きで末年の働き場を提供したかった姉妹、経験のない牧師のいる教会で、もう少し充足感を得たかった信徒たちが、最も小さな傷で済んで、もう一度新しく立ち直る方法とはなにかを。人々に根気のない牧師、もともと使命感のない牧師と言われてもいいから、このまま傷ついた足を引きずりながら長いトンネルを歩き続けるよりは、一度教会が休みに入ってもいいのではないか、その後成長した姿で再出発したい、と時夢は思った。

先生は真摯なまなざしで話し続ける。

「もともと宣教は辺境の国、ユダヤから当時の帝国ローマへ向かったが、その後は豊かな国からそれより開発がまだ進んでいない国へ向かうものになった。君の場合、韓国から日本へという構図だが、この流れに何か悩みはないのか。君が知る宣教師たちはどうなのか。まず、君はどう？　イギリスとアメリカの間とは違う何かがあるのかね。」

「そうでないと言ったら嘘になります。その何かというものが心の片隅にあります。」

「心の片隅にあるそれとは？」

時夢はそのとき戸惑いを感じた。自分ひとりの答えですべてを代弁出来る問いではないことを知っているからだ。しっかりとした歴史認識のもと堂々と宣教に臨む人や、八百万の神々の前に頭を下げる日本人の姿がただ不憫で福音を述べ伝える人たちも多い。現職の時は政府の重要なポストで働いていたが、その年金を費やして日本伝道のために、名もない乏しい生活を選んだ人、そのまま続ければ生活や子どもの教育になんの問題がないのに前途が分からない日本の伝道に〝他愛〟一つで飛び込む家族もいる。けれども、うまく、しかも永久に乗り越えておきたいものがあるのを否定する人はいない。そのものとは、日本と言う宣教地をどう見るかの宣教観だ。エジプトを出て約束の地、カナンへ向かうイスラエルの大半はこれから入るその地を巨人に、自分たちをバッタに見立てた。カレブとヨシュアだけが、主が共に居て下されればカナンは十分勝てる相手と見た。神が肩を持ったのはそのカレブとヨシュアだった。この二人の精神で行く時にイスラエルは勝利し、自分をバッタと見る精神で行く時には敗北した。かなりの割合の宣教師が自分はバッタと思い、自分もその一人だと時夢は答えた。

その時の、先生の落胆の顔を時夢は忘れることが出来ない。イスラエルへ送る神の預言者エゼキエルの視線だった。野の面に捨てられ、血のなかでもがいているものを拾ってきて、〝生きなさい〟の一心で世話して、着飾って、愛らしくプライド高い娘に育て上げたイスラエルが、無力にも異邦人の魅力に惹かれて身売り女のようについて行くのである。また、情けない息子へ送る父の表情でもあった。生まれる前から望みを抱き、愚かで危険だった青少年時代を守り、失明の危機にあった時には奇跡で癒し、田舎息子から医師に育て、肺病を癒し、御導きの手の温もりをはっきりと体験させ、名誉と富、才能と健康など、数えきれない恵みと賜物で着飾り、御霊の烙印まで押して、父の権威で派遣したのに、自分が何者かをまだ知らないでいるのである。

エゼキエルは知っていた、それから600年後、聖霊によってキリストの使命を固めった小さな弟子たちが、頑なな自国民のユダヤを目覚めさせ、変形したサマリアを癒し、幻に酔うギリシャの広場で真理を叫び、傲慢なローマの大通りを闊歩することを。父なる神は知っている、いずれ、キリストの精神で素晴らしく訓練された韓国の宣教師たちが、自信と希望に満ちて東京を練り歩き、日本の津々浦々の弱っている教会で平和の賛美を声高く歌うことを。

ヘボン先生のアメリカから見ると、韓国と日本は極東の似たような二つの小さい国である。顔にさほどの見るべき麗しさも、輝きも、ギリシャ彫刻のような望ましい容姿もない。しかし、当事者の中でみると、見るべき麗しさを、輝きを、望ましい容姿を、考え方の違いを争っているのだ。

「かつて、日本には〝脱アジア〟という考えがあったんです。つまり、アジア人でありながら欧米人と肩を並べて歩きたい日本人にとって、日本人に似ていながらアジア人の匂いが強い朝鮮人や中国人が好きではない時代があったのです。麗しいところはなくても、少なくとも日本人くらいにはなってくれと望むが、育んだ国民性というものがあってなかなかそうにはいかない、と福沢諭吉という思想家が言った言葉です。在日コリアンに姜という東京大学元教授の思想家がいますけれど、彼の新聞コラムで読んだことがあります。70歳になってやっと自分が日本にいることに自由さを感じるようになったということでした。彼のように日本人の良さと韓国人の良さを併せ持つと言うか、〝良さ〟の問題を超えると言うか、に皆がなればいいのですが……。」

「立派な教授も70年かかったのか。和はするが同はしない、という考えだね。素晴らしい〝考える人〟のように聞こえるね。悩みはするが、自分の宝物を知っている人だね。子孫たちがその精神を受け継げればきっと素晴らしいものが生まれる。和を重んじる日本にとっても良いものになるはずよ。」

「子どもたちには、二つの国を持つことは、二倍の豊かな人間性、二倍に広がる視野が持てること、と言い聞かせていますが、韓国人の感情を持ち続ける限り、韓国と日本、両方を楽しむことが出来ない何かが、この二つの国の間にはあるのです。韓国も世界12位の経済の位相を持つ国で、他の国では堂々と宣教に臨みます。しかし、日本だけは、先生の姿が羨ましいのです。韓国からの宣教師たちにとって、この国だけは重荷を背負う姿からのスタートと言えます。」

時夢は、東京のある著名教会の主任牧師が重要な教育機関の責任者へ移って、その後を任された韓国の牧師夫妻が、祈りで乗り越えなければならなかった悲しい実話を言い聞かせた。ネガティブな話とは知りながら、話の流れでつい挙げてしまった。イエス様の僕たちに〝否〟は元々ないのである。

「君は使徒言行録の1章の初めをどう読むか?」

「伝道の始まりですね。エルサレムからユダヤへ、ユダヤからサマリアへ、サマリアから全世界へ、と。」

「伝道に出る前の前提条件が書いてあるよね。」

「聖霊が降ると、と書いてあります。」

「君に聖霊が降ったのは、君の家族が日本に来た翌年のことだったんだよね?」

「40年前ですね。神が我が家を伝道モードに変えてくださいました。時々、ご自身が私の中におられることを確かめさせて下さっています。」

「その後、弟子たちはユダヤを経てサマリアへ広がった。彼らを待ち受けていたものは順風と逆風、どちらが多かったと思う?」

「逆風ですね。偽善のユダヤ、偶像崇拝のサマリアでしたから。」

「彼らはなお遠くへ広がった。彼らが叫び、闊歩した国はどのような国でしだっけ?」

「帝国ギリシャの霊を受け継ぐ新しい帝国、ローマでした。」

「ギリシャとローマは今まで彼らが見て来た町の雰囲気とはかなり違う。異文化の香りが漂い、誇り高い支配国の住民たちが住んでいる。一方の弟子たちは辺境にある属国の人々だ。彼らはこれという所持品も金もない。内住なさる聖霊とイエス様から直接聞いて憶えた、生きている御言葉だけ。」

「それでもイエス様のことは遥遠の炎のように広がります。」

「彼らは、御子イエスの働きに賛同する自分たちを王子と認識した。聖霊が中に居てその働きに身を委ねる器、という認識が強かった。そこの住民たちは尋ねた、君たちのその力はどこからのものかと。ペテロはその秘密を親切に、謙遜に教えなさい、と勧める。彼らの勝利は、彼らが〃小さいもの〃たったために素晴らしかった。聖書の物語の中でいつも感動を受けるのは、小さな存在の勝利の瞬間ではなかったかね。エジプトに入ったヤコブの70人家族は本邦人から見ると家畜を飼う汚い職業の、たかが一つの家族に過ぎなかったでしょう?」

「ミデアン、アマレク、東邦の国たちの、蜂の群れのような連合軍の前のギデオンも三百人の少数でした。巨人ゴリアテの前のダビデもまだ紅顔の少年、強国アラムの将軍ナアマンの「らい病」をエリシャの癒しに導いた名もないユダヤ人女性の召使いも、そのようなものでした。」

「かのサンヘドリン法廷に連れ込まれた田舎出身、我らの主・キリスト・イエスはどうだろう。かの帝国ローマの街を死ぬ覚悟で歩いていたパウロ一行や、歓楽の都市コリントで芽生えた小さなクリスチャンの群れなど、私たちは小ささを小ささと思ってはいけない理由をあまりにもはっきりと持っているのではなかろうかね。わしらの先輩はついにはパン種のように周りを変えた。信仰の目で見たいね。君が解き放たれたい重荷、つまりハンディーの問題は器の大きさや二つの国民の何かの差ではなく、ほかにあるのではないかという気がするね。」

時夢は、イエスの働きの道を整えに来たヨハネ、イエスご自身も、私たちへの初めての勧めが

〝悔い改めなさい〟だったことを思い出した。悔い改めることの中には何かがある。忘却してしまった、自分が王の子孫であることを思い起こす秘密の鍵のようなものがある。

「器の清さでしょうか。」

「神は聖なる方でいらっしゃるのが、わしらの安心であり誇りであることは間違いない。」

「誰の戦いなのかをもう一度確かめることでしょうか。」

「宣教は偽の父、悪魔に奪われている子どもたちを奪い返す父なる神の戦いだね。」

「小で大に勝った聖書の先輩たちは、皆その戦いが誰のものなのかを知っていました。どこの国からの宣教師であれ、特に韓国からの宣教師は、この問題について深く悩まないといけないと思います。

何年か前に、東京のサントリーホールで、韓国のある教会のかなり有名な牧師の講演会があると聞いたので参加したことがあります。ビッグ・イベントにしたかったらしく、世界で活躍する招待歌手たちも素晴らしかったです。ところで、メッセンジャーのあの牧師が登壇する時、司会者は聴衆に起立を要求したのです。意外だと思った周りの何人かの日本人からため息が聴こえて来ました。続く司会者の声がありました。この先生は日本の霊的建設に貢献した人物で織田信長は日本の歴史の建設に貢献した人物、と二人の肩を並ばせたのです。周りの日本人たちからまたも諦めのため息が聴こえました。彼を心配する多くの信徒がいくつかの問題点を指摘する老牧師は、その賛辞を楽しんでいるように見えました。私の診療所近くに、韓国の牧師とはいっさい協力しない教会が一つあります。先ほどの話にあったラブソナタにも協力しないのでその理由を聞いたら、韓国の牧師たちは君臨主義だ、と言うのです。あの講演会の風景は、その理由が理解できそうな気がするものでした。」

先生のあの穏やかな顔がいつの間にか少し歪んでいた。おそらく自分の顔が映っているのだと時夢は思った。この類の話を長く続けるべきではない。ネガティブな話を先生が好まないことは重々感じている。早く話題を変えたい。しかし、ヘボン先生も宣教師だった。先生の診療を日本における初めての西洋医学の導入と人々は称えるが、この国で夢見たのはそれではない。残したかったものは御国(みくに)へ入る橋のはずだ。胸に当てた聴診器は一人ひとりへの天国市民の烙印だった。目に当てたメスは無知の暗闇の世界の人々に真の光を差し込ませる窓の鍵だった。先生はそのために精一杯種を蒔いた。それなのに、それから170年後、刈り入れの働き者と自負する隣国の教会の指導者が、側近の刀に倒れた信長と肩を並べさせる紹介に満面に喜色を浮かべながら演壇に立っているのである。ヘボン先生にも一緒に悩んで頂きたいのである。確かに先生は悩んでいた。その顔は、時夢の顔を見て出来たものではなかった。悩む顔も素敵な彼の顔は、自分の中からの悩みの顔をしていた。ため息もついていた。しかし、明治学院大学の神学部の消滅を知らされた時ほどではなかった。パラオの面前のモーセのように落ち着いていた。

モーセは神を見た。主の御心も知らず、自分の偉さを頑なに言い張ったあげく、地割れの底に消えるゴラの一族も見た。ガレフとヨシュアを除いてイスラエルの全民が神を恨む夜通しのあのおぞましい泣き声にも耐えた。人間の肉の根性を知っているのである。そこからの愚かさは治りにくい。変形させられた自分を、歪みの美学と弁明するのである。ヘボン先生は、自分を高めたいその類の多くの僕たちを知っているのである。有史以来、エデンの〝善と悪を知る木〟のそばで始まり、今も続いているのである。

モーセには神の杖があった。諸霊の擁護者パラオの面に向けてその先を持ち上げ、地の支配者紅海に向けて振り落とした。諸霊と地を従わせたあの杖はヨシュアへ渡され、今も主の忠実な僕の誰かに渡され続けていて、人間の根深い肉の醜さを指摘している。その杖を渡された先駆者ヘボン、彼も定められた分量の働きに恵まれ、一つだけの旅路を忠実に歩んだ後、視線を御国に向けて暫しの休息を楽しむため帰国したのである。預かったモーセの杖を誰かに渡し、その杖はまた誰かに渡って、今真のクリスチャンたちがその杖を握っている。地上の偽の神々の弟子たちの面に向けてその先を持ち上げ、横たわる惰性と不信に向けて振り落とすためだ。モーセの杖は人の魂の目を覚まし、人々は驚異の中を進んだが、不思議なことに、またもすぐ目が暗んでしまう。モーセの悩みは続くのである。

モーセの杖は共に居る神の力の印だった。ダビデの石投げも、ヨシュアの剣も、ギデオンの勇士たちの燃え続けるかがり火も皆そうだった。しかし、今その杖は誰に渡ってどこへ行っただろう。ヘボン先生たち以降170年、ザビエル一行以降500年、その杖を真ん中に打ち込んでおいて、その畑に蒔いた種の実を刈り入れる時なのに、刈り入れる者たちが不協和音なのである。

刈り入れは喜びで、種まきは涙を以ってすると聖書は言う。多くの種は本当に蒔かれたのか。芽が出るのを期待したのか。芽が出た時、その驚異の姿に本当に心が躍ったのか。熱心に水をやったのか。倒れないよう支柱は立てたのか。奪われないように夜回りはしっかり務めたのか。種を蒔く者の目には涙がある。そして、時が来ると、遠くから近くから、この涙にふさわしい親友たちがヨブの友だちのようにやって来る。彼らは握手をかわし、一つ一つ丁寧に刈りいれる。不思議なことも起こる。ある畑では、種まきと刈り入れが同時に行われる時もある。季節でもないのに芽が出て、急いで花を咲かせて、見る見るうちに実って行くのである。嬉しい不思議だ。イエス様が来られる印だ。主が十字架の

上でご自身の命を父に委ねた時、地は揺れ動き、墓から多くの者が蘇って出た。命の主の再臨が近くなる時、涙ぐましい救いの物語はタケノコのように地上に遍満するのである。準備された魂がいて、種まきに出たのに刈り入れて帰るのである。時夢は、主の再臨の時が迫って来る正確な印は、蒔いた福音の種が早い速度で実を結んでいく姿ではないかと感じている。今がその時なのに、働き手は主の聖なる刈り入れの仕事のために準備されているのだろうか。人は救ったが自分は救われない、の意味は何だろうか。救いの道だと人を誘うが自分もその人も滅びに行く者がいる、の意味は何だろうか。蒔く人と刈り入れの人の姿の差はあるだろうか。刈り入れの人の手はどんな形をしているだろうか。刈り入れを待っている実は時には繊細で壊れやすく、消えやすい形のはずだ。

先生の手と自分の手を見比べ、先生の手の荒れがひどいことに戸惑う時夢の耳に、いつ聞いても飽きない言葉をくわえた先生の静かな声が聴こえる。

「君は後の雨のことをどう思うかね?」

「ヨエル書のあの春の雨ですよね。自分の考えたままのことを言っていいですか?」

「どうぞ、気楽に。わしは君をもう信じ切っている。」

「考えるだけで嬉しくなります。キリスト教の、今までの混迷が一気に明らかになると思います。五旬節(ペンテコステ)の時の弟子たちに起きた聖霊はイエス様がメシアであることを一気に分からせてくださいました。弟子たちから疑いが消え、垣根がなくなり、聖霊によって一つになることの意味が身を持って分かるようになりました。弟子たちの関心事だったローマ帝国への憎悪、民族の葛藤、目の前の争いなどは色褪せました。後の雨の時も同じと思います。聖霊の働きは驚くほど美しく、清く、力強いものであることを、人類が永遠に目撃すると思います。紛々としている聖書の注釈が綺麗にまとまり、氷のようだったメッセージが新春の香りのように爽やかになって、讃美歌の歌詞は春の葡萄の房のように本来の意味を取り戻します。隠されていた聖書の預言の正しい研究が急速に始まり、預言がことごとく成就されていて、今我々が神の摂理のどの地点にいるかが分かるでしょう。蒔かれていた種からは急ぎ芽が出ると思います。世が不思議がる風景があります。芽をだす人々の出身です。どうしてこのような者たちが先に選ばれたのか、驚きます。一歩一歩ではなく早い速度で実って行くでしょう。働き人が起こされますが、その姿は今まで見たことがないほど潔いと思います。奇跡が起きたとして聖霊を金で取引する者たちとは天と地の差があるでしょう。聖霊の話はよくするのにその通り生きない人々は、恥ずかしさのあまり顔が熱くなって最後の刈り入れの舞台から消えるでしょう。聖霊を頑なに拒否した人は、イエス様を悲しませていたことを後悔するでしょう。イエス様の再臨を迎えるにふさわしく、教会とその周辺が整備されますが、その真ん中にバプテスマのヨハネのような、使命に徹頭徹尾な働き人が多く立ち上がると思います。人々は、なぜ自分たちに招きの声がかかっていたのかが分かります。残念ながら多くの世の人々は後の雨が何かを知らないでいると思います。以前と違うのは信徒たちがものすごく変わっているということです。思いと行いが一致していて、神を自分の中に住まわせている人らしく雄々しい姿になっていて、人々を御国へ案内することが十分出来るようになると思います。キリスト教の中の姿も変わっていて、オオカミと子羊の間、豹と子山羊の間、子牛と若獅子の間に、エデン以降入って来た分裂の問題はなくなり、キリストの簡潔で純粋な教えだけが真理であることに気が付くと思います。」

得意になって話す時夢を先生はあの時の父のように微笑みながら聴いていた。果樹園のことをまだ知らない、幼い中学校一年生の時だった。9月、果樹園の一角で、なかったはずの小さい栗の木が一つだけいがを付けているのを見つけた。半分開いたいがからは淡褐色の栗二つが顔をのぞかせていた。走って来て報告する息子を父は微笑んで聴いていた。他の木は色々とあるのに、なぜうちの果樹園には栗の木だけがないの？　と聞く息子のため、その年の瀬、友人の果樹園から若木を一株もらってきて、こっそりと植えて置いたのだった。

11　麗しい境界線上の人々

北国に、ある姉妹が宣教に行った。東京のある教会からの派遣だ。日本の各県に一つずつの支教会を作るという目標の一つだ。家庭教会から始めて、信徒数が増えたら建物を購入し、そのまま発展したら信徒たちの献金によって新しい教会を開拓する、といういわゆるＡＢＣ戦略があった。Ａはattendanceの教会出席者数、Ｂはbuildingの教会建物、Ｃはcashの献金のことだという。宣教は順調ではなかった。多くの宣教師が苦戦するなか、姉妹にもその試練が訪れた。ＡＢＣのＡだ。計画を修正しなければならなくなった。試練は経済的な状況ばかりではない。多感な時期を迎えた子どもたちも困惑している。

その原因の一つに親の国籍がある。敏感な青少年たちには簡単な問題ではない。視野の広い人間になれるから信仰で乗り切りなさいと、言うは易いが、そんなにやさしい問題ではない。ある日、姉妹は地域の教役者の集まり会で、子どもたちに非常に有益な話を耳にする。日本の教会の長老からだ。韓国の優秀なクリスチャン大学への留学の可能性だ。その大学は教育内容の充実、理念、実績の面で非常に高い評価を受けている国際的な大学だ。講義は英語で行われるそうだ。

その長老はある church school の校長だった。チャーチ・スクールとは、自分の子どもを一般の学校には行かせたくない信者たちの希望によって、教会の中で造った教育施設のことだ。決して大きくはないが、不思議に教師たちが集まる。問題児や精神的に援助が必要な子どもたちも入って来る。姉妹はその church school を通しての韓国留学を、神様が用意して置いた恵みと受け取った。まず高校生の長男が転校した。彼は国際的感覚を身に着け、将来の信仰の働き者になるべく、今は限りなく小さく見える可能性を自分のものにしようと必死である。姉妹にも希望の光が見え始めたのだ。収穫の乏しい牧会現場を眺めながら、内外からの憂い、悲しみ、不安にさいなまれていた重圧の一部が解かれているように見えたのである。ＡＢＣ戦略の成功とはほど遠いが、神の憐みと豊かな恵に期待するしかない。もし留学が許可されるなら、教会の大小、信徒の多少とかかわる実績とは関係なく、主に向かう心だけで得る恵みである。彼らを迎える大学のキャンパスは広いのだ。

壁に教会の看板を掛ける場所さえない教会も、牧会が出来るかと心配される牧師の教会も、受洗者はいる。イエス様大好きな未受洗者もいれば、まだそうでもないのに受洗する人もいる。希望が持てず苦しむ子どもたちに希望を示せない豊かな国もあれば、キリストの名前でその子どもを丁重に迎え入れるさほど豊かでない国もある。

3年前、高齢の二人の姉妹が聖書勉強会の最後の日を迎えた。月に二度、病院の一室で設けていた。一人はカトリック教会の信者で、もう一人は、その方が連れて来た石川さんだった。日が経つにつれ、石川さんの聖書の個所を探す力も伸び、二人とも讃美歌が楽しいようだった。勉強会は二年間続いた。二人はかなり遠くに住んでいて、一人は横須賀、もう一人は神奈川区である。最後の日、時夢は石川さんの手を握ってイエスの十字架、御国への希望について尋ねた。姉妹は快く認めた。教会から聖書1冊をプレゼントした。枕元に置いておくようにと、十字架をあしらった手作りの文鎮も備えた。今は毎週送られてくる週報を読んでいる。週報には大切にまとめたメッセージが入っている。切手代にと、献金も送って頂いている。主の日、この老婦人に主は「知らない」とおっしゃるだろうか、皆の前でバプテスマを受けていない、ということだけで。

90歳になる老婦人がいる。最近は健康の問題で年に二回くらいの受診がやっとだった。先月、おぼつかない足取りで入って来て、患者椅子にやっとのこと座っては、大きい声で半分泣きながら、今日が最後の受診日だという。先生にもっと会いたいけれど、子どもたちの心配にならないよう、ここから遠く離れた所の老人施設に入ることを自ら決めたそうだ。家でと同じく、先生が送ってくれた御言葉付きの絵葉書、先生が描いてくれた似顔絵、筆で書いてくださった誕生日祝いの手紙、何年か前に頂いた聖書を、施設の自分の部屋にも持って行って飾っておくからね、と言う。時夢は「イエス様大好きです」と白い紙に書いて差し上げながら、「これを聖書の上に置いておいてよ」と言う。姉妹は躊躇なく答えた、「はい、先生。必ずそうしますから。」イエス様の日に、この姉妹を主はなんと呼ぶだろうか。日曜日、教会に行ってはいない。

高齢のお母さんがいた。彼女には二人の娘と一人の息子がいた。彼女には人に言えない悩みがあった。住んでいた家が生前の夫の不手際でなくなり、癌末期の息子と階段の上り下がりさえ危ない小さなアパートで住むしかなかった。高齢の彼女は息子のために生き、息子はお母さんの愛情で生き延びていた。彼女は時夢の診療所へ来るのが楽しみだった。イエス様の話にも拒絶感がなかった。診察以外に別の時間を作って、イエス様の話をしても喜んで聞いていた。ある日の夕方、二階の礼拝室に案内した。イエス様の十字架の愛のことを聞かせた。姉妹はイエス様を受け入れた。手を取り合って、〝主よ、姉妹の苦しみを受け取って、代わりに平和を与えてください〟と祈った。〝アーメン〟と答えた。その後、彼女の足が遠のいた。様子を患者として来る娘さんに時々聞いたが、ある日、眠りにつかれたと知らせが来た。癌末期の息子を置いて先に死ぬことが最後まで出来なかった、しかし、クリスチャンの医者が好きで彼の少しばかりの慰めを大事にしていた藤村姉妹。イエス様は彼女を「我が娘よ」と呼んで下さらないだろうか、1回も献金をしていなくても。

目の不自由な、小田原市の音楽家はどうなるのだろうか。昨年の夏、小田原の駅前でフルートの音が聴こえて来た。音の出どころを探し、そばでしばらく聞き入った。初めは知らなかったが、後に彼からもらったパンプレットで目が不自由であることが分かった。音大を出たフルート奏者だった。迷ったが、もしかして神の摂理かも知れないと、私の讃美歌CDを送り、その後定期的に週報も送っている。救われるべき大切な人々の一人として、彼のための祈りを忘れていない。今のところ週報は受け取って下さっているようだ。この兄弟のこれからはどうなるのだろう。その日、用があって小田原に行ったのではない。電車の旅中、偶然に下りただけだった。子どもの時の低視力が青年になって一気に悪化したのだ、という。彼はその視力でこれからを生きる。御国の存在を知るのと知らないのとでは彼の人生に大きな違いがあるはず。永遠の命の本に名前が載るには、これからどうすればいいのか。慎重に進めないといけない。聖霊が兄弟を動かすのを待っている。今のところ、週報を送るだけである。

英会話クラブtoddler会のあの兄弟はどうなるのだろう。彼はいま97歳だ。95歳から英会話クラブに来ていた。定期的な眼科受診はもちろん、あまりにも熱心に英会話に来てくださるので、御導きかも知れないと、生涯最初で最後になるかも知れないイエスの話をしてさし上げた。病院の雰囲気がそうなので、二階の一室に招かれた彼は薄々とどんな話なのかを感じたようだった。反対はしなかった。高齢なので、出来るだけ簡単な方法を選んだ。主の祈りを一日一回読むこと、寝る時は〝イエス様感謝します、アーメン〟とだけ言うことを提案したが、イエス様をもっと知りたいと、その歳で読むにはかなりしんどそうな読み物を何冊か持って行った。週報を送っているが返してはこない。この間、自宅を訪ねたが嬉しく受け入れてくださった。かなり衰弱していた。兄弟は主の祈りとアーメンを唱えただろうか。そうする間、どれくらいキリストに向けて心が開いただろうか。

キリストの愛を感じただろうか。生涯の最期、キリストに出会えたことの幸いに涙しただろうか。子どもたちに証しはしただろうか。週報を読むことがきつい年齢である。兄弟は救いの隊列に入れるだろうか。

あの元教師はどうなるのだろう。伝道用に作った御言葉入りの絵葉書を自分の親友に手紙を書くたびに使っている。送られる週報を楽しみに待っていて、コピーして友だちに送ることもある。教会にも何回か出席した。1か月前には、ある宗教の集会に出席して見て、帰り際に、「君たちは〝慈しみ深き友なるイエスは〟という讃美歌を知っているか？　この精神が最高だよ」、と一喝して来たそうだ。主の再臨の日、主はこの兄弟に「私はお前を知らない」というだろうか。毎日聖書を読んでいるのと聖句入りの絵葉書を友だちによく送るのとは、救いの面でどれほどの差があるだろうか。値を付けられないほど価値あるのが永遠な救い。だからただで与えるしかないので〝priceless〟という。救われる人の最小限の条件は何だろうか。

讃美歌のCDを繰り返し聴いている多くの患者たちはどうなるだろうか。60歳を超えた時、これ以上年取った声になる前に讃美歌のCDを作りたかった。販売用？　とんでもない。皆さんに讃美歌を聴かせたかっただけのことだ。このようにでもしないと、日本人が讃美歌を聞く機会はほとんどない。どこかでなんとなく讃美歌が聴こえて来る国柄ではない。恵みの言葉で散りばめられている讃美歌の歌詞を吟味する機会は皆無に近い。恵みの歌詞を正確に伝える賛美歌CDを作る考えを温めているうちに、韓国の映画音楽協会の会長に導かれた。ことは順調に進み、3年前の1集目15曲と昨年の2集目14曲が無事日本に届いた。枚数は豊富に備えた。CDは無料に配られ、多くの方に愛されている。ある方は毎日聴いているとも伝えてくれる。必要とするところには、個人であれ教会であれ、全国どこへでも無料で送った。歌詞には主の血潮、いばらの冠、罪の赦し、復活、苦痛、犠牲、希望など、原色の言葉がそのまま生きている。なのに、毎日聴いて心が癒されていると便りを送る人々がいる。救いの予定論にもっぱら賛成することではないが、CDの受け取りを頑なに拒む人もいるのを見ながら、パウロの書信を思い出す。キリストの香りは救われる人には命の香りであり、滅びに至る人には死の香りなのだ。自分のCDが彼らにとって命に導かれる香りになってほしい、皆がイエス様の側に立ってほしいのだ、と時夢は祈っている。

病院の門を出る時に、新生宣教団からの小冊子を手に持った人たちはどうなるのだろう。彼らのその姿は輝かしかった。主の目に貴い子どもたちだからだ。新生宣教団は海外に聖書を普及するのを目的とする団体だった。多くの信仰書籍や冊子を作っていたが、貴い使命を終えた。おそらく、経営の限界だったと思われる。診療所では出来る限りの部数の信仰書籍、パンフレットを仕入れ、待合室に置いた。30年間、読者がその書物を読みながら院長を思い出す時、院長はその書物に出て来る人物たちに少しでも近づこうと努めた。救いの御言葉は伝えなければならない。信仰人の厳しい義務だ。神はその救われる機会を失った人の血の責任を、真実を知りながら伝えなかった者に問われる。時が良くても悪くても、伝えるために与えられた福音を、主が導いてくださる人に渡さなければならない。聖なる義務でもあり、先に救われた恵みを楽しむ者のしるしであって、聖霊の喜ばれることでもある。病院の周りに、彼らが持って行ったものが捨てられていたことはない。蒔いた種から芽は出るだろうか。それはいつだろうか。彼らは御国を所有することが出来るだろうか。もう少しだけ、イエス様に近寄らせるにはどうすればいいだろうか。

ルツ記から名をもらった婦人がいる。彼女の父親は若い時に聖書を読んでいた。彼女が80歳だから父親が生きていたら110歳以上。彼が生まれた年を1908年頃とすれば、ヘボン先生がまだ生存していた頃だ。日本には〝神の国運動〟のリバイバルが起きていた。救われた父親は、生まれた娘の名を、ルツの落ち穂拾いから取った。父親からなんとなく聞いてはいたが、聖書のどの個所から来たのかを知ったのは、時夢の診療所に来てからだった。彼女は自分の名前を愛している。送られてくる週報も楽しく待っている。主よ、この姉妹の名前をお憶えください。

あの姉妹は石川県に住んでいる。彼女は若い。前は横浜にいた。中学校に入る時、今のところに移った。家庭内に何らかの事情があったのだと思われた。20年以上も年賀状のやり取りが続き、去年、勇気を出して週報を送った。楽しく読んでいる、との返事だ。最後に見た時の顔を憶えている。目が大きい子だった。幸せになってほしい。強くなって、主の証人になってくれる日を待っている。もう一人の姉妹も若い女性だ。おばあさんのもとで大きくなった。活発な性格で今は会社勤めだ。

小さい時から成長を見守っているが、イエス様に出会ってほしい姉妹だ。おばあさんが近所の教会のメンバーだったため、小さい頃には教会にも行っていた。ミッション系の大学を卒業している。診察に来る際に英語で話すのは、彼女は英語が得意だからだ。幸せになってほしい人だ。週報を送っているが読んでいるのだろうか。

本人がどう思うかが分からないので週報を送るのを止めたら、わざわざ来て、続けて送ってほしいと頼んで来るあの老夫婦はどうなるのだろう。あの週報はイエス様からのラブ・レターよ、と言ったら喜んでくれた雅子さん、土曜日になると週報が届くポスト・ボックスが気になる菊池さん、毎日早朝の5分間ラジオメッセージを聞くのが楽しみなあの兄弟はどうなるだろう。癌のために入院していたあの兄弟はどうなるだろう。彼は讃美歌CDを聞きながら病気に勝った。それから讃美歌のファンになった。

聖書の中には、少しだけキリストの側に立っていた人たちがいた。アリマタヤのヨセフはイエス様との関わりを公にしたくなかったが、総督からイエス様の遺体を引き取る許可を得て自分の新しい墓を提供した。ニコデモもイエス様との関係を公にしたくない人だったが、遺体に塗る没薬とアロエを持ってきた。イエス様がお使いになるという伝えだけで自分のロバを持って行かせた、名も知らない人がいた。ゼカリヤの預言通り、主がエルサレム城へ上がる時、そのロバは、自分が乗せているお方はメシアであられることを証明した。イエス様の周りの、そのまた周りで、主を仰いでいた人たちだ。この人たちはどうなるのだろう。

朝比奈に住むあの子はどうなるのだろう。5歳の子どもだ。お母さんと一緒に受診したあの子からはがきが来た。〝せんせい、がんばってください〟とだけ書いてあった。何を頑張りなさい、とは言っていない。あの子を通しての主の言葉だと思っている。返事を送り、祈りのカードに名前を書き入れた。そのカードを見るたびに、〝主よ、この子の将来に責任をもってください〟と祈っている。

ある老婦人に週報を送っていた。もう運転を止める歳だが病院通いのため運転を止められない。一人暮らしで足腰が痛い。お母さんの記憶力に問題があると見て、家に届く郵便物をすべて地方に住む娘さんの家に回し、月1回娘さんが横浜に来る時持参される。時夢は伝道用の週報を彼女に毎週送っていたが、先週あの老婦人の受診があって、この事実を初めて知った。この週報だけ静岡に回さないように何とかしましょうか、という時夢の提案に、彼女は、「週報はもういいです、先生の直筆だけでいいです」と言う。時夢は時々彼女に筆で励ましの言葉を送っている。活字の週報より真筆の励ましがほしかったのだ。診察が終わって席を立つ時、彼女は何回も時夢の手を握りながら、「元気にいてね、変わらないでね、時々来て先生の顔を見たいから。そうすると私も元気になるから」と言う。主よ、主のこの僕を見てあの老婦人は慰められているのです、彼女は主にとって誰なのでしょう、と時夢は祈る。

主の刈り入れの場には豊かさがあるはずだ。ボアスの畑がそうだった。落ち穂をわざと多く残して、それを拾う少女たちの恵みにした。彼の畑で拾うのが拒まれた者は一人もいなかった。異邦人のやもめ、ルツもその中にいた。翌年、ボアスとルツの間にオベドが生まれる。エッサイ、ダビデと続き、28代目にキリストが生まれる。刈り入れの日、天使たちの歌声のなか、数々の実が主の前に勢いよく集められる。実の中にはわきへ押し出されるものも、遠くへ転がっていくものもある。主は腰を上げて取り戻しに行く。葡萄園の主が働き者を集めるように。その日の給料が必要だった人のなか、払われなかった者は一人もいなかった。主は秤を豊かになさる方だ。主の前で憐みの魂たちは飛び上がって踊り、石たちさえ喜びで叫ぶ。

ミッション系学校の子どもたちはどうなるだろうか。宣教師たちが建てた日本福音化の基なる多くのクリスチャン学校から、大勢の卒業生たちが毎年輩出される。好きでも好きでなくても、あの子たちは6年間をあるいは4年間を、キリストの、キリストによる、キリストのための施設で、貴重な青少年の時を過ごす。そして、卒業する時、何パーセントの子どもがキリストのものになったのかを論議して収穫の少なさに胸を痛めるより、何パーセントが一流学校に進学したのか、あるいは優良企業に就職したのかに、教師たちは重点を置く。その間、学校の主人であるイエス様が、子どもたちが遊んでいた校庭に出て、一人一人の名前を呼びながら境界線上の麗しい彼らの将来を案ずる姿に気が付く人はいるだろうか。日本において、キリスト系の学校が高い評価を受けていることは幸いなことである。しかし、卒業生のうち非常に少ない一握りにも及ばない魂だけがキリストを友として受け入れる現実を、私たちはどう見るべきか。

10年後、20年後の日本のキリスト教の未来は、どのような現実を迎えているだろうか。主は麦と殻を分けて、麦は蔵に殻は燃やす、と書いてある。しかし、落ち穂という存在がいる。彼らは、落ち穂拾いの目にしか留まらない。普通の人の目には留まらないところにいるのだ。実った麦たちの真ん中にいることが出来ずに離れた場所に居たり、やや醜い形をしていて、取るに足らない、半分しか熟していないと見えるからだ。選ばれる主の目は厳しいだろうか。救いの周辺にいる落ち穂たちはあまりにも可憐で美しい。

救いへの誘いを聞いたことのない人々も、貴い生涯を一生懸命に営んでいる愛らしい存在だ。福音伝道は、みすぼらしい鉄製の網を張って中に入って来る魚だけをとればいい、というものではない。最高の知恵と犠牲、細心の技術とを駆使して網を作り、祈りを以って魂を御国へ誘導するものである。いい魚だけをとるものでもない。福音の網は分け隔てなくすべての魚をとる網である。福音の網の向こうで本当の平和と真理が得られることを示さなければならない。逃げ惑う魚を追う時もある。その時の漁師たちの協力する姿は愛でなければならない。なぜ俺があなたの救いの網にかからなければならないかを聞いて来る魂に、誠意を尽くして答えるようペテロは頼んでいる。一時、彼は今までと変わらない網を張ろうとした。網は空しかった。イエス様の方法で張ると網の中は満ち、舟が沈みそうだった。仲間の助けが必要だった。

ギデオンは搾り場で密かに小麦を打っていた。圧倒的に強いミデアン族とその仲間たちに農作物、家畜、金物などすべてを持っていかれ、イスラエルは非常に弱っていたのである。彼らは有利な地に陣を敷きイスラエルを荒らし回っていたため、ギデオンたちは山の隠れ場や洞窟などで延命するしかなかった。ここでイスラエルは自分たちが神にとって大切な存在であることを思い出し、救いの祈りを叫び始める。7年間も叫び方を忘れていた彼らの祈り、初めはぎこちなかった。その祈りしか彼らに残された道はなかった。ギデオンが用いられ、イスラエルは勝利するが、その緊迫な戦いの中でさえ民族の間に不和が生じる。消滅か生き残るかという時に、よくもそういったものが生まれたものだ。イスラエルは傷み、次の不幸の芽が出始める。

我が軍は少なく見え、敵軍は多い。敵の分散作戦が功を奏している。敵に囲まれた我が軍はばらばらになり、援軍のいる位置を確認したいが、お互い連絡が出来ずに長い時間が経った。連絡の方法をなくしたのだ。敵は有利な高地に陣を敷いている。我が軍は孤軍奮闘している。敵の集中砲火を受けて重傷を負うが、援軍が来ない。無線で状況を知らせるが返事がない。今の時代の地域教会のつながりの細さ、近隣教会のための祈りのなさは寂しいものである。本当でないことを願うが、キリストの働き者の間にある種の感情が蔓延するという自己分析の話を聞く。いつの間にか生まれている牧師同士の孤立感だ。そして、その感情は社会に対する自信喪失につながる。この感情に打ち勝つには、孤独に耐えて孤独の英雄になるか、牧会者同士でキリストを中心に強く励ましあう聖霊による一塊になるか、どちらかしかない。時夢は医療人でありながら牧会へ飛び込んだ何人かの大切な僕の現場にうかがったことがある。バプテスマのヨハネを身ごもっているエリザベトを訪ねるマリアの心境だった。共同の目標を持つ者同士の慰めと励ましの時間を持ちたかった。しかし、僕たちは自分の働きに集中していて、多忙だった。別れの挨拶を終えて現場を離れる後ろから、戸を閉める音が意外に早かった。これからもずっと、牧師同士の助け合いの問題、教会内の分裂、教派の垣根、競争心や名誉欲といった、伝える側に潜んでいる問題は大きな祈りのテーマである。エリザベトとマリア、二人が会う時、彼女たちの心は一致していて、エリザベトの腹中のヨハネの心臓は高鳴った。同じ主の摂理の中で一つになることへの喜びである。時夢はヘボン先生とほとんど同時期に来日したシモンズ宣教師について知りたくなった。

「先生、同じ専門の人には宣教の場で特別な一体感が生まれるのでしょうか。特別に仲がいいとか。」

「そうなりたいがそうはなれない。少し複雑な問題だね。宣教師たちの一体感はとても大切なものだ。これがなければ倒れた時に起こしてくれる人がいなくなる。一体感は保ちながら大事にしたいもう一つのものがある。一人歩きがそれだ。イエス様も弟子たちを翼の中に集めて育てた。しかし、弟子たちに世に散っていく練習もさせた。彼らは、師が、彼らの期待とは反対に、十字架に処刑されることを見なければならないからだ。案の定、散り散りに逃げたが、彼らは再び一か所に集まった。恐怖のなか、少しは運命の一体感を感じていたかも知れないが、壊れやすいものだった。主が見える形で彼らの中に居なかったためなのだ。

不和による亀裂と成長のための亀裂は違う。不和の亀裂は死の予兆だが、成長の亀裂は命の誕生である。弟子たちに不和による亀裂が生じようとした時があった。師がご自身の十字架のことを語り終えたばかりなのに、弟子の母親が一人現れて、これから建つ新生イスラエル政府の要職に自分の息子たちを起用するよう要求した時だ。もし弟子たちがイエス様の真実を知っていたら笑って過ごす事柄だが、そうではなかった。その母親の態度に本気になって怒るのだった。これからのミッションに於いての死に至れる亀裂である。イエス様は厳しく戒めた。死の亀裂はおのれが生きる時に生じる、自分が上だと思う者は低くなり、低くなることの意味が分かる人は高くなる、と。地位を争うと御国から遠くなるだけだ、と。ご自身が世に仕える姿を見てほしい、と。しかし、聖霊によって自分がすでに栄光の身であり、一人一人が主と固く結びついていることを知る前の弟子たちの不一致は、相当なものだった。師の愛弟子ヨハネの今後のことが気になるペテロに、お前のことだけに真剣に取り組みなさいと、イエスの指摘に厳しいものがあった。弟子たちが愛で一つになることの重要さと、おのおの自分のミッションを全うすることの大事さを、主は同時に訓練させた。

幼いレベルのくっつきあいは主のミッションを全うするのにいいものではない。危機に遭うと共倒れになるからだ。しかし、イエス様がおっしゃった〝自分の十字架を背負っての団結〟が有れば、危機はいつも前進の機会になる。メシア到来の最大の協力者バプテスマのヨハネがヘロデに殺された時も、イエスのミッションは揺るがなかった。弟子のひとりのヤコブが弟子たちの輪から引きずり出され、もう一人のヘロデに殺された時も、使徒たちの足跡はもっと迅速で鮮明になって行った。パウロとバルナバがマルコの問題で別れても使徒行伝は書き続けられ、パウロとペテロがいつも一緒ではなくても、二人を通しての異邦人とユダヤ人への宣教は見事に成し遂げられた。いつも仲良しで居続けるだけは、固い食物が食べられるように成長した信仰人たちがとる態度としては弱いものがある。

ここに来る時に横浜駅で見たことだが、二人の駅員さんがすれ違うのに私語を交わさなかった。電車が来る方向に向かって立ち、線路と乗客だけを見ていた。問題が起きたら彼らはすぐ協力するだろうが、独りでも自分の仕事が出来るように彼らは訓練されたに違いない。師に焦点を合わせておけば、牧会者同士の寂しさは我慢できる。隣の彼は、彼の十字架を背負って熱心に働いているのだからね。自分の今に忠実であれば力を奪っていく無駄な競争意識は和らぐと思う。夜空の星たちは競争しない。間隔が開いてもそれぞれの天空を運行しながら美しい星空を造る。冬の夜空の王子オリオン座の星たちは、それぞれ離れているが星座をなす。それぞれ世の光になっているのだ。世に向けて自分は小さいとか、なにも持っていないという寂しい感情は、星には要らない。宣教は、すでに輝いている存在による、これから輝く存在への働きかけだ。神が御国をイエスに預けたのと同じく、イエス様もわしらに御国のことを預けておられる。宣教は御国と王の王にかかわる仕事だ。

宣教は一人旅ではないが、一人旅の心構えも要る。獣たちをごらんなさい。親元から独立出来るようになっていくと、皆外貌が荒くなる。これから戦わないといけないものが世にはあまりにも多いからだ。宣教師たちが互いの発展していく姿を横目で見ながら、時々一体感がなくなって行く寂しさを感じることは当然なことだ。昔のわしらがそうだった。月日が経つにつれ、自分の教団の仕事が多くなり、日本人の知り合いも増えて、体が少しずつ大きくなると、己の性格と適性が現れた。日本の地を踏んだのは同じ日であっても、その後の姿はおのおの異なるものになった。その中には使命を自ら下ろした人もいた。」

先生の話を聴きながら、時夢は時代の寵児、福沢諭吉と親睦を温めながら最期を慶應義塾の構内の一室で迎えたと伝わる、宣教師で医師のシモンズの孤独を理解しようと努めた。そして、牧会者たちがなぜ自分が孤独に見えるのか、なぜ献身者たちの間に期待したほどの一体感が生まれていないように見えるのか、が少しは分かるような気がした。そうなのだ。考えて見れば、我々兄弟姉妹は、初めは同胞だが、やがて親から離れていく。親はあらゆる子どもを持っていて、全く一つになるには時間の逆流しかない。栄光の主の日は戦いが終わる日だ。主の中で一つに集約する時、我々はもう一度皆が兄弟姉妹であり、一人の父を持つ兄弟姉妹以上のもの、即ち一体であることが分かる。その時まで私たちが耐えなければならないことがある。それは、兄弟姉妹の中で生じる寂しさの亀裂を巧みに利用して使命を捨てさせる、麦をふるいにかけるような、悪魔の激しい攻撃である。悪魔の攻撃は、アダム以前から考案されその後人類の数ほどの検証を経た、成功率が完璧に近いものである。

「先生、やっと救われる人って、どのような人だと思いますか。ユダ書に、あのヨシュア将軍さえ〝燃える火から救い出した燃え止し〟と表現した部分があります。アフリカ難民村には全然避難民とは見えない高級車に乗って逃げ込む人もいれば、何百キロも歩いて来る人もいますよね。」

時夢は、彼の讃美歌CDが好きで20枚近くを友だちに配ったという、日本の情緒ではなかなか珍しいある老齢の婦人のことを例に挙げた。

「疲れている旅人を知らずに助けたのが、実はその旅人は天使だった、という御言葉を思い出すね。難民村は車で走り込んでも歩いて来ても、入村を拒まない。難民村は命のためにあるものだからね。難民村の入口には、分け隔てしないことを約束する命の旗が立っている。そのままでいては死ぬから逃げて来たのだ。服装も身分も区別しない。君のCDが伝道用ならその夫人は確かに伝道を助けたことになる。救いの面では車に乗って難民村に来た人に似ているが、救いは千辛万苦の末でなければならないという足の置き方には恵みの観点から問題がある。友だちに渡す前にあの婦人は考えたはずだ。その考えの過程で主の導きがあった。主に用いられたのだ。その讃美歌を聴いたうえで友だちに讃美歌を運んだということは、聖霊の働きがその婦人にあったということだ。救いの面では、わしらに反対しない者はわしらの宣教の味方と見ていいのではないか？イギリス人へも、アメリカ人のわしらへも、殺人的な敵対意識を抱いている者もその当時まだ多かったよ。生麦事件も起きた。その中でも、人生の目標探しに飢え、西洋文化に憧れていた人たちには、キリスト教を含めわしらが提供するものは全部素晴らしく見えた。時が流れた今の時代、君には失礼だが、プロ歌手でもない君が作ったCDで讃美歌を聴いて恵みを受ける人々は幸運だ。わしらが持ってきたものに心を広げたことより珍しいことだ。この事実を大事にするようにとぜひ頼みたいね。キリストの日に、その栄光のお姿を目の前に見た後に、イエス様は素晴らしいと言う人が救われることはないだろう。恵みの期間はその前に幕を閉じるからだ。今日、讃美歌を通じて〝キリストは素晴らしい〟と告白する人々をすごく大事にしてください。CDを渡してその反応だけに満足するのではなく、根気よくその人のために祈るのです。」

「分かりました。キリストのことと分かったら絶対に手にしない人々もいるなか、あの方たちの存在は貴重ですね。」

「捕虜に来ていたイスラエル人たちの行いを見て、彼らの帰還の道を備えたペルシアのクロス王、捕虜のダニエルの誠実さを見て創造主のイスラエルの神こそが真の神と賛美したバビロニアのネブカデネザル王がそうだったな。彼らがその後、神を愛し教えを守って歩んだとの聖書の言及はない。しかし、彼らは、聖書の筋を通すのに重要な役割をする、僕と呼ばれた。ところで、君は往診をするのかね?」

「はい。診療所に来るのにあまりにも衰弱している人や、精神的に不安定な方たちには往診で対応します。私がいる地域には、往診に応じる眼科の医師が多くありません。往診に行かなければそのまま目が見えなくなってしまう患者さんもいますから。」

「その方たちにも視力、眼圧、視野検査など基本検査をしっかりとするの?」

「機材を全部運べる状況ではないので、簡易的検査で代用します。以前の記録があるなら大きな変化がないことを確認することで終わります。」

「どう思う? 救われる人の形ということだけど、必ずしっかりとした検査をしなくても、患者の状態を医者が診て〝よし〟と言うのと同じく、医者は患者を知り、患者は医者に診てもらったことで、診療は成立するということではないだろうかね。その後、君の処方で患者は治っていく。最後の数分だけを主と共に居た、ゴルゴタの丘のあの罪びともその場で救われた。日が落ちる1時間前から葡萄園で働き始めた人も、葡萄園の主の目には、その日の日当を貰わないと家族の生活が出来ない、同じく貧しい人なのだ。不満を持つのは朝早くから働いていた者。彼らも元は働き者の市場に立っていた者だったのに、彼らの目にとんでもない奴に映る人も同じ賃金を得るのに不満なのだ。イエス様はこの例え話を繰り返しなさる。大事だからだ。救われる人はどのような人なのか、その中でかろうじて救われる人が誰なのか、その形を時々わしらは自分たちで定めようとしている。イエスはその考えに反対だ。イエスはご自身が離れて来た愛と憐み深い父を知っているのだ。救いへの道はイエスだが、その道なるお方は、一人でも多くが救われるようにせわしく訪ね回っておられる。その姿を多くの人に蔑まれ、ののしられる。でも、イエスは最終的な判断をご自身の心ではなく、天の父の御手に委ねる。その方を御子イエスはわしらに、〝父なる神〟と呼ぶように教えてくださった。わざわざ父とおっしゃってくださったのだ。そう、わしらの神は父なのだ。素晴らしくないか、この事実？

日本には救いのボーダーライン上の人々があまりにも多いと君は考えている。彼らがそのまま放置されている今の現実は余りにも勿体ない。彼らをもう少しキリスト側に寄らせる心ある人も、証を共有することで確信を植え込む働き人も、せっかく導かれたのに教会に長く居留めさせる優しい執事も少ない日本の教会の現実を、君は心配している。でなくても多いとは言えない働き人が、種を蒔きながらさらに気落ちしないといいね。あまりにも救われる魂が少ないので、君は〝ボーダーライン〟を広げて、その上の人たちを増やそうとしている。王の宴に来なかった招待客の代わりに、街のあらゆる人々が呼ばれて、義の衣一つだけまとって宴会場に入ったことを考えている。イエス様の心だ。君はその人たちを増やすことが出来る。君が提供しようとする福音を待っている魂が大勢いる。常に君の診療所を訪れてきている。主がそう導いているのだ。思い出して見てご覧。そのようなたましいが一人もいなかった日があったのか。霊の目を開けて見れば、日によっては10人も20人もいたはずだ。感謝すべきだね、主の切なるこの御働き。パウロは、〝あなた方の間で良い行いを始められた方がキリスト・イエスの日までにその業を完成してくださると、私は確信していま す〟と書き記している。誰が主の送ってくださった人なのか分からない時も多いだろう。時には激しく反発する人もいるだろう。寂しく思える瞬間だ。しかし、考えてみれば、わしらの先輩たちもそうだった。四方がふさがれたようにも見えた。裸にもされた。このままではどうなるのかと、主を疑うこともした。しかし、コリントでパウロが幻の中で聴いた主の声があるよね？」

「〝恐れるな。語り続けよ。黙っているな。私はあなたと共にいる。だから、あなたを襲って危害を加える者はいない。この町には私の民が大勢居るからだ〟の使徒行伝18章の御言葉ですね。」

「福音を伝える君のことが静かに広がるなか、たまには反対する人にぶつかるかも知れない。しかし、今までの君は大成功のはずだ。知っておいてほしいのだが、君には今まで何回かの危機があった。君がやっていることは間違いなく悪魔の攻撃の標的だ。標的を狙う悪魔の攻撃は巧妙で執拗だ。その攻撃に自分の力で立ち続けられる人はいない。君には悪魔が狙える致命的な弱点が少なくない。ただ恵みだけを感謝する幼子のようで、対抗する力がまだ養われていない。だから、主は君を守られるしかなかった。悪く晒されると、君の性格上深い傷を負ってしまう。君は微かにしか思い出せないかも知らないが、振り返って見てご覧。君のたましいを蝕んでいて、そこから自由になりたかった問題が、ある日いきなり解決に向かって驚いたことはなかったのか。君が恐れている牧師の資質の問題、神に迷惑をかけるかもと心配している聖化されていないたましいの中に、主が前に出て戦って下さらないといけなかった弱点がある。これからも、主は、荒れ狂う水の上に立つ君に〝来よ〟と呼びかける。これが宣教の現場だ。水に降り立ったペテロと主の間の距離が、次に君が走る距離だ。ペテロのようにまた水の中に沈むだろう。聖書は成功するペテロは描いていない。でも、心配はいらない。主の助けは直ぐそこにある。だから、なお諦めず、心配せず、語り続けてほしい。I will help you. I am holding the shoulders of you.（わしが君を助ける。君の肩をささえているのだ。）君が岩のように揺れず、薫風のように温かく、ダニエルのように大胆で、そよ風のように爽やかな人柄を、主に求めていることを知っている。大丈夫だ。主が共に居られる。たとえ一部の人々に反対されても、落ち込んではいけない。わしらには、それは平気と思うべき理由がある。反対されるのはわしらではなく、王の王、主の主なるキリストでしょう？　語り続けるうちに、岩に沁み込んだ雨一滴がある瞬間その岩を砕くような朝が来る。その時を信じて！　時と妥協してもいけない。種を蒔く畑はこの世だもの。鋭いくちばしの鳥も、灼熱する日照も、いばらの藪もある。蒔いた種がよい実になりにくいのは、受け入れた個人の信仰のせいではない。蒔いた福音の種には生命力があって、芽は自然に出る。畑の問題だ。日本という畑はカナンを偵察して来た者たちが報告した通りかも知れない。まさに乳と蜜が流れる地で、ひと房を二人で担ぐほどの大きな葡萄が実るが、城壁は高く、人々は大きい。彼らに比べれば自分たちはイナゴに見え、そこに入って御言葉を伝えようとする人々を食い尽くす雰囲気がある、と彼らは見た。しかし、神はご自身の摂理をそのような見方しか出来ない彼らに任せるのはなさらなかった。そこに見方を異にする45歳の青年が一人いた。

「カレブですね。約束の地に入った時には85歳になりますが、心はまだ青年です。」

「彼は、カナンをアメリカの西部と見たのだ。その時、わしらが馬に乗って走り回った西部は、わしらの走った分だけわしらの土地になった。見渡す限り、将来の畑が広がっていた。それを耕したカレブは大きな手で種を蒔いたはずだ。Do it just like him, my friend.（我が友よ、彼のようにやるのだよ。）多くの霊的な人たちが口を揃えて、日本の上空には暗くて重い霊の雲が覆っている、とも言う。昔、イスラエルがこれから入るべきカナンの地においても、そこの住民たちを覆う悪の雲について神は言及する。しかし、中に入ると雲は見えず、人々は生を営んでいて、乳と蜜が流れる畑が広がる。わしらは種を蒔くしかない。時が流れ、いつ、どこで、どのような形で芽が出るか、今度は神がなさる番だ。

わしが日本に来る前の年、ある日曜学校の先生が靴屋で働く少年を見つけた。ムーディという子だった。少年は成長した。正規の学校で学ぶ環境にいなかったムーディには、有能な協力者たちが送られた。彼らの活動で、メジャーリーガのサンデーが救われ、彼によってハムが影響を受ける。しかし、ハムの伝道会にはあまり人が集まらなかった。失意に沈んでいたハムは、最後のもう一度だけの集会で使命を終えようと決心したが、そこで救われるのが16歳の少年、後に全世界を飛び回って数百万人のたましいを主に導く、ビリー・グラハムだった。いつ、どこで、どのような形で、その人物がわしらに案内されるか、わしらは知らない。バラ牧師がいつどこでそのような沢山の人々の名前を覚えたのか、一人一人の名前をあげながら叫んだその祈りの上に日本最初の教会が建ったのと同じく、讃美歌のCD、絵葉書、信仰の小冊子を持って君の診療所を出て行った人々のために祈り続けなさい。何百人、何千人もいるはずだ。バラ牧師より大きな声で、彼より根気よくね。その時のバラさんが〝ソ〟の声で祈ったなら、今の君たちは〝ら〟か〝シ〟で祈るべきだよ。もっと強く根気よくだよ。また、君の祈りをチェックしなさい。時間も、内容も、医師のわしらに不足しがちな本気の度合いも。その本気さのことだが、主の働きに、君はどれくらい手を汚していると思う?」

時夢はいきなりの問いに慌てた。深刻な質問である。そして、返事の言葉が出ない。どこかから草を燃やす淡い匂いがして来ると、昔の果樹園の草置き場を思い出すように、この本気さの問題は、時夢の宣教の限界の問題として、時々脳裏をかすめていく匂いだった。患者さんたちが、もらった讃美歌CDを聴いて何らかの変化が起きればいいとか、聖句入りの絵葉書を持って行ったなら、よく描けた絵だなと少しは感心を頂いて、その後はなんとなく聖句の所に目を移してくれればいいとか、CDがなくなれば新しく作れば良いし、葉書がなくなったらほかの絵を描いて次のバージョンを作れば良い、とは思うが、持って行った方々を思い起こして真剣に祈ることはあまりなかった。キリストは小山に入って夜明けまで時間をかけながら祈って、その日ご自身を通して天国の福音を聞いたすべての人々を思い起こして、天の父に委ねるのが日課だった。委ねる人が多い時には祈りは夜明けまで続いた。それに比べれば、自分の今やっていることはもしかしたら自己満足かも知れない。下唇を噛みながら無言で肯く時夢を、先生はじっと見つめながら話を続ける。

「そう。それが出来る宣教師が本物の宣教師だと思うよ。主は小さいことに忠実な僕に大きな仕事もお任せになる。畑の主は、早く起きて種を蒔いたら土で覆って、夜遅くまで水をやり、芽が出たら支柱を添え、虫もとってやる。鍛冶屋は熱した鉄の塊を、やけどをしながら何回も何回も叩いて不純物をなくして金物に仕上げる。陶器師は手が荒れるのを構わず粘土を練って土に器の形を与える。彼らの裏庭には、ものにならなかった訳ありのものが山積みになっている。どれも皆、心血を注いで作品にするつもりだった。陶器師は知っている、捨てる前、あるものには何倍の情熱を注ぎ、あるものは捨てた日の夜、一睡も出来なかったことを。彼の手のなかに乗っていた粘土はあまりにも美しく、高価で、彼はその粘土に恋をしていたのだ。この思いは畑の主も鍛冶屋も同じのはずだ。」

時夢は、昔のヘボン先生の家の窓を頭に浮かべた。夜遅いのにまだ明かりが付いている。外から机の前に座っている先生の姿が見える。机の上には小さいノートがある。開いたノートには走り書きの人の名前が書いてある。診療中に拾った名前だ。体の痛みを持って来たのに心の痛みを打ち明けた患者さんたちの名前だ。先生は忘れまいと、必ずメモしておくノートを診療机の右側の引き出しに入れてある。帰宅後は彼らの名前をもう一度確認しながら手紙を書く。末文には必ずこの聖句がある。"John 3:16"（ヨハネによる福音書3章16節）だ。

「救いの境界線の周辺にいる人々は、主の家の中庭にやって来るかわいい鳥や美しい蝶々だ。宴の庭を訪れて来て、真ん中にいる主を見つけて、〝あの方の愛の眼差しはわたしのもの、私は百合の中で群れを飼っているあの方のもの〟と慕うが、居場所を見つけずそのまま飛んで行く鳥や蝶たちはあまりにも美しい。宴の主人は飛んでいく彼らに恋をしてしまう。後を追うが見つからない。

彼らが飛んで行ったところは夜警たちが町を巡らなければならない所、城壁の見張りたちが彼らのかぶりものをはぎ取っても何も言えない所。」

雅歌書の中を散歩する先生の話を聞きながら、時夢はあの風景を思い出していた。梅雨の合間だった。梨の木の葉っぱたちを揺さぶりながら風が果樹園を通り抜けていた。そのなか、聞いたことのない鳥の声が聴こえた。かわいいがやや悲しい声だった。走って行ってその声の出どころを見つけた。瑠璃色の初めて見る鳥だった。近づこうとするとその分離れて行く。そーっと近づいてもまた離れる。結局あの子は青空の向こうの山へ一つの小さな青い点になって飛んで行ってしまった。悲しかった。はかなかった。勿体なかった。5分足らずの出合いだったが忘れられない記憶である。小学校6年生のころだった。

「手を汚して働く本物の宣教師には、名刺や多くの肩書は要らないのではないか。時々わしらは身に余ることを考える時がある。自分の美しい姿をイメージしてしまう時だ。自分が僕なのに、他の僕たちの給仕を受けながら主人の食卓で食事する自分をイメージするのだ。〃僕を若い時から甘やかすと後で自分がまるでその家の後継ぎでもなったようにふるまう〃と、箴言に書いてあるどおりだ。昔、主の園にそのような者がいた。自分は完璧で他の天使より優ると思い込んだ。自分を創った神の栄光がほしくなった。それを貰うには周りの者に神の愛を疑わせるしかなかった。御国の3分の1の天使たちが彼に同調した。彼らは地に落ちたが、あの者の考え方は今も多くの主の僕たちを弱らせている。

宣教師はあくまでも僕だ。僕には各々の形がある。君は君の形をどのように造りたかったのか。自分がなりたい形があったのか？　美しい姿になりたかったのか。君の形は君ではなく主が造ってくださるのではないのか？　ご自身の一番必要な形で、しかも君には一番恵みのある形で。

この時代の横浜の金沢で、神は君に次の計画を託そうとするのに、君はいまだ自分の正体探しに迷っている。ベエル・シェバまで逃げ、今度は死を求めて砂漠に入るエリヤのような気がする。昔に戻ってしまっている。カルメル山の頂でバール神の預言者たちに勝って、雨の中で王の馬車の前を走った自信たっぷりの時があれば、意気消沈の時もあった。君ははっきりと目立った形の宣教師を確かめたいが、それがつかめない。同じ医療宣教師の働き人を探して素晴らしい輪があればそこに入りたいが、孤独を感じた。多くの先輩宣教師たちの足跡を見るが乱れているようにも見える。隣の働き人を見ても力がないように見えてしまう。全部だめだ、と見てしまう。ついに、自分一人しか残っていない、と思っている。そうではないのか？」

黙って聴いている時夢を見る先生の目は鳩のようだったが、言葉は両刃の剣のように鋭かった。

「時々わしらは悲しくなる。地の果てまで福音を述べ伝える決め手になるあの7000人、神がエリヤに知らせた、世に汚されていない神の7000人の勇士の存在に気が付きたい、あるいはその中の一人になりたいのだが、実は自分はその7000人の外の存在になっているのではないか、と考えてしまう。わしもその7000人の誰かに会いたくて、周りの人々を念入りに観察したことがある。分からなかった。〝バアルに膝をかがめず、これに口づけをしない残された人々〟の姿から少しずつ外れていた。君も周りを見回している。彼らなりにいそしむ同じ医療人たちがいる。彼らなりに道を行く同じ韓国からの宣教師たちがいる。もう前のように沢山来ることのないわしらのような欧米人宣教師たちもいる。〝私がその者です〟とは言わないが、天城に向って歩む羊の隊列の中で、早足に君のそばを通りすぎながら、ニコッと笑って見せるその人たちにその印がある。時にはその7000人の人たちの中で、自分も、わしの仲間たちも、歩いているように見えて驚くのだが。」

〝先生こそ、その7000人の一人ですよ〟、と時夢は言いたかった。しかし、先生にその言葉を耳に入れる気配はない。

「大きなことを考えなくてもいいんだよ、時夢。小さく見えてもその使命に感謝して黙々と働くその僕をわしらの主は喜ぶ。わしらには静かに福音の種を蒔いて行くことに失望しない理由がある。主が十字架で死んでくださったのは、わしらがまだ主に不誠実な時だった。今、実がないように見えても、自分がいつまでもみすぼらしい種まきに見えても良いのですよ。失望せずに種を蒔くと、喜びを持って刈り入れる時が必ず来るという詩編126編の5節の御言葉が、もっぱら今の時代のわしらのためにあることに感謝しよう、時夢。」

時夢は成人して以来、厳しく叱られたり、戒めを受けたりした記憶がない。彼の父もいつの間にか成人した彼を見守っているだけになっていた。兄もいないので乱暴に注意されたこともなかった。今日初めて、肝心な部分に率直に触れられたのである。アキレス腱のように敏感で、ふけのように臭う部分だった。多くの醜い失敗がこの部分から起き、自分に対する嫌悪感、原因の分からない怒り、切れやすい態度がここにつながっていた。神が悲しむことを知りながら、マナより肉やニンニクを楽しみたかったイスラエルの民の目隠しされた良心のように、誰からも指摘されたくなく、ほっておいてほしい部分でもある。それが、〝君がなりたかった形があったのか〟と、今日言われたのである。あったと思う。それは口では否定したいが良心の中では否定できない、〝多くのクリスチャンたちに知られ、日本のリバイバルを叫びながら聴衆の前に立ち、クリスチャンのテレビ番組にも出演し、後世の人々に日本のリバイバルの働きに貢献した人たちの一人〟、と呼ばれることである。時夢は、御使いから頂いた開かれた巻物を飲み込んだ後にヨハネが味わった苦い味を感じていた。いくら薄めようとしても、その味は脳天を貫き時夢の肉を砕いた。時夢は限りなく小さくなっていく自分を感じて悲しかった。魂は揺れ動き、腰は折れ、四肢からは力が抜けて行くが、誰かが彼の背中を支えているのを感じていた。主の宮の柱のように大きかった。時夢は目をつぶった。そうしているしかなかった。しばらく経って、時夢は彼の右肩に温かい温もりを感じた。その温もりがゆっくりと心臓にまで届くのがはっきりと感じられた。時夢はその温もりが誰の手からのものかを知っていたが目をすぐ開けることはしなかった。泣いていたのである。平安の涙だった。誰からも言われなかったことを今日言われ、攻め続けていた自分から自由になったのだ。肉の殻を破れず、聖霊の火印も大事にせず、長きをさまよいながらさまよっていることすら分からないでいたのだ。ヘボン先生は時夢の隣に移ってきていた。時夢の肩に乗せている先生の手から天使の羽のような爽やかな香りがしてきた。

「君とは初めて会うが、わしと君には似ているものがあるね。君はこのわしを見てそう思わないか？」

先生は時夢の心を気遣っていた。その日の対話の後、自分の後輩につまずきを残すものがあってはならなかった。弟子たちがイエスについて行くことを決心した時、彼らはイエスから雲の上の存在を見たのではない。自分たちと似ている、そして、心が通える何かをイエスから発見したからである。時夢は初めから先生のズボンの膝のところについている土の染みが気になっていたが、途中で似たような染みが同じところに自分にもあるのが分かっていた。彼はその染みを指さしながら、とぼけて見せる。

「これでしょうか？」

先生は気さくに大きな声で笑った。しかし、首を横に振る。

「ユーモアでしょうか？　先生程大らかではないけれど、私もそのような雰囲気がすきです。」

先生はまたも首を横に振りながら言う。

「I think you have some shyness in you. Me too. But I am proud of it.」（君ははにかむ面があるようにみえる、わしもだが、わしのほこりの一つだ）

前々から態度が荒い人に拒絶感を感じ、それを抱擁する余裕のなさにうっとうしさを覚えていて、パウロの3回ところか、数えきれないほど祈っている問題、このシャイな彼に先生は親しみを感じていると言う。時夢はその時、〃宝を土の器に頂いている〃の御言葉を思い出した。神はご自身の御言葉の純粋さをシャイな人々の心を選んでその中に閉じこめてくださったかも知れない。大切な初期福音宣教の時代、人々はバルバナをパウロの前に置くが、神はパウロを前に出したのも、パウロの方がもう少しシャイだったからかも知れない。時夢は小さくうなずいた。そのような彼を見る先生の顔は、彼がずっと前から持ってみたかった、年の離れた兄のような顔だった。

「これからわしらは祈りの協力者だね。先輩でも弟子でもない。友だちだ。ところで、そのCDと絵葉書、今持っているのか？　少し頂きたいな。」

「すみません、先生。今日は散歩中でしたし、しかも先生にお会い出来るとは夢にも思いませんでしたから。送り先を頂ければすぐお送り致しましょう。」

と慌てたぶりをする時夢に、よく言うね、という茶目っ気のある眼差しを送ってくれる。

12　横浜の夕暮れ

少しずつ、彼と別れなければならない時間が近づいている感じがして来た。先生にも貴重な一日のまとめがあるはず。中秋の日がこんなに早く傾いて行くのか、その姿を初めて見たような気がする。昼が過ぎるといつの間にか夕が来て、夜がのっしのっしと近づくのを感じてはいた。先生の夕食はいつも遅めだった。診療を終え、自分の夕食のテーブルにつく時は、皆が飢えた腹を満たし、一日の疲れをとり始める頃だった。彼が泊まるローズホテルは彼の夕食を丁寧に作っているだろうし、また就寝の前には今日あった多くの恵みへの感謝の言葉、主の弟子らしくなかったことへの悔い改めの言葉を持って、中華街の窓々の明かりが一つ一つ消えて行く風景を窓ガラス越しに見ながらQT（quiet time. 御言葉を読んで静かに主の声を聴きながら対話する時間）を楽しむであろう。しかし、先生は自分が先に起き上がろうとはしなかった。弟子になる機会を疎かにしたあの富んでいる青年と別れる時も、議員のニコデモが話を終えて暗闇の中へ姿を消して行く時も、彼らが振り向いた時にご自身がそこに見えるように、イエス様はしばらくそのままそこに立っていた。ヤボク川の渡し場でヤコブがとっくみあいの手を放すまで待っていた天使のように、先生も今日の出合いの始終を時夢に任せていた。

旅行の旅ごとに、その地の小石を記念として拾って来たのと同じく、今日の出会いの記念になれる何かを先生に求めて見ることにした。先生は楽しそうにしばらく考えた後、ポケットの中からボタンを一つ取り出した。今回の旅行を始めたその日、飛行機を降りる際にコートから外れたもので、170年前に製造して以来、二度と作らない物だと説明してくれる。アメリカ合衆国の白頭鷲が羽を広げている、昔、時夢のおもちゃ箱に入っていたボタンではなかった。深みのある錆が付いた銀製だった。すり減ってはいるものの、浮き彫りの十字架の印が真ん中にあった。ほとんど見逃すところだったが、そのボタンからは微かな光が脈を打つように漏れ出ていた。海の遠くの灯台から放って来る光の間隔だった。

どこかで見た光と似ていた。40年も前、四谷三丁目にあった教会に身を寄せていた時、ある日の夢で見たあの石板からの光だ。時夢と恵は日曜学校の奉仕を預かっていた。その時見た夢の中にその光はあった。海辺で教会のメンバーたちが集まっていた。野外礼拝のようだった。水際から少し離れた砂浜のあちこちに岩が散らばっていって、その間に広がる砂場で人たちは砂山を造ったり貝殻を集めたりしていた。その中で二人は、二畳ほどの広さで砂浜を掘り下げ始めた。堀がどんどん深くなって人の背程になった時、下からぶつかってくるものがあった。平べったい、黒ずんだ銀色の四角い石板だった。二人で石板を持ち上げたが重くはなかった。見に集まった人たちには気がつかないようだったが、その石からの、見る人だけにしか見えない柔らかい光が、遠くの灯台から海を渡って来る光と同じ間隔で微かに脈打っていた。

先生は自分にも一つ、記念になるものがほしいと頼んできた。時夢は故郷の小川で拾った小さな川石を先生に差し出した。左側のポケットに入れて置いて、聴衆の前に立って話す時や歌う時、この石を握り締めながら心の落ち着きを得ていた。初心を忘れ主に忠実でない自分がいたり、極めて弱くなった自分に気が付いた時、その石は心の支えになってくれた。この話を聞いた先生は、もらった石を自分の左側のポケットに入れながらいきなり力が湧いて来たようなふりをして見せる。

外は海岸教会方面からの新鮮な風が吹いていた。海の匂いがあった。向こうの海辺通りからは、まだ時間でもないのに暴走族の嗄れた轟音が、モーセ時代に夜のナイル河でひしめいていた海竜たちの遠吠えのように駆け抜けて行く。本牧方面から横浜駅へ向かう路線バス1台が指路教会前の停留所に停まっては、会社帰りに一杯飲んだらしい顔で友情を確かめ合うサラリーマン二人を乗せて静かに発って行くのが見える。二人はいつの間にか教会へ向かって歩いていたのである。

水曜礼拝の時間のせいか、窓から暖かい明かりが漏れ出ていた。その光が届く近くのマロニエの木の枝には、瑠璃色の鳥1羽が窓の中を覗き込んでいるのが見える。そのそばには、黄色い蝶もひとつがい、葉っぱの間で休んでいた。二人は門の外に静かに立って、中から聴こえて来る賛美と祈りの声を聴こうとした。賛美の声がとぎれとぎれに聴こえて来た。先生も知っている賛美歌の時は、横顔でもその嬉しさが分かる。そうでない時も、メロディーに合わせる先生のあの楽しいヘボン・ジェスチャーは止まなかった。メッセージの声は良く聞こえなかった。そして、しばらく何も聞こえて来ないと思ったその時、いきなり門が開き、20人程の信徒が小走りで出て来た。彼らは爽やかな別れの挨拶を分かち合っては、半分は桜木町駅方面へ、また半分は関内駅方面へ向かい、残りの一人は先ほど会社帰りの二人を乗せて行ったバス停に立った。その顔は、聖書研究会で頂いた充実感に満ちていた。そして門が閉まり、中から一人の賛美の声が聴こえた後、窓の光が消え、どっしりと重い教会堂の影が、横浜の夜の影の中に吸い込まれて行った。鳥と蝶たちはその木にいなかった。門が開いた時、中へ飛び込んだのである。

「入って見た方が良かったですね、先生。」

「これでいいのだよ。明日の朝早く散歩に来てみる。もし朝の祈りで門が開いていたらその時入ってみる。」

二人は山手の丘の方面へ歩き始めた。夜の風の精霊たちが落ち葉を集めて歩道にひらひらと風道の絵を描いてくれる。二人は「アメージング・グレース」を歌って彼らに応えた。

「教会を建てる時の先生の夢は何でしたか?」

ローズホテル方面へ歩き始め、向こうに中華街からの光が見え始めた時、時夢が聞く。

「日曜日になると向こうのユニオン・チャーチから先に鐘が高い音で美しく鳴り始めると、続いて数秒後に海岸教会、我が教会からも違う音色でハーモニをなしながら音を響かせ、行き来する市民たちが足を止めてその鐘の三重奏に耳を傾ける。そうしているうちにChrist Churchからの重厚な音が加わって四重奏になり、紅葉坂からも野毛山からも、また山手の丘からも続々と教会の鐘の音が加わって、コーラスも中に入って、横浜の空を讃美でいっぱいにする風景だった。教会からは生きている証が注ぎ出て、真理に目を覚ました日本人たちがその真理を胸に抱えて世界に出ていくことを夢見た。」

この答えに、時夢は自分の中に住まわれる聖霊と先生の中で住まわれる聖霊が共に喜んでおられる鼓動を感じて涙した。三位一体の一位であられる聖霊様は、異国に奴隷に売られたヨセフに喜びと希望を与え続けた神であられる。時夢は、170年間眠っていた先生の夢がいきなり目覚めの朝を迎えるかも知れないという思いがした。

「どうすればその風景になれますか、ヘボン先生?」

二人は秋風が落ち葉で綺麗に拭いておいたガス灯のそばのベンチに腰掛けた。

「神が用意しておられるに違いない。綺麗な器たちを。」

「その綺麗な器たちには同意しますよ。しかし、日本には1億2000万人ものの魂がいます。

いったいどれほどの器が必要でしょうか。」

「イエス様は一人の少年の小さな弁当を用いられた。数の問題ではない。教会の数も、信徒の数も、だ。まず二、三人の信徒の心からだよ。その集まりが真新しく生まれ変わって、たゆまず、力尽きることなく、新しいことを始めればいい。それによって生かされた豊かさを楽しんで行く兄弟姉妹の教会を、日本の全教会が喜んで興味を持ち、なぜこんなにもなるのかをつぶさに調べるといいのです。

歴史は鏡として学ぶためにあって、ただ数字を数えるだけでは意味がない。それを誇ってもならない。救急患者が運ばれて来たが、それがたとえ一国の首班であっても緊急処置が必要な体には変わりない。歴史の長さにこだわるのはもう一つの神話を作ることにつながる。神話は廃墟の中に生きる。神の御働きの生命の秘密より、サムソンを縛り付けてはいるが火にあぶられた麻のように脆い世の虚飾を重んじることになる。神は長い歴史の蔵書には目もくれない。救われるべき魂のみに関心がある。古きは過ぎ去らせるのよ。新しい地に入る前に、神が渇かしてくださったヨルダン川の道の真ん中から持ってきた石で過去と別れる里程標を建てたように、新しくなった自分から毎朝再出発する。

シカルの女は新しい時代の希望のイエスに向かって、〝あなたは、私たちの父ヤコブより偉いですか。ヤコブがこの井戸を私たちに与え、彼自身も、その子どもたちも、家畜も、この井戸から飲んだのです〟と言った。イエス様は、〝私が与える水はその人の内で泉となり、永遠の命に至る水が湧き出る〟と答える。古い型だけ知るのは化石に閉じ込めることであり、化石は生きていない。ダビデに着せてあげたサウロ王の鎧のように、民を救えない鎧のように動きにくく、生命力に乏しい。ばかりか、むしろ邪魔になる。

わしは時々思うのだが、教会の指導者たちは街に出て人々に聞けばいい、どのような教会なら来るかと。彼らは神の似姿をしている神の創造物だ。民心は天心、と言う。初めは答えを避けるだろう。謙虚にもう一度聞くと、彼らは、それではと、答えてくれるだろう。彼らも待っているのだ。十字架のキリストは裸のキリストでもある。教会の庭園を人々に広く公開するのだ。聖霊に学んだ自由の真理を身に付けた教会のメンバーたちが、小走りで出て行って迎えるのだ。英国の何百年もの歴史ある教会がイスラムに売られる悲しい現実を見なさい。それが世界の文明国の至る所で今起こっている。そうなると、教会の地下室に収められた何百年分の文書も要らなくなるのだよ。リサイクルのごみになってしまう。

わしらが港に入る時、対岸に見えるのは古い日本だった。その後何年間も、わしらは外人居留地で監視され、宣教はできなかった。しかし、わしらは動いた。自由に宣教できる日が来ることを信じて準備していたのだ。準備というのは、今しか出来ないものを今やっておくことだった。後で振り返ってみると、その時だったから出来たものだった。その時何もしないでただ待っているだけだったら、と思うと冷や汗が出る。危なかった。愚かで怠けものの僕になる所だった。神の準備だった。いつ振り返って見ても、その時神のなさったことは見事だった。その時の準備あってこそ、宣教が自由になった時に素早く前へ進むことが出来た。」

聴いている初老の時夢の唇から〝ハレルヤ〟という小さい声が漏れ出すなか、朗々としたヘボン先生の声が続く。歳が逆転していて、先生は今40代の真っ盛りだ。

「まず、日本にリバイバルが必ず来る、ということを確信することだ。その目で見ると、今やっておくことが見えすぎて困ることでしょう。難しいものには手を付けたくない、今までと違うことがいきなり起きることには気を付けよう、無理せずに自分を信じてコツコツと行こう、と思う人がいるでしょう。しかし、この考えが今の日本の教会を作ってしまったとは思わないか。外部からのメッセンジャーたちがいくら目覚めの檄を発しても、眠りは深いように見える。素晴らしく発展した大学に、建学の理念を燃やし続けるべき神学部が消滅している話を聞いて失望した。真の神を知らない宗教団体の巨大な建物が、わしらが作った〝教会〟と同じ名で誇らしく横浜の街に姿を見せているのを見て心が痛む。」

時々強く吹く夜寒の秋風が先生の髪の毛を揺らしていた。垂れた髪の毛を先生は気にとめない。二人は夜空を見上げた。オリオン座の一部が、霞む横浜の空に浮いていた。遠くから枯れた落葉が一枚風に押されて来て、二人の足元にとまってはまたどこかへ音を立てながら転がって行ってしまう。

「先ほど、どうすればいいかと言ったでしょう？　一緒に考えて見よう、時夢君。」

時夢はあえて返事をしなかった。平気な顔だが先生は疲れている、充分心の痛む話を聞かされ泣いていらっしゃる、と思ったからだ。

「教会を子どもたちの園にするとどうですか。カミュの小説〝ペスト〟の最後にネズミの声が再び聴こえる場面があります。忌わしい彼らが帰って来たのですよ。だが、命の声でした。彼らを介してヨーロッパは大半の命を失ったが、ペストが去った後、彼らが一番早く戻って来たので、災難が終わったことが分かったのです。新しい希望の伝令でした。火事のあった次の年の春山、その中から聴こえる鳥の声にも似ています。孤独な老人の庭にやって来た、鳥たちや蝶のような孫たちと同じです。教会を彼らの遊び場にしてください。礼拝が邪魔されてもいいのではないですか。礼拝の時間は他にいくらでもあります。

礼拝を青年モードにするのも良いと思います。彼らが来やすい環境に変えてね。彼らには楽な雰囲気が必要な新人類です。活動力も旺盛です。早くから聖歌隊に入りたい者がいれば歌わせましょう。主が聴いてくださる賛美は鍛え抜いた聖歌隊のハーモニとは限らない。ダビデのように踊りたがるかも知れない。それを心の中で蔑み、やかましいと眉間に皺をよせてしまうと、彼らは敏感ですよ。帰って来ない。教会はダビデの妻ミカルのように不毛の地になることでしょう。

伝道のスピリットが満々とする風景もいいですね。主がよく立ち寄った家がありますよね。ラザロの家です。主が休まれる温かい雰囲気があったに違いない。信徒の誰かが一人のたましいを礼拝に連れて来た日の礼拝こそが、主の喜ぶ礼拝です。主の目は、もっぱら、帰って来た一匹の羊のような、その人に注がれます。その日の礼拝の主人公はその人なのです。礼拝の後、先に救われた信徒たちが彼の周りを囲んで喜び、牧師は真っ先に彼に駆け寄って、〝今日のお話を気に入って頂けましたでしょうか〟と気にかける。

また、いつも新しくなろうという教会の体質もあっていいのではないかね。人が決めた伝統を守り過ぎては、生きておられるキリストに出会う前のパウロのようになるかも知れません。彼はそのためにイエスを迫害していたから。彼の目に、イエスは型破りの、好ましくない存在でした。イエスは〝新しい葡萄酒は新しい革袋(かわぶくろ)に〟と勧めています。今も聖霊は尽きることのない新しい葡萄酒を教会に注ごうとしています。」

70歳になってからもっと、聖霊という言葉の響きが時夢の心に触れると、彼の心臓は高鳴り、涙がこぼれやすくなっていた。今日の時夢も、目元から熱いものを感じていた。ヘボン先生の声も細く震えていた。話しする先生の視線は今までの時夢ではなく、もっと大きい存在、例えば、横浜のすべての教会、否、日本の全教会のようなものに向かっていた。遠くの鷲友病院方面からまたも救急車の音が聴こえる。ここは救急患者がよく出る地域でもあるようだ。

「昔、イエス様は医者だった。パリサイ人や祭司長たちが自分は健康だと言い張ったが、全ての人びとが病いの中にあった。イエス様から〝また来るがよい〟と言われた患者はいない。皆が、その日のうちに癒されなければならないたましいだった。わしが診療所を開設した時、大勢の病いの人びとが急いでやって来た。わしは眼科医だったが、訪れた人たちは全身の重い病いだった。

医者は病人を診て、この人がどのような状態なのかを一瞬で感じ取るものでしょう？　命を蝕んでいる原因を早く突き止め、緊急であることを患者に告げる。そうしないと、患者は知らないうちに回復不能になってしまう。まず何が緊急なのかを知ってもらって、その危機意識を共有したい。そして、どう行動すべきかを速やかに決めなければ。

君は、目に強い酸性溶液が入ったとしたらどうするかね。周りには何もない。近くに泥水はある。」

「強酸性溶液は失明100パーセントです。完全失明を防ぐためには、感染は承知の上でその泥水で洗いますね。酸で角膜が短時間で白濁して行くのを防ぐのが第一です。もしその水もなかったら、唾でも使うと思います。」

「酸性液の恐ろしさを知らない人は、お前は何をやっているか、と言うでしょう。しかし、医者は知っている、それがその場でやれる唯一の救急処置であることを。常識的なこと以外はしない、出来るものをする、無理はしない、長続き出来ないものは初めからしない、という線引きの考え方は、教会が安泰な時さえも許されない考え方です。教会消滅が目の前に見える今、新しい働きは新しい発想から始まることです。いつの間にか主客が代わってしまった発想を、原点にたち返らせるのです。やる気を出してその席から立ち上がるのです。その席は深い眠りの席。勇気を出して殻を破るのです。その殻はあなたたちにふさわしくありません。まず何かを始めるのです。なんでもいいのよ。ヨルダンも紅海も、まず足を踏み入れることから始まったでしょう。求めて、叩いて、探す時は今よ。神が与えるものは世の父たちが用意するような、誰もが分かっているつもりのものではない。信仰のない世の人たちさえこの聖句を口ずさみながらいそしむが、今のクリスチャンたちはいつの間にか、神を世の父たちのレベル以下に引き下げたではありませんか。求めても答えは空しいに決まっていると考えている。神との交わりの本当の楽しみがまだ分かっていない。

まだ若くて元気な信徒が教会に残っているうちに、まず年寄りたちが殻を破るのです。生きたいと心の中で叫ぶ女に投げようとした石を先に下ろさせたのも年寄りからでした。若い後進たちのために先に脱皮してあげるのです。でなければ、あなたたちの孫が通う教会を残せないのですから。あの子たちがいくら探しても街から教会が消えている、という状況が目の前にあるのを想像してみてご覧なさい。〝祈らなければ〟という言葉は正解だが、そんなに正解ではない。〝叫ばなければ〟がいいのです。祈りではなく叫ぶの。緊急だから。緊急なのに今までと同じ祈りでいいはずがない。叫ばない祈りは、自分のたましいにも聞こえないし、家族にも隣人にも神の他の創造物にも聞こえないのです。教会からなんの音も出ないのです。力の入れ方が違ってほしいのです。叫びましょう。全国の信徒たちがどこかに集まるのです。東京にも横浜にも大きな会場が出来たのはこのためのこと。今がその時です。静かな祈りは今まで世界を動かしてきました。しかし、いつもそうでは、熱くも冷たくもない祈りになる恐れがあります。叫ばない祈りは、あの時の弟子たちのように途中で眠くなるかも知れない。その祈りは命を取り戻してからでもいいのです。再起能力が乏しい、沈んでゆく船にいるクリスチャンにはふさわしくありません。緊急の時は貧しい人のように叫んで助けを呼ぶのだ。忍耐して叫ぶ祈りには命を生き返らせる生命力がある。主は、〝口を大きく開けよ、それを満たそう〟とおっしゃる。〝貧しい者の叫びをお忘れにならない〟とわしらを励まします。このまま沈むか飛び上がるかの今こそ決断を出すのですよ。蘇らせるためにイエスがそばにいるのに、マルタはいずれその日が来たら兄は蘇るでしょう、と言う。今までの通りにしていれば主が来て解決してくださるでしょうか。先にも言ったように、求めなさい、探しなさい、叩きなさいという命令はほかでもなくこの時代の日本の教会への切なる訴えではないでしょうか。そこから聖霊がお働きなさりたいのですよ。その時が近づいているのに我々は準備をしているでしょうか。ダニエルの開かれた祈り、ネヘミヤの覚悟の断食、エズラの果敢な行動、今がその時ではないでしょうか。」

先生はあくまでも真剣である。かつて、日本人に歌われた〝ヘボンさんも草津の湯も恋の病いは治せない〟の歌の中で笑っているヘボンさんではない。昔の生気を失って行く日本の教会にあくまでもまことなのだ。先生の視線はいつの間にか時夢に戻っていた。

「日本と韓国は地図上に本当に面白い位置にあるのではないか。兄弟は危機に遭った時のためにある、と書いてある。日本の教会を助けるために主が特別に準備して置いた器たちが韓国にいるかも知れない。アメリカはこれ以上日本に宣教師を送ることはしない。しかし、韓国の彼らは来たがっている。険しい歴史があったにもかかわらずですよ。彼らは made in Heaven だよ。日本をよく理解し、霊的救いだけに関心がある。彼らの中には霊的戦いに長けた器たちがいる。日本にもかつてはいたが、今は姿が見えなくなっている、世界が求める霊的勇士たちだ。彼らには民族も国境もない。獅子たちの口から羊を奪い返した時のダビデの顔をしていて、ニネベの街に悔い改めの警告を伝えたヨナの声をしている。彼らは世界のどこにでも行く。こころよく受け入れなさい。使命を終えたらどこかへ風のように帰って行くだろう。聖霊の人たちの特徴だ。彼らと共に崩れた城壁を速やかに再建するのです。この姿をよしと見ない者が現れるでしょう。外からも内からも、だ。内からの妨害者は誰なのか、日本のクリスチャンは、このことについて自らが正直になって考えなければならないと思うよ。ネヘミヤの時は、命を狙ってきたのが他でもなく内部からの妨害者だった。わしらは主の中でそれぞれの体の一部分だ、これがキリストの共同体でしょう？　キリストのなかでは日本も韓国もアメリカもない。170年前に来たわしらも、その一部分に過ぎない。兄弟の日本を助けに、アメリカから派遣された無名の宣教師は小さな群れにすぎない。そして、このことは特別に重要だから忘れないでほしいのだが、日本の教会が生き返ってからのことだ。今度は崩れかける韓国の教会を助けてほしい。霊的ニネベになっていて、助けは要らないと言うかも。しかし、幸いなことに、日本はすでにそのような先駆者を120年前に持っていたのだ。日本の兵士による王妃殺害で物騒だった世相にもかかわらず、早々と一人で朝鮮に行って朝鮮を最後まで愛した人だ。朝鮮の人たちも彼の愛に応えた。知っているでしょう？　今は水原(スウォン)教会の中庭で眠っている乗松雅休牧師だ。彼は神奈川県の公務員として生活に何の心配もなかったものだったが、教会の青年部集会に参加しているうちに召命を受けた。明治学院大学神学科で学んだ。今の状況からは日本の教会が韓国に助けに行くなんて、とんでもない話だと思うかも知れないが、彼は不可能を可能にした。これは出来るもの、これは出来ないものと、神には出来るのに人間自らが線を引く神学から離れないと。危機意識をもって、叫ぶように祈って、求めて探して叩いて、聖霊が耕す畑を見つけて、史上最後の恵の雨を待ちなさい。今、韓国の教会は苦しくなっている。キリスト教によって豊かになった国だが、かつての日本の大学の神学部が致命的なダメージを受けてよろめく身になったように、同じ者の仕業で今度は韓国の教会が拝金の罠にかかってあえいでいる。かつては、若々しい笑い声に溢れるクリスチャン・サークルが大学ごとにあった。彼らは世界宣教に燃えていた。多くの宣教師がそこから生まれた。今はなりを潜めている。今は4パーセントだけが自分はクリスチャンだと思っているらしい。誇り高かった韓国がクリスチャン貧困国に戻ろうとしている。大学に若々しい青年たちが集まって宣教の話で花を咲かせていた時の韓国が本物の韓国だ。アメリカには、自国内の問題を抱えながらも、もう一度韓国への宣教師派遣を考えなければならないかもと、心配する声もある。それより先に、早くこの時が来てほしいのだが、彼らを助けるために日本の教会が素晴らしく再生して行く姿があってほしいのだ。日本の教会が固い殻を破って聖霊の理想通りに再生できれば、その姿を参考にしない韓国の教会ではない。アジアの東に二つの国を並べておいてくださった神に御計画がきっとあると、わしはそう信じたい。ところが、教えてもらいたいのだが、今まで二つの国の信者たちはどのような交わりをして来たのかね。」

時夢は多くない知識をまとめるのに集中した。日本からの動きは敗戦の前の時代にあった。かなりの牧師たちが海を渡ったが、多くが植民地支配に便乗した心を持った人たちで、朝鮮の人々に感化を与えることは出来ない。植民地支配人の言動でどうやってキリストの愛を伝えることができよう。朝鮮に行っても自国の人々に伝道することしかできなかった。1945年以降は度々韓国から視察団が来て、韓国の宣教にゆかりのある教会を調べて行くが、韓国教会のリバイバルを背景に本格的に日本伝道を掲げてやってきたのは1980年頃からである。時夢は日本植民地時代の朝鮮で、人々の尊敬を受けることが出来た何人かのクリスチャンについて話した。

「その人物たちのなかスタートを切ったのが、先生ご存知の乗松雅休（のりまつまさやす）牧師（1863 - 1921）です。日本人によって王妃を残虐に殺害された国民の排日感情が最高潮に達していたにもかかわらず、彼が海を渡ったのはプリマス兄弟団の影響と聞いています。〃恥は我がもの、誉は主のもの〃をモットにする団員の一人らしく、先生は黙々とイエス様の愛を伝えたのです。朝鮮の人たちが彼を受け入れたのは、彼が徹底的に朝鮮国民の一人になったからです。彼のみすぼらしいわらふき家は他の人より小さく、子どもたちには日本語を教えず、貧しさを極め、栄養失調となった妻を亡くすほどの徹底的な現地化でした。」

先生は、クリスマスの日にキリストの周りを囲んでいる東の国からの賢人のように聴いていた。

「尹鶴子（ユンハクチャ）さんは日本人で、本名は田内千鶴子です。植民地だった朝鮮に家族で移住し、クリスチャンの日本人によってイエス様を受け入れます。当時、日本は土地調査事業の過程で多くの朝鮮の土地を整理し、生き場を失った家族が置き去りにした子どもたちが、孤児になって放置されていました。あの子たちを救うのは日本のクリスチャンしかないと思った彼女は、信者の孤児院運営者の尹致浩と結ばれます。ところが、その後の彼女の生涯は山あり谷ありの連続でした。夫まで行方不明になった後も、彼女は大変だった孤児院の運営にイエス様の愛を貫きます。自分の子どもも孤児たちと同じ部屋で育てる徹底ぶりでした。敗戦になっても帰国しませんでした。韓国の動乱も孤児たちと一緒に耐えました。彼女に育てられた子ども3000人、その孤児たちの母となって韓国を離れない彼女に、韓国政府は大韓民国文化勲章を贈るのです。彼女にもっとふさわしいのは、イエス様の愛を身をもって実践した僕（しもべ）に約束された御国の賞でしょう。」

ヘボン先生は大きく肯きながら聴いていた。

「植林産業を教えた浅川巧さん、農場経営と教育機関設立に熱心だった桝富安左衛門さん、あの時代で強制的な天皇崇拝の靖国神社参拝を反対した織田楢次牧師など、数少ないながらも朝鮮の人の立場で、朝鮮の人よりなお朝鮮の人になって命を削りながら現地人を愛したクリスチャンがいたのです。このような人たちの話が、最近になってやっと両国の間に知られるようになったのは遅くて残念に思うより、とにかくよかったという感じです。隠れているほかの話もまだまだあると思います。」

「韓国からはどうなっているの？　さきほどはハ・ヨンジョ牧師の話が出たね。」

「大きい教会なりに、またそうではない教会なりに、対外宣教の熱意があります。伝道資金がある教会は著名牧師を送って大聖会を開く方法をとっていますね。その聖会で感動を受けさせて、日本人の信仰を底上げさせようとする戦略です。そうでない教会もどちらかと言えば似ています。日本に関連教会もあって立派な建物を持つ教会もあれば小さな教会もあります。」

「大聖会は昔から信徒たちに一体感を与え、信仰を奮い立たせる役割をする。日本にある彼らの教会に期待したいね。ところで、日本人は来てくれるのか。」

「韓国の女性と結婚した日本人男性、今までの教会で息苦しさを感じている信徒たちが来てくれる傾向がありますね。韓国の友だちに誘われて来る人もいます。ほとんどは韓国から仕事に来ているもともとの信者たちではないでしょうか。」

「とにかく彼らは貴重な存在だね。以前の日本人牧師たちの、朝鮮に住む日本人伝道と似ているかもね。あの時は、君が教えてくれた何人かのクリスチャン以外の、植民地支配者目線の牧師の口ではとうていキリストの愛を朝鮮の人たちに語れなかったということはその通りだと思う。今の日本で、韓国の牧師やクリスチャンたちが日本人を韓国の教会に連れて来られない悩みがもしあるとしたら、その理由はなんだろうか?」

時夢はその時、答えの言葉を選ぶのに慎重にならざるを得なかった。答えは分かっている。日本人の目は鋭いのだ。あのザビエルが日本に向かう船の中で同行したアンジロウから聞く〝我が国の人々はその人の生活を詳しく見てからその人の言うことを聞くのです〟が今もそのままなのだ。聴衆の前で熱弁を吐いて、集まった人の数だけ数えて帰ってしまう人たちには分からないのである。残していく日本の中の宣教師たちと彼らの教会に通う信徒たちに、日本人に勝る日本人になって日本の社会にキリストによる感化を与えるようにと、口うるさく言い残してくれる師が少ないのである。

どこの国でもその国の影の所がある。乗松牧師らはその貧困と抑圧の影に入って朝鮮の人たちにキリストを伝えた。日本にもその影がある。長い間蓄積されてきた孤独と神への無知だ。神への無知は人間から隠れている神性を奪い、人間を〝幸せな奴隷〟にする。キリストの光を持って、その影に命かけで入り込むことはまだ出来ないとしても、求めて来ている人たちが教会で見るのが、強過ぎる自己主張、根拠のない信仰の優越感、隣人への無配慮とやかましさであってはならない。〝御言葉を言ったのだから聞け、それが信仰だ〟とか、〝信じれば何事でも出来る〟と言いながら、自分たちは辛子の種にならない振る舞いに、日本人たちは首をかしげる。日本の人が見て、〝言葉、振る舞い、愛、信仰、純潔の点で模範〟となる訓練が十分できているのか。宣教の使命を持っていると自らが言う韓国の教会が乗り越えるハードルはとてつもなく高くみえる。時夢はやっとのこと、一つの言葉を選んだ。

「生き方の問題でしょうかね……。」

先生はしばらく何も言わなかった。さすがヘボン先生である。その沈黙のなかで多くの思いが交錯しているはずである。人々は今自分が何をしているのかが分からない時がしばしばあるのである。しかし、それでも宣教は進む。結局、宣教は人間が知り尽くせない神の摂理に依託するしかないのが面白いのである。先生が口を開いた。

「君が心配するかも知れないが、実は、わしが前々から考えていたことが二つあったのだ。」

「私が心配するほどのものって、なんでしょう?」

「一つは、日本には侍という人たちがいるよね。わしの塾に集まった者たちを観察してみたが、実に面白いところがある。わしが横浜にいた時に覚えた、ある侍の歌があるから聴いてみて頂戴。」

歌詞は所々忘れて、思い出さなければつながらないところもあったが、先生はそれでも良く覚えていた。メロディーは自作だった。

「武士は死を恐れない。
心得ているのは、精一杯つくすこと。
暴風雨よ、来い。いつでもいい。
慌てず、心を乱さず、武士はわが道を行く。
我が心よ、お前は主人のものだ。変わりはしない。

勇気とは何かと聞いてくれ。
状況に構わず、固く心を決め、どんな壁をも乗り越えるものだと答えよう。
俺が刀を抜きそれを振るったところで
誰も俺に友となろうとは言わぬ。
しかし、刀を抜かなければ周りは俺を弱虫と言う。
勝っておごらず負けて腐らず、ただこれのみだ。
武士は毎日死を覚悟する。朝霧の静寂の中で、だ。
何が来るか分からない。
草鞋を履き我が家を出る瞬間から武士には死界だ。
その運命を静かに準備するのが武士である。」

血の匂いと共に体のどこかで鳥肌が立つのを時夢は覚えた。一つの情景が浮かんで来た。どこか青色を残す夕暮れの空の下、森は黒色を帯び始める。人々は一日の働きを終えこれから夕飯を囲もうとするのに、森の一角から男の鋭い悲鳴が起こる。侍だ。しばらくしてある家から家族たちの呻き声が聴こえる。夜が更けていくなか、どこかの館から男たちの酒に興ずる声も聴こえてくる。
「よく覚えていますね、歳月がかなり経ったのに。」

と、時夢が重い語調を開くと、

「ところが、君。わしが面白いと思うのは彼らの精神だよ。余裕、最高の善なる存在への認識、赦しと愛から始まる新しい関係、自由な創造性などには乏しい感はある。しかし、彼らの身に沁み込んでいる真っ直ぐさは認めてあげてもいいのでは、と思った。彼らの言う主人をキリスト・イエスに置き換え、キリストが誰なのかを知り、その方の愛と赦しが人間をどれほど幸せにしてくれるのかを知れば、侍精神を誇りにする日本の教会は、世界のキリスト教界に何かヒントを与える位置に立つかも知れない。あの乗松君のようにね。君はどう思うかね。」

時夢が直ぐには答えられないのは当然である。確かに侍精神は武士道からのもので、武士たちの生活規範だ。清く、主君に忠誠で、生死を超える死生観だ。この精神によって日本は強くなり、しなやかに外勢から国を守った。しかし、この精神は日本生まれなのである。日本の風土、日本固有宗教の神道、立ち直りやすい国民性、卑しさを恥じる国民情緒と強く結びつく日本の誉れなのである。一国がその誉れによって強くなると、陸続きの隣国に勢力を伸ばすことは世界の歴史の常である。土地は痩せていて、真っ直ぐな木一本も育っていなかった朝鮮はあいにくその隣にあったのである。キリストの精神は赦しあいであり、侍の精神は卑しさを恥じるものである。キリストの精神は命を大切に生きることであり、侍の精神は生死を超越するという美意識である。主君に忠誠、どんな壁をも乗り越える勇気、勝っておごらず負けて腐らない精神、死の運命を静かに迎え入れる姿勢……。それを引き継いだ心理状態のなか、今は70万近い往年の産業戦士たちが引きこもりになり、国民の幸福度は全世界の国々の下位に甘んじているという統計もある。赦しは美しいものである。人は神の似姿であり、赦した後は王の友情が生まれる。日本への韓国の教会の宣教は、愛と赦しの情から来ている。情はあふれるがわきまえの足りない韓国人、清く真っ直ぐだが赦しあいの乏しい硬直した日本人、どちらがキリストの教会にふさわしいかは、〃ご計画に従って召された神を愛する者に万事を共に働かせて益にしてくださる〃父なる神が判断なさることであろう。

時夢は息切れを感じた。長い道のりである。まず韓国の教会の純粋な器たちが日本の教会に活力を与え、力を取り戻した日本の教会があって、その中から以前の乗松雅休牧師のような器が今度は韓国の教会に新鮮な風を吹き込む、ということである。古屋安雄牧師が掲げた、日本人による日本の一千万救霊の旗印があるのはあった。その旗を古い物置から探し出して、ほこりをはたいて、なお鮮明な旗に作り直す作業。それを韓国の教会が？　どのように？　韓国式で？　韓国は今混迷の政治のなかだ。心ある人たちの憂いのなか、国は反日感情の雲に覆われている。その反日感情を感じないほど日本は鈍感ではない。うっすらとそれに対抗している。韓国は正しい道に導かれていない、教会の指導者たちは社会の腐敗と堕落に対して警告し続けるべき使命を怠っている、このままでは韓国の社会はどこへ行ってしまうのか分からない混迷の憂鬱の中にいる、との嘆きも聴こえている。その社会の教会を母教会として日本に来る教会に、自分の教会成長目標到達以外に日本の教会の再生に真に取り組む余裕はあるのだろうか。お金は日本人が出し宣教は韓国人がすると、かつてこのような宣教観を持っていた宣教師もいたと聞く。多くの在日韓国人教会の名前を挙げて、あなたたちは本当に日本のたましいを救う気があるのか、と問題を提起するインターネットの記事を書く日本の目がある。献金の問題だ。この問題を、身をもって日本人に説明できる韓国の牧師はどれくらいあるだろうか。〃十分の一〃の献金への神の祝福は聖書に約束されている恵みだが、時宜にかなって語られる時にのみ、銀細工の皿の上に置かれる金のりんごになる。

益々深まる日韓の感情対立の挟間である。この時、イエス様の中で、兄弟である二つの国の教会は、この世紀末の世態において、御心がこの地上でもなさせるように、どのように協力しあえるだろうか。

再び、時夢は一つの映像を見る。汚された教会の群像が視野をゆっくりと横切って行く。信徒数と敷地面積を書いて、まるで不動産のように売り出しに出た教会がずらりと載っている新聞の広告のページが後に続く。そんなに大きい教会でもないのに牧師たちの超高級乗用車が教会から滑るように出て行く。牧師のカバンを持ってへつらいながら後について行く長老たちも見える。牧師の息子たちが、聖なる教会で、鋭気を失った預言者エリの二人の息子ホフニとピネアスが聖徒たちのささげものを疎かにするのを真似する姿も見える。サタンがお金とセックスと似非の教理で教会を欺くのに、それに対して異様に寛大な人たちの顔が見える。これに負けてはいけないと、日本での活躍が期待されていた奇跡の教会たちが、滅びのマークで飾り付けたサタンからの同じ帽子をかぶって母国の教会の後ろをついて行く姿が見えた。そして、それでは終わらなかった。彼らのせいで真のキリストを知る機会を永遠に失った人々が、唾を吐きながら彼らが通う教会の前を通って行く姿が幻像の中で続くのだ。彼らの数は何百万にも何千万にも見えた。その無数の足跡を追うように、なぜか険しくなった韓国の社会が沈んで行く。

映像は続く。その中でも主に忠誠を尽くす数少ない僕たちの姿が近づいて来た。彼らの頭の上には主から頂いたいばらの冠があった。冠からはすがすがしい香りがして来たが、彼らの顔の表情からは、前の類の者たちからのしゃあしゃあとした洗練さはなかった。衣からは、あの高級乗用車の中で漂う香水の匂いもなかった。むしろその反対の匂いだった。タイ国の僻地から、森の匂いが染み込んでいる多くの山の人たちを、腕を組んで丁重に主に案内して来たからである。アフリカの子どもたちを抱いてイエス様のもとに連れて来たからである。彼らの皮膚には毒虫に刺された跡があった。台湾の原住民の、地上の住処とは考えられない村から到着したばかりの僕もいた。イスラムの国インドネシアからの宣教師家族は、愛していた人々のサロンやケバヤをそのまま着ていた。

クリスチャン迫害の国、中国からの僕もいて、追われるたびにすり減った靴をそのまま履いていた。パプアニューギニアからの宣教師は、発見の遅れた腹部大動脈の手術が芳しくなく、鼻に酸素呼吸器をつけたまま車椅子に乗っていた。南アフリカ共和国からの宣教師の夫人は、夜になると始まる原住民からの恐怖のせいで、手の震えが生じていた。ケニアからの宣教師夫人は乱暴な侵入者のため顔全体が青く腫れていた。彼らの後ろには、彼らによって生まれ変わった高尚で美しい天の市民たちが立っていた。そして、彼らの姿も遠くへと消えて行く。

「もう一つは何ですか、先生?」

「隠れキリスタンも興味あるところだ。彼らのことは聞いていた。世界で例を見ない250年間の長き迫害を、信仰を捨てないで生き延びるために彼らは悩んだ。踏み絵の前の彼らの心境は頭の神経細胞が溶ける程だったでしょう。彼らは、宣教師たちが残してくれたキリスト教の一部の伝承だけであのように強く歳月を生き延びようとしたのだよね。生きるためには、キリストを巧みに隠すのに必死にならずにはいられなかった。彼らの目の前には刀の切っ先が光っている。そのなか、仏教の影に隠れたり神道の顔になったりと、その努力は涙ぐましいね。結局は特殊な姿へと変容してしまって、自由になった後もキリスト教のなかへ復帰できなくなったと聞く。イエス様当時のサマリア人を思い出すね。イスラエルの北王国が帝国アッシリアに滅ぼされた後、住民は異邦の地に大挙移され、都のサマリアには色々な宗教を持つ異邦人たちが移り住んで混血民族サマリア人になっていた。住民は神と異邦人の偶像を同時に礼拝したよね。心には捨てられない神がいる、同時に偶像の魅力も匂って来る。イエス様は、彼らが心の中に神を残しているその姿を大事になさった。残してくださった言葉、〝あなたたちはエルサレム、ユダヤ、サマリア、そして全世界まで福音を述べ伝えなさい〟のなか、サマリアを全世界の前に置かれていらっしゃる。日本が隠れキリスタンを遺産に持つことはこれから大きな意味を持つかも知れないね。彼らは一度決めたら続ける。ひたすら続ける。君はどう思うかね。先ほどから黙って聴いているだけじゃないか？」

時夢は、日本人の持続性が宣教に役立つかも知れないという先生の意見には同意する。だから世界は、人類の歩みの中で保存しなければならない価値ある珍しい事柄として、隠れキリスタンとその周辺の環境を消滅させたくない地球の遺産にしたのだ。日本人は日本に世界遺産が一つ増えたことを喜んだ。隠れキリシタンたちが隠れて住まなければならなかった島々が連日美しく放映され、日本の文化の深さに満足した。

しかし、彼らが生き延びるために大好きなマリア像を仏像の中に隠し、キリストの十字架を岩の苔の上から探しながら、毎日が命の脅威との戦いだったことはあえて表に出さない。西洋の、日本支配の野欲を知らずに信じてしまった人たちが、命の脅威にさらされたために本来の姿を失い、変形し、周りのものに溶け込んで偏屈に笑っているしかなくなったと、教えられている。

「先生、1920年代に活躍した芥川龍之介という作家がいます。日本人が愛する作家です。〝ただぼんやりした不安〟を理由に自殺した鬼才ですけれどもね。彼の小説〝神々の微笑〟に次のような場面があります。あの酷い禁教令が発せられる前の時代を背景にしています。ある日、オルガンティノ神父が南蛮寺、初期のカトリック聖堂をそのように呼んでいましたけれど、の庭を散策していました。使命を果たすためには、この国の山川に潜んでいる、人間の目には見えない霊と戦わないといけない問題について考えていました。その時、ある老人が現れるのです。彼は神父に言い聞かせます。〝薔薇の花を渡る風の中にも、寺の壁に残る夕明かりにも、畑を潤わす小川にも神々がいて、日本人はその神たちが好きだよ。世界のあらゆる文化、思想、文字、宗教までもそれらが日本に来ると日本の形に作り変えられて日本のものになる。キリスト教もそうなるのですよ、神父様。キリストも日本に入ったら形を変えられて日本の神々の一つになるのです。日本の天照大神の前で、ゲラゲラと笑う神々の一人になるのです〟と。そして、神父が知っておくべきことでも言ってあげたように自信たっぷりの顔で笑いながら消えて行くのです。この短編小説を書いたのは彼の歳32の頃。悪魔が教えてあげたとしか考えられない鳥肌が立つほどの恐ろしい洞察力です。隠れキリスタンの形は迫害を生き延びはしたものの、形が作り変えられました。今の日本のキリスト教も、形を変えて違った隠れキリスタンにされるか、日本をキリストを愛する国にするパン種の役割に目を覚ますか、の岐路で揺れているのです。日本を宣教の墓場と表現する人も多いですよ。」

先生は静かに聴いていた。そして、雷という別名をもつキリストの弟子ヨハネを見つめるように時夢の目を見る。ヨハネはその名の威力を、イエス様がサマリアを通る時に遺憾なく発揮した。以前、エルサレムへ向かおうとサマリアを通る時に彼らはイエス様の一行を妨げたからである。ヨハネが発した言葉は、〝天から火を送らせて彼らを滅ぼしましょう〟という激しい提案だった。

「昔のニネベに似ているかも知れないね。アッシリアは世界を征服してはその地域の優秀な民を自国に移住させた。多民族、多宗教、これがあの帝国の都ニネベ城だった。あの都は美しく豊かで堅固だった。皆がその城の住民であることを誇っていた。その時あそこに派遣されたのは誰だっけ?」

「ヨナですね。行くのが嫌だったんです。」

「なぜ?」

「自国のユダヤは苦しんでいるのに、敵国のニネベはますます栄えるからです。また、いくら悔い改めなさいと言ってもびくともしないと思ったでしょう。またありますね。神が赦し、神に愛されるニネベを見たくなかったのです。」

「その後は?」

「ニネベ行きからタルシシュ行きに変えてヨナが乗っていた船に大波が襲いかかります。ヨナのせいで海が荒れ狂うことを知った船員たちは、ヨナを海の真ん中に下ろしますね。待っていた鯨はヨナを飲み込み、ヨナはその口の中で不可能が可能に変わる奇跡の気配を経験します。神に捨てられたと思いました。波頭は喉にまで迫り、頭に絡みついた水草の塊に残っていた空気で絶え絶えに呼吸しながら神の御心への全き従順を誓います。魚は海の底まで沈んで行くらしく目の前は真っ暗。完全な静けさと虚脱状態です。波の音も聴こえません。3日後、鯨は新しく生まれ変わった生命体ヨナを外に吐き出します。〝悔い改めなさい〟というあの単純な言葉が帝国アッシリアの都で言えるように変わりました。不思議にその言葉一つでニネベは変わりますね。その悔い改めぶりはヨナの国ユダヤよりも真摯でした。」

「ヨナを送った理由を神は言うよね。そこには右も左もわきまえない12万人の人間とおびただしい家畜がいるのだから、と。たといニネベでも、たとい日本でも、神が憐れむ人間と創造物はいて、真の父なる神に帰るべく時に、ヨナのような器を送ってくださる。」

時夢はヘボン先生がそのヨナたちの一人であることはもちろん、また自分もヨナのような人たちの端くれであることを願った。ただ、ヘボン先生はもっと可能性を探る人、自分は日本に長く住むほど芥川のあの悪魔的な洞察力にどう戦うかが分からなくなって悲しんでいる者である。

「あの喫茶店でわしと話す時の君が使っていた紙が気になっていたが、なんの紙？　教会の週報かね。もしこの辺の教会の週報なら見せてくれないか。」

いきなりの先生の注文には驚いたが、幸いにも春休みに遊びに来た孫を連れて子ども礼拝に参加した時の教会の週報をポケットに持っていた。詩や随筆のアイデアが浮かんだ時のメモ用紙として使うつもりだったが、今日の対話中にテーブルの上に出していた。先生は近くのガス灯の下に週報を持って行った。葡萄園を貸した王が小作人たちから上がって来た成果表を調べるようにじっくりと読み下していく。途中で先生はいきなり大きな声をあげた。塾帰りの女の子二人がびっくりした顔でこちらを見ていることはものともせず、

「これだ。丁度あったよ。」

と嬉しそうに、震える指で一か所を指さす。そこには〝今日の礼拝後、昼食をともにしながら、これからの教会の姿という題で話し合いの時間が持たれます。出来るだけ多くの方の参加を期待します〟と書いてあった。続いて聴こえる先生の叫びのような声が横浜の天空にこだました。

「これだ。これだよ。わしが欲しいのは。ここから始まる。このため、聖霊が送られた。その方に聞きながら、これから多くを話し合えばいいのだ。楽しい時間になりますよ。」

投獄と苦難が待っている次の旅先エルサレムだけを残して、ミレトスに着いたパウロは人をやって、3年間、一人一人に涙を流して育てたエフェソ教会の長老たちを呼び寄せた。これから風波が必ず来る。彼らは目を覚ましていなければならない。彼らを神とその恵みの御言葉にしっかりと委ねて、別れを告げたかったのである。苦難の目的地、エルサレムへの船出の決意を崩さない、二度と見ることが出来ないであろうパウロを、彼らはその晩、悲痛な心境で船着き場まで見送る。

ヘボン先生の顔にその時のパウロの悲壮感があった。二つの国の教会が今からすることに時間がないとおっしゃる。韓国の教会の器たちには、日本の教会の蝋燭の焔を強めるのに情熱がまだある。しかし、その後に予想される韓国教会の沈没は意外に早く、世の味を知った神の子たち、かつての小さな国の霊の巨人の回復は遠くなる。日本の教会は、沈んでいくかつての霊的巨人に助け舟を出せるだろうか。出さなければならないその助け舟とは、予想を遥かに超えてよく立ち直った、生き生きとした日本の教会の姿である。

日本で初めてのバプテスマ（洗礼）、初めての日本人牧師誕生、その後多くの教会指導者を世に送り出したバラ牧師は、日本上陸直前の荒波で今でも沈みそうな船の中でこう祈った。

〝主よ、私は今死んでもいいのです。悲しくありません。ただ、私を派遣して喜んだわが教会の伝道チームを覚えてください。中国へ行く宣教師たちもこの波に呑まれまれました。私のこの小船も今にも飲み込まれようとしています。わが教会の伝道チームの祈りを思い起こしてください。彼らは小さなものにもかかわらず、その微力を尽くしてこの僕をこの小船に乗せました。日本の国土が目の前に見える所まで来ました。しかし、今にも沈もうとしています。主よ、皆のあの熱心な祈りをお覚えください。その祈りが水の泡となっても良いのですか。主よ、この船をつつがなく無事に港へ着岸させてください。命を惜しまず力を尽くして日本へのあなたからの使命を全うしますから〟。

その1年前、海外宣教を夢見ていたロシア正教会のニコライも、祈りの中で日本行きを決心する。彼は、これからの宣教地日本を思いながら、〝日本人は驚嘆すべき程しなやかな気質を備えている。この国を知ることの深まるにつれ、私は、福音の言葉がこの国に高らかに響き渡り、この帝国の津々浦々にまで速やかに行き渡る日の、極めて間近にあることを増々強く確信するようになった〟と書き残す。

一方、それから25年後の1885年、当初はインド宣教に夢を膨らませていたアンダウッドは、誰も行きたがらない朝鮮に帆先を向ける。彼がそこで見たのは痩せきった地、のびのびと育った木の一本もない地だった。因習と無知に埋もれていてもその事実すら知らず、容貌の違う自分たちを海を渡って来た鬼とからかうなか、彼の仲間たちは朝鮮を、神の恩寵の国、将来、神の福音を全世界へ述べ伝える祝福の国、と確信する。

その後、荒廃したエルサレムの城壁を分担して修築したように、アジアの東の果ての二つの国、日本と韓国の両国の宣教師たちは、それぞれの任務に着手した。先に日本に来た宣教師たちは後に韓国へ行く後進たちを一生懸命に助けた。彼らが礎を敷いた教育機関は次々と人材を輩出した。彼らが紹介した医学は病いに対する認識を変え、治療所の雰囲気を一新した。また、自由への新鮮な意識、人間としての尊い権利への主張、命の大切さ、愛の貴さ、新しい形の希望を国民に提示した。彼らは決して楽な道を歩んだわけではなかったが、彼らが蒔いた種が芽生え、育ち、実っていくのを見て安心した。日本はしなやかな国だったが、一方の韓国はまさに彼らが見たとおりだった。痩せ細った土地以外に何もないと見えた国は、命と希望の御言葉を聞くと怒りから始める国民だった。今は「漢江の奇跡」と言われる経済発展のモデルを世界に示し、クリスチャンの割合が国民の30パーセントに近い国に姿を変えた。日本はザビエルやニコライの目でも、高度な秩序社会、注意深くしなやかな国民だった。そこから、かつて日本に文物を伝えた国々に追いつけ、今は世界をリードする誇り高い国に成長した。しかし、この二つの国の教会は、港の前の沖で、再び沈みそうなのである。一つの国の教会は金満の驕りと堕落の嵐で、もう一つの国の教会は神の豊かさが古いしめ縄で縛られた乏しさの波で。

ある日、エレミヤの預言書を読んでいたダニエルは驚愕する。イスラエルの暗黒の時代がもうすぐ終わるのだ。神が定めたバビロニアの70年の捕囚期間が終わりに差し掛かっているのだ。なのに、イスラエルは眠っている。その日のために、備えて祈るべきなのに、周りにそのような者が見当たらない。ミカエル天使が先駆けて戦っているのに、城の再建を担うべき働き者たちは異邦人のくびきに慣れている。ダニエルの祈りが始まった。まだ厳しい敵陣の中だった。祈りの的は明白に絞られた。彼の地位、既存の権利と利益は失われるかも知れない。エルサレムの方へ窓を開けて祈る彼の祈りと、支配国バビロニアのおきてがぶつかって命が危ぶむかも知れない。世界最強の国の三番目の地位と富が提案されるが、誘惑に値しなかった。彼が祈りに集中したのは神の国の回復だった。祈りの中で見たものがあった。世の国々の栄華のはかなさだった。人間が自分の知恵だけでつくりあげたすべてのものが、イエスの真理の前で散々と消え去ることだった。日本の教会の消えかかる焔のような状況、韓国の教会の崩れ落ちる轟音を聴きながら、ダニエルのように時間を決め、嘲弄の口をぴくぴくさせる人々の環視のなかで、今日も祈る者はだれか。

どこからか、小さなつむじ風が二人の足元にやって来て、眠り込むように小さくなって行った。別れの時が来ているようだった。別れを前にする時の時間の流れは慌ただしい。火の戦車と火の馬がエリヤとエリシャの間に入ったように、別れを促すために二人の間に入る天使の手に、先生は自分を委ねていた。時夢は力強く使命を全うした先生の霊的能力を受け継ぎたかった。二倍の力だ。時夢は別れの祈りを提案した。二人は手を取り合った。手が温かいと言われる時夢だが、先生の手はなお熱かった。時夢が先に祈り始めた。

「お父様、今、私のエリヤが私を離れようとしています。お父様が送ってくださったヘボン先生です。先生に与えてくださった誠実さ、能力、日本を愛する心を私にも与えてください。先生の奥様のクララに与えてくださった知恵を私の妻、恵にも与えてください。今日は主の忠実な僕を通して、迷っていた私が励ましを頂きました。私の日頃の願いは、この日本の中で強くある自分の姿でした。バビロンでのダニエルのように大胆で凛々しい姿です。しかし、いつの間にか、カナンの地を調べて来た12人のなかの勇気あるガレフとヨシュアから、卑怯な多数の10人になって行く自分を見るのです。疑い、不安、孤独、諦め、時には僕の使命を主に返してしまうことまで考える時も往々にありました。最も善い道を選んで、恵みを与え、育て、守って、聖霊の力を伴わせて日本救霊の兵士としてお招きいただいたのに、私はその導きの御手を感じるのがこんなに鈍いのです。今日はヘボン先輩になって主が来てくださったでしょう？ そのような気がします。お父様、この私をもう一度造り直して頂きたいのです、山風のように強く、地震のように大きく、火のように生き生きとした僕に。しかし、お父様、もしお父様にほかの御心があって、むしろその反対の姿を与えたいならば、私の望みではなくお父様の御心通りになさってください。辛いけれど、甘んじて受け止めます。私は主の前の土くれ、主の御手の中にある主のものです。ただし、主の小さい御声を聴いたらすぐ立ち上がれる強靭さも備えてください。

主よ、この国に流された多くの殉教の血を覚えてください。彼らの叫びを思い出してください。今も聴こえるあの兄弟姉妹の叫び声と願いは、キリストの愛がこの日本を隅々まで覆うことです。お父様の望みのはずです。この日本は美しい国です。その中に住む人々も良い人たちです。皆、あなたの子どもたちです。お父様、彼らの目を開かせてください。皆が救いに向けて真剣なまなざしになりますように聖霊を送ってください。僕たちによって御言葉の種が蒔かれている人々に、イエス様の愛の声が聴こえる信仰を芽生えさせてください。長年閉じ込められていた古い殻を脱ぎ捨てる勇気ある数人が立ち上がって、聖霊に満たされ、証人となって、その信仰の秘密を皆が頂いて教会がリバイバルされ、教会が悔い改めて、主の御名の中で一つになる奇跡が速やかに起きますように。主の僕たちは増々聖霊の器になって行き、教会同士の壁が崩れ、この横浜の教会が、日本の教会が活性化して行きますように。昔、迫害を逃れ岩の陰に隠れて、岩肌の苔からイエス様の十字架の形を探していたあのキリシタンたちの願いにもわが父は答えてくださいます。主よ、御国の民になろうと決心した人さえ変えてしまう何者かがこの地にはいます。旗本の役割を担う教会も狙われます。固く守られた教理、まっすぐに来たつもりの礼拝、豊かな騒ぎより乏しくて無味乾燥な姿を選んだ交わりにも、キリストに変装したあの者の仕業は忍び込みます。父よ、日本に建つすべての教会を守ってください。指導者を守ってください。特に沈みかける教会の指導者を守ってください。聖霊が自由に働く教会の本来の姿を取り戻して、あらゆる悪の試みが無駄になりますように守ってください。

天のお父様、この地には心を開いて主の御言葉を待っている魂が多くあります。今こそが、時が良くても悪くても御言葉を述べ伝えるその時であることを、既存のクリスチャンたちにもっとはっきりと分からせてください。お父様、ヘボン先輩を送ってくれたアメリカを祝福し守ってください。その国には龍の姿をした悪魔の攻撃から特別に守られた信徒たちの群れがあるのです。アメリカが主の再臨までその使命に耐えて余りありますように。」

取り合った先生の手から心臓の脈拍が伝わって来た。その脈はほとんどが時夢のそれと一致していたが、時には時夢の脈が先を、時には先生の脈が先を行っていた。先生の祈りが続いた。

「主よ。主は久しぶりに帰って来た横浜で主の愛する兄弟に会わせてくださいました。主がこの兄弟を特別に注目し、彼の祈りを聞き、今まで支えてくださったことを知っています。この僕は、キリストの本当の価値、本物の姿を彼がいる金沢の20万の人々に、さらには400万の横浜の人々に紹介しようとしています。そのための彼の祈りを主は聴いておられます。主よ、彼に大きな岩のようで、薫風のような、勇気と温かさを備えた伝道者の姿を与えてください。そして彼が住む地域の人々が彼の口からの御言葉を通して、賛美を通して、香りを通して、キリストの恵み、豊かさ、生きる力を知り、キリストの慰めに至ることが出来ますように。この世においてたやすい伝道者の道はないことを知っています。なにことがあっても驚かずに立ち直り、曲げず、純粋さを守りつつ、主の目に貴い生涯が全うできますように守ってください。祖母と母親に宿っていた偽りのない信仰がこの兄弟にも宿っています。願わくは、同じ信仰が彼の三人の子どもたちにも、また彼らの子どもたちにも受け継がれ、この日本の社会を照らす灯であり続けますように、この家族を祝福してください。彼の生まれ育った国、コリアを守ってください。死を覚悟して海を渡った宣教師たちの祈りによって主の恩寵を受け、今は主の豊かな恵みを世界に伝える国になったと聞きました。主よ、切に願います、コリアの教会を守ってください。もしその教会が万民の祈りの家から変節しようとしたら、愛する息子を戒める父のように、コリアの教会を戒めてください。それによって彼らに与えられた栄光の冠を失うことがありませんように。主は侮れるような方ではありません。主と同じ姿に立ち返ることだけが主の恩寵に預かる道であることを忘れないように、コリアの兄弟姉妹たちを守ってください。日本は福音を伝える足が必要です。その足に加わるためコリアから来ている選別された真実な僕たちを顧みてください。彼らは、大学の神学部を打ちこわし、クリスチャンたちの信仰をも作り変えるこの地の霊と戦わないといけない勇士たちです。その霊の下で、裕福に満ちて何一つ足りないものはないと言っているこの土地です。しかし、御言葉に対してのこの土地は福音が根を下ろしづらい砂地で、主の栄光に対しては貧しくて哀れな自分に気が付かない民がいるのです。この地の教会も、主が最も憂える冷たくも熱くもない教会になって行くのが心配です。コリアからの宣教師たちに、この霊との戦いに勝って余りある力を与えてください。彼らは策略に富んだサタンと向かい合っているのです。アダムの前から考案し、今までの経験を蓄積し、真理を歪曲するのに効果的と検証を終えた、人類の数ほどの策略でサタンは身を固めているのです。彼らを蛇のようにさとく鳩のようにすなおな器に造りなおし、日本人に勝る正直さ、謙遜さ、忍耐強さを身につけさせてください。

主よ、日本に新しいリバイバルを引き起こしてください。主は今までこの地から上がる多くの祈りを聞いておられます。主よ、起き上がってください。主の栄光が雷鳴をとどろかせ、主の御声がレバノンの杉を砕いたように、主の愛するこの日本を主に帰らせてください。主が抱いた夢は空しくは帰って来ないことを私たちは知っています。日本に於いての主の夢を、170年前、私たちも一緒にみました。主よ、起き上がってください。主が備えた7000人の、私たちが知らない主の勇士たちはどこにいるのでしょう。その7000人は誰ですか。私たちの力では砂の山を造るだけです。主の御業だけが残ります。

主よ、doctor Yaginumaと手を合わせて祈ります。主の再臨に備えて、世界の至る所で働いている主の僕たちを守ってください。世の力は強く、主の僕たちが頼るのは主の御業だけです。主よ、彼らを守ってください、守ってください。主よ、今日出会った弟を横浜に置いて私は戻りますが、静かに種を蒔く姿そのままで、主の目にどれほど貴いのかを分からせてください。彼の魂を日々新しく洗練し、後もなお強く支えてくださいますように。」

アーメン、と唱える二人に聖霊の親しみが電流のように流れた。そして、ヘボン先生の手から伝わっていた脈動が次第に遠ざかって行く。時夢が20歳頃の12月、ソウルにいきなり寒波が襲ってきた。彼の自炊の部屋は寒い。学校からの帰りに時夢は近所の金物屋に立ち寄った。練炭のストーブを見るためである。おそらく買うのにはお金が足りない。午後三時頃だった。ところが、そこに父がいたのである。昨夜から寒くなったのでバスと汽車を乗り継いで4時間もかけて上京したのである。店の主人に、息子の自炊部屋にストーブ設置を急いでくれるよう頼んだ父は、すぐそこの息子の部屋にも立ちよらずにソウル駅へ急いだ。暗い夜の果樹園で一人待っている母の所に間に合うには急いで夜行列車に乗らなければならない。別れ際に、父は時夢の手をすごい力でしばらく握ってくれ

た。父の脈が伝わってきた。見送る時夢を父は振り向いて早く部屋に帰りなさいと合図した。2回だった。そして、父の姿が行き来する人たちの中へ消えた。その後、時夢の父が息子の部屋を見たのは翌々年の春、森からの鶯の声もほとんど聞こえなくなって、公園で遊ぶ子どもたちの声がそれに代わる季節だった。

ヘボン先生は手を離さないでいる時夢に、ホテルはすぐそこだからそのまま座っていなさいと言って立ち上がった。後ろも振り向かず歩いて行く先生を、時夢はずっと立ってその姿が小さくなるまで見送った。振り向いてくださったら手を振ろうと待っていたが、その機会はなかった。

彼の上着の素朴な感触、身動きするたびに伝わって来た羊飼いに似た彼の匂い、一度だけ峻烈だった表情、励ましの眼差しと笑み、時々現れていた悩ましい顔が向こうへ消えて行く。悩んだ顔をする時はすごく老けて見え、時には姿がほとんど消えかかり、新しいビジョンを語ると生き生きと蘇って来る不思議な姿が、向こうへ消えて行く。先生の後ろ姿を追う時夢の視線を何人かの歩行者たちが遮った。そして、先生の姿が彼の視野から消えた。

あとがき

その日以降も、時夢は何回も桜木町駅から関内方面へ向かう途中のあの橋を渡っている。しかし、以前と違うのは、橋の上に立って流れる川の水を眺めながら、なんとなく、周りに年齢が推測できない老人はいないかをうかがうようになったことだ。診療中でも同じである。しっかりとした背筋で診療室に入って来る新患の老人がいたり、対話中と似たような香水の匂いがどこかからかして来る時は、もしかしたらと、もう一度確認の目が行く。二階のチャペルの前を通る時も、先生が来て祈っているのではないかと、静かになかを覗いて見るようになった。アルバイトにいきなり来られたらと、少し大きめの白衣を用意しておかなければならないが、体の大きい息子の予備の白衣で間に合うかなと思っている。また、その後に分かったことだが、ヘボン先生の自宅の跡地はやはりあった。市が横浜地方合同庁舎を建てて大切に使っていた。一角に先生の業績をたたえた石碑が立っている。翌日、ホテルのフロントの人に、その場所を先生は聞いただろう。やはり同じ地図を見せたはずだ。彼らはもう少し親切に調べて、近くにあることを教え、先生は懐かしい自宅に向かわれたかも知れないが、時夢はそうとは思わない。先生が会いたかったのは〝悩む人〟である。

そのレストランにはその後、家内を連れて行ってみた。ここに先生が座っていて俺はここだったと熱心に話すが、家内は微笑んで聴いているしかないようだった。ここに先生が座っていて俺はここだったと熱心に話すが、家内は微笑んで聴いているしかないようだった。〝LIVING LIFE〟を持つ、似たような家族がまたそこにいた。そのレストランは、その教会の信徒たちがよく利用する所らしい。長く本を読んでいた人が座っていた席は、フェリス女学院の生徒5人がおしゃべりを楽しんでいた。難病の二度目の手術の後に経験する、憂鬱と言うか痛みと言うか、その日以降、時夢にそのような気分がしばらく続いた。日本の教会の今の状況はなんの変わりもない。変わりそうもない。先生との鮮烈な対話を誰かに言ったこともない。ただ時間が過ぎて行くのみである。日曜日は教会に行く楽しい日、という雰囲気が蘇る気配もなく、あくまでも横浜はよそ者に渡されていて、教会からの鐘々が織り成すハーモニを響かせるには空がよそよそしくて暗い。

先生には本意ではなかったと思うが、先生を引き込んで一緒に心配してみた二つの国の大部分の教会の指導者たちは、実は自分より何倍の時間を祈りに注いでいる、ということを時夢は知っている。神は彼らの祈りを聞き入れ、教会は成長し、一方は世界で二番目に多い宣教師を世に送る恩寵の国となり、もう一方は世界が評価するおもてなし好きな先進国になった。日本の教会が弱く見えるのは、この世態のなかでも、他の祈福宗教のように黄金虫色の手法を使わないだけのことだ。守って来た純粋さを守り抜こうとしているのである。両国の教会は皆大切な主のもの、その方の目に貴く、高価であることに違いない。

残りの秋が過ぎ、冬が来て、年が変わって、今日は春分の日。あの日から6か月が経った。関内の道端での、あの別れ際の祈りを思い出す。一万の夢のなか忘れない夢があるように、なぜかあの時二人がささげた祈りは、一点一画が生々しく記憶に残る。先生と約束した今朝の時夢の祈りはこうだった。「主よ、この夜明け、御自らがこの身を起こしてくださいましたよね。感謝です。私に残してくださる時間を大事に主と共に歩みながら、思いと言葉と行いが主に全く似るようにしてください。倒れるのは怖くありません。荒れ狂う海を歩いているのです。倒れてもまたすぐ起き上がって、以前より大きく笑う凛々しい魂の持ち主として、大胆で温かい、恵みの岩のような姿の持ち主として、この僕を常に新しく造りなおしてください。

日本の教会の牧会者たち、日本で働く宣教師たちの一人ひとりを真心で尊敬し、彼らがなす働きを大事に思い、小さく見える成果一つもまるで私のもののように大いに喜ぶことが出来る心を造ってください。日本のたましいを愛するのに余りある程の余裕を与えてください。この私を福音の種を蒔く器として選んだことを後悔しない、と語ってくださることをこの弱い信仰が知っています。恵み、感謝、賛美以外にこの口から出る言葉はありません。

主よ、主の僕ヘボン先生が日本のために祈った数々の願いを思い起こしてください。彼が基礎を据えた多くの施設があります。その中に身を寄せて、学び、働き、奉仕している人々に大いなる聖霊の御業が起こりますように。」

この恐ろしさに気がつく日本人は多くないと思うのだが、何者かが芥川龍之介の口を借りて吐き捨てた言葉、〃日本の天照大神の前でゲラゲラと笑う多くの神々の中にキリストもいる〃との、自信に満ちた不遜な予言は、空しくさせなければならない。ゆっくりではあったが、時夢はその後、寂しくなりやすい心を捨てた。もう、一人ではないからだ。小さくなった教会を大きく見るようにもなった。そこに祈りの勇士が必ず来ることを信じたいからだ。今までやって来たことを、意味が乏しく、いつまで続ければいいのか分からないもの、と思わないことにした。間違いなくわが街のオアシスだからだ。自分の身を砕いても良いと決めた。それを吸収して、いずれ芽がでて実るからだ。弱いままでもいいと思い始めた。そのような自分がいいと、神が定めたなら、それが自分にはベストに違いないからだ。最近、神の守り、神の導きを近くに感じることがなんとなく多い。来ないかもしれないと思っていた故郷グレースチャペルの礼拝が再開しそうな気がする。

付言して置くが、対話のなかの先生の言った〃君〃はすべて"doctor Yaginuma"だった。語調は丁寧で限りなく謙遜だった。〃わし〃も〃わたくし〃だった。日本の教会に、先生が望む何か素晴らしいことが起こることは間違いない。祈り中、毎日が期待の日だ。県立音楽堂入口に立っている銀杏の木は新芽を出し、横浜は今日が例年より5日も早い桜の開花の日だ。

2019年3月

柳沼時影（やぎぬま・ときかげ）

1949 年 7 月 9 日生。

1974 年、韓国、カトリック大学医学部卒業。

1989 年　東京慈恵会医科大学で医学博士。眼科専門医。

1989 年　横浜市金沢区で柳沼眼科医院開設。

2005 年　Trinity Theological Seminary（米国・インディアナ州）卒業（Master of Divinity）

2009 年　Winthrop Harbor 教会（米国・イリノイ州、Southern Baptist）で牧師按手。

2021 年　横浜市金沢区で故郷グレース・チャペル横浜の牧師として奉仕中。

ヘボン先生との対話

涙と共に福音の種を蒔くすべての人々へ

2021 年 03 月 15 日　初版発行

著　者－柳沼時影

〒 236-0042　横浜市金沢区釜利谷東 2-20-28

発行者－安田正人

発行所－株式会社ヨベル

〒 113-0033　東京都文京区本郷 4 － 1 － 1

TEL 03-3818-4851　info@yobel.co.jp

印　刷－中央精版印刷株式会社

装　幀－ロゴスデザイン：長尾 優

配給元－日キ販　東京都新宿区新小川町 9-1　振替 00130-3-60976　TEL03-3260-5670

　ISBN 978-4-909871-39-8

金子晴勇（ヨーロッパ思想史）　**わたしたちの信仰——その育成をめざして**

聖書、古代キリスト教思想史に流れる神の息吹、生の輝きを浮彫！

アウグスティヌス、ルター、エラスムスらに代表されるヨーロッパ思想史。その学究者が、ひとりのキリスト者として、聖書をどのように読んできたのか、信仰にいかに育まれてきたのかを優しい言葉でつむぎなおした40の講話集。

新書判・二四〇頁・一一〇〇円　ISBN978-4-909871-18-3

金子晴勇　**キリスト教思想史の諸時代Ⅰ——ヨーロッパ精神の源流**

神話の舞台からロゴスの世界へ。その豊潤な道行きを追跡する！

わたしはヨーロッパ思想史を研究しているうちに、そこには人間の自己理解の軌跡がつねにあって、豊かな成果が宝の山のように、つまり宝庫として残されていることに気づいた。……こうして広い射程をもつ文化的な人間学を確立すべく努めてきた。

新書判・二五六頁・一一〇〇円　ISBN978-4-909871-27-5

金子晴勇　**キリスト教思想史の諸時代Ⅱ——アウグスティヌスの思想世界**

その中心思想を「不安な心」として捉え、「心の哲学」から「霊性」へと展開された軌跡をたどる。

本書は、わたしが青年時代から今日に至るまで追究してきたアウグスティヌスの「心の哲学」という主題をその霊性思想を含めて完成させたものです。

新書判・二六四頁・一一〇〇円　ISBN978-4-909871-33-6

既刊書のご案内

東京基督教大学教授

大和昌平　牧師が読み解く般若心経［新装版］

評：**島田裕巳氏**（宗教学者、作家）

……神という究極の有から出発するキリスト教と、すべてを空としてとらえるこころから出発する仏教とは根本的に対立する。その対立をどう止揚していくのか。本書は、その難問に対する著者の格闘の軌跡であるとも言える。

重版準備中　059　新書判・三一二頁・一一〇〇円　ISBN978-4-909871-17-6

青山学院大学大学名誉教授

西谷幸介　母子の情愛――「日本教の極点」

評：**並木浩一氏**（国際基督教大学名誉教授）夥しい数の日本論が出版されてきたが、日本的心性の深みを突くとともに、総合的に文化の特色を論ずる努力が払われたと言えるのか。日本文化の核心に迫る努力は依然求められている。本書はそれを意識して「納得のいく議論」の展開を心がける。

057　新書判・二〇八頁・一一〇〇円　ISBN978-4-909871-06-0

明野キリスト教会牧師

大頭眞一説教集1　アブラハムと神さまと星空と　創世記・上

勝俣慶信氏（酒匂キリスト教会牧師）この説教集を読んだ人は、「神さまってこんなお方だったのだ」と神さまに目が開かれていきます。そして神さまの痛むほどの深い愛に心撃たれるに違いありません。（本文より）

056　新書判・二二四頁・一一〇〇円　ISBN978-4-909871-07-7

既刊書のご案内

大阪府立大学名誉教授

佐藤全弘　**わが心の愛するもの**——藤井 武記念講演集I

まったきを求め、自然を愛し、寂しさにむせび泣く。熱き血潮に横溢する、藤井武を現代に！　42年の生涯に限りない愛惜と敬慕を込め、その実像を今に伝える働きをライフワークとしてきた著者・佐藤全弘の講演集第I巻！

四六判・三七二頁・二五〇〇円　ISBN978-4-907486-98-3

大阪府立大学名誉教授

佐藤全弘　**聖名のゆえに軛負う私**——藤井 武記念講演集

神から大いなる実験を課せられた人。慟哭と歓喜が身体を交差する人間宇宙！　藤井武の凝縮されたキリスト教思想を「武士道」「永世観」「摂理論」「歴史観」等をキーワードに読み解いた講演集第II巻！

四六判・四四四頁・二五〇〇円　ISBN978-4-907486-98-3

安積力也／川田 殖責任編集　**森明著作集**［第二版］　発行所：基督教共助会出版部

森 明が病身の身で興し、100周年を迎えた基督教共助会。創始者 森 明の遺稿からひろく収録し、『著作集』としてまとめられた。その浩瀚な思想の全貌を説教、講演、論文から創作戯曲にいたる遺稿からひろく収録した［第一版］を改訂・修正し、新たな資料も加え後世に遺す決定版として編集。

四六判上製・五三二頁・一五〇〇円　ISBN978-4-909871-05-3

飯島 信／井川 満／片柳榮一責任編集　恐れるな、小さき群れよ

——基督教共助会の先達たちと森 明

「キリスト教の根本は友情である」（森 明）森 明が病身の身で興し、100周年を迎えた基督教共助会。戦前・戦時下を、ただ〝キリストに賭けて〟生き抜いた共助会先達の信仰の篤き消息を『共助』誌に尋ね求めた珠玉の選集。

四六判・二八八頁・一三〇〇円　ISBN978-4-909871-02-2

ジュセッペ三木 一　佐藤弥生訳　アベルのところで命を祝う

——創世記を味わう第4章［師父たちの食卓で2］

人類最初の、しかも兄弟間での殺人という悲劇はいかにして起こったのか。他者への非寛容に脅かされる現代に生きる私たちがこの記事から読み取るべき使信とは！　**相模原障害者施設殺傷事件**、いわゆる「**津久井やまゆり園事件**」をも併せて読み解く！

A5判・一九二頁・一五〇〇円　ISBN978-4-909871-08-4

ウェスレアン・ホーリネス教団戸畑高峰教会牧師　**塩屋 弘**　ヨブ記に聞く！

正しい人がゆえなき苦しみに遭うのは何故か。古今東西の人々を惹きつけてやまない「ヨブ記」を、あたかもヨブと友人たちの輪の中にいるような息づかいを込めて巡り直す。全42章を霊想するに格好の手引き書が登場！

四六判上製・一六八頁・一三〇〇円　ISBN978-4-909871-04-6